KB265103

메스를 드는 시간

메스를 드는 시간

초판1쇄 찍은 날 | 2011년 11월 3일
초판1쇄 펴낸 날 | 2011년 11월 7일

지은이 | 박성천
펴낸이 | 송광룡
펴낸곳 | 문학들
등록 | 2005년 8월 24일 제2005 1-2호
주소 | 501-841 광주광역시 동구 학동 81-29번지 2층
전화 | 062-651-6968
팩스 | 062-651-9690
전자우편 | munhakdle@hanmail.net

ISBN 978-89-92680-54-7 03810

• 잘못된 책은 바꿔드립니다.
• 이 책은 한국문화예술위원회의 문예진흥기금을 보조받아 발간되었습니다.

메스를 드는 시간

박성천 소설집

문학들

| 목차 |

메스를 드는 시간

메스를 드는 시간

　모니터가 꺼져 있는 것이 임상병리실 식구들은 모두 퇴근을 한 모양이다. 동물 해부도감을 보다가 깜빡 잠이 들었던 것 같다. 혼곤한 잠이었다. 꿈속의 나는 실험쥐로 변한 채 차가운 케이스 안에 갇혀 있었다. 풍선처럼 부풀어 오른 배를 주체하지 못하고 힘겹게 숨을 몰아쉬고 있었다. 도감의 책장을 구분하는 기다란 줄이 얼굴에 눌렸는지 눈언저리부터 턱밑까지 울퉁불퉁한 감촉이 느껴진다. 마치 쥐의 꼬리를 만지는 듯하다. 늦어도 주말까지는 해부 결과를 제출하라는 조교의 메일이 도착해 있다. 다른 연구원들의 실험은 진즉 끝났으니 참고하라는 말도 덧붙여 있다. 쥐는 너무 흔한 동물 아닌가요? 더군다나 징그럽고 교활하구. 토끼나 원숭이, 염소 같은 동물이 나을 텐데. 처음 쥐를 분양해주면서 그는 시큰둥한 반응을 보였다. 송곳 모양의 이빨, 잿빛으로 물들인 짧은 머리, 삼각형 모양의 체구는 되레 그를 영락없는 들쥐로 연상케 했다.

병원을 나서 실험실에 들어설 때까지도 어느 쥐의 배를 갈라야할지 결정하지 못했다. 혈당을 재는 거야 간단한 일이지만 해부는 그렇지 않다. 어떻든 살아있는 생명체의 피를 보는 일이다. 케이스 안에는 모두 열세 마리의 쥐가 들어 있다. 이번 실험을 위해 모두 수컷 열일곱 마리를 분양 받았지만 도중에 네 마리가 죽고 말았다. 지금까지 주기적으로 깔짚을 갈아주고 신주단지 모시듯 정성을 다했지만 웬일인지 죽어나가는 쥐의 숫자는 줄어들지 않았다.

우여곡절 끝에 이제 실험은 막바지 단계에 와 있다. 대학원에 들어와 처음 하는 실험이라 적잖이 신경이 쓰인다. 지도교수나 동료학생들 모두 내 실험에 은근히 기대를 하는 것 같다. 기대라는 말을 해놓고 보니 내가 마치 지도교수의 애제자라도 된 기분이다. 그러나 나는 그 기대가 전문대출신 편입생이 실험이나마 제대로 했을까 라는, 은근한 무시라는 것을 안다.

나는 비밀번호를 누르고 실험실 안으로 들어간다. 특유의 냄새가 코끝을 자극한다. 인기척에 놀란 쥐들이 케이스 안을 빠르게 헤집고 다닌다. 아마 먹이를 줄 주인이 나타나 반갑다는 뜻일 게다. 나는 창문을 열어 환기를 시키고, 케이스 안에 사료가 얼마나 남았는지를 점검한다. 남아 있는 양에 따라 쥐들의 건강상태를 대략 가늠할 수 있다. 생각보다 많은 양이 남아 있다면 어딘가 이상이 있다는 징후이다. 다행히 먹이는 거의 남아 있지 않다. 사료는 케이스의 맨 윗부분에 설치된 깔때기에서 일정한 간격을 두고 떨어지도록 돼 있다. 갈색의 사료는 아이들이 먹는 원비디 알약과 흡사하다. 사료 몇 알을 떨어뜨리자 녀석들이 기다리고 있었다는 듯 잽싸게 달려든다. 앞발을 치켜세우고 서로 먼저 먹겠다고 몸싸움을 하는 것이 물질 앞에서 한치의 양보도 하지 않는 탐욕스런 인간의 모습과 별반 다르지 않다. 겉으로 보기에 사뭇 배가 불룩한 데도 녀석들은 쉴 새 없이 먹어댄다. 먹이를 다 먹고 나자 녀석들은 앞발을 치켜세운 채 물병에 연결된 빨대 모양의 관을 핥는다. 이번에도 서열 싸움을 하는 건 마찬가지다. 빨대를 휘감은 선홍색 혓바닥은 절정에 다다른 붉은 꽃잎을 연상케 한다.

　나는 선반에서 실험용 박스를 내려놓는다. 안에는 마취제와 탈지면 외에도 메스와 포르말린, 혈당측정 도구들이 놓여 있다. 박스 안의 특유의 냄새 때문인지 울컥 토악질이 나오려고 한다. 시원한 사이다를 한잔 마시면 메스꺼움이 잦아들 것도 같다. 탈지면 옆으로 몇 개의 주사기와 비닐장갑이 보인다. 왼편으로는 적출물 봉투가 곱게 개켜져 있다. 까만색 문양의 X자가 그려진 이 봉투는 쥐들이 거쳐 가야 할 최초의 무덤이다. 최종적으로 실험이 끝나고 나면, 쥐들은 배가 갈라지고 내장기관이 절취될 것이다. 그리고 사체는 이 적출물 봉투에 담겨 특수 폐기물로 처리된다. 이곳 연구동에서 연간 배출되는 동물의 사체는 어림잡아 수 백 킬로그램에 달한다. 쥐뿐만 아니라 토끼, 염소, 원숭이가 차례로 폐기처분될 날을 기다리고 있다. 물론 그 중에는 내 손끝에서 죽어갈 쥐들도 포함될 것이다. 어쩌면 돌연사(死)한 쥐가 마지막까지 살아남은 쥐보다 훨씬 안락한 죽음을 맞이한다는 생각이 든다. 적어도 그 녀석들은 타살되지 않기 때문이다. 누군가의 덫에 씌워 목숨을 빼앗긴다는 건 슬픈 일이다. 생명의 경중이 사체의 무게로 다뤄질 일은 아니지만 요즘 들어선 부쩍 그 무게를 줄이고 싶어진다. 큰 짐승이든 작은 짐승이든 그들 모두 영혼이 있을 것 같다. 배를 가르기 전, 아니 마취제를 투여하기 전, 나를 바라보는 녀석들의 눈빛과 부딪칠 때, 죽음을 직감한 영혼의 울부짖음을 듣는다. 앰뷸런스의 신호음 같은 울음소리를 들으며 나는 녀석들의 심장에 칼을 꽂는다. 그러면서 속으로 되뇌인다. 이건 명백히 도살이라고.

이곳 실험실에서 사육되는 쥐는 모두 흰쥐다. 일명 마우스라고 불리는데 아무리 자라도 어른 손가락 두 마디를 넘지 않는다. 영화나 방송에도 자주 출연하는 것이 아마 생김새가 검은 쥐에 비해 혐오감이 덜하기 때문일 것이다. 그에 반해 손바닥만한 크기의 렛은 흔히 주위에서 볼 수 있는 검은 쥐를 이른다. 병균을 옮기고 농작물을 닥치는 대로 먹어치운다. 번식력도 좋고 생장도 빨라 과학자들은 지구가 멸망해도 살아남을 것이라고 예상한다. 그런데 이상하게도 꿈을 꾸거나, 낯선 환영을 볼 때면 예외 없이 렛이 출현해 있다. 그것도 덫에 걸려 붉은 꽃잎 같은 혓바닥을 날름거리는 까만 쥐를 말이다. 그 렛은 순식간에 그의 모습으로 바뀌기도 했고, 어느 땐 내 자신으로 둔갑하기도 했다.

먼저 쥐의 혈당을 재야 한다. 이번 실험에서 눈여겨보아야 할 대목은 혈당과 주변 환경인자와의 관계이다. 심리학에선 쥐의 뇌에 인지도 같은 것이 내장돼 있어 미로를 빠져나갈 수 있는 능력이 있다고 한다. 그런 능력이 스스로 먹이 양을 조절하는 문제에도 적용될 수 있는 것인지는 예단하기 힘들다. 지금까지 일주일에 한번 꼴로 모든 쥐의 복강경에 '스트렙토조토신'이라는 당뇨 유발제를 투여했다. 그리고 약간의 시간이 지난 후 '키토산'이라는 당뇨 억제제가 일정량 함유된 사료와 음용수를 섭취토록 했다. 그 결과 3번과 5번, 7번, 13번 쥐에게서 혈당치가 높게 나타났다. 반면 6번, 9번, 10번 쥐는 당뇨와는 무관하게 정상 수치를 보였다. 같은 조건의 실험에도 불구하고 그 결과는 다르게 나타났던 것이다.

나는 창문을 닫고, 선반에서 살균 박스를 바닥에 내려놓는다. 다른 무엇보다 먼저 해야 할 일이 있는데 그건 예방주사를 맞는 일이다. 물론 처음 분양 받을 때 모든 쥐를 대상으로 방역을 실시한다. 그러나 녀석들은 날카로운 이빨을 지닌 설치류라는 사실을 한시도 잊어선 안 된다. 틈만 나면 케이스 창살을 갉아대기 때문에 쓸데없이 이빨만 발달해 있다. 나는 왼쪽 팔목을 걷고는 도드라진 푸른 정맥에 바늘을 꽂는다. 갑자기 내 눈을 보고 싶어진다. 병원 임상실에서나, 학교 실험실에서나 쥐와 사람의 몸에 바늘을 꽂을 때면 습관적으로 눈을 보는 버릇이 있다. 사람이건 동물이건 적의를 드러내는 방식은 하나같이 눈을 통해서이다. 갑자기 먼 바다를 떠돌고 있을 그의 눈빛이 궁금해진다. 햇빛 속에 처연해 보이던 그 눈빛. 지금쯤 그가 타고 있는 배는 어느 해역을 통과하고 있을까. 지난여름 벼랑처럼 일렁이는 파도를 바라보며 끝없이 펼쳐진 수평선을 바라보던 그의 모습이 불현듯 보고 싶어진다.

케이스에서 쥐를 꺼낼 때는 항시 꼬리를 잡고 몸통을 아래로 향하게 해야 한다. 그렇지 않으면 십중팔구 물리기 십상이다. 물론 장갑을 끼는 것은 필수다. 녀석들의 이빨이 웬만한 송곳 못지않게 날카로워 한번 물리면 벌겋게 붓고 이빨자국이 남는 건 예사다. 톱니바퀴 자국 같은 혈흔이 손가락에 엉길 때, 살갗을 파고드는 아린 통증보다도 혹시나 병균이 옮지는 않았을까 하는 두려움에 떨어야 한다. 실험 초기, 느닷없이 튀어 오르는 쥐의 이빨을 피하지 못해 물린 적이 있다. 가느다란 팔목에 몇 가닥의 붉은 줄이 그어지고, 이내 보푸라기처럼 살갗이 일었다. 다행히 예방주사를 맞아 걱정했던 일은 일어나지 않았지만 한동안 흑사병에 걸리는 악몽을 꾸어야 했다.

세상엔 의외로 쥐 같은 남자들이 많은 것 같아요.

옆 실험실의 정 선생이 처음 쥐를 분양 받던 날 농담조로 던진 말이다. 그러면서 흰털 속에 감추어진 음흉함과, 발톱 속에 숨겨진 야수성을 경계해야 한다는 말도 덧붙였다. 나는 그때 남자로 인해 실연을 당한 여자가 친구나 동료에게 해주는 말이라는 것을 어렴풋이 짐작할 수 있었다. 그녀 또한 이번 학기 석사과정에 입학을 한 새내기다. 서른다섯이라는 같은 나이 때문이기도 하지만 실험 대상 동물이 쥐라는 공통점 때문에 우리는 이것저것 도움을 주고받는 처지다. 갑자기 쥐가 돌연사 하거나, 질병에 걸려 더 이상 실험이 불가능할 때 여분의 쥐를 빌려주기도 한다. 지도교수와의 면담이나 술자리가 있을 때에도 사전에 약속을 해 되도록 함께 간다. 정 선생의 연구주제는 「충격이 쥐의 기억력에 미치는 영향에 관한 고찰」이다. 그녀가 충격에 관해 남다른 관심을 가지고 있는지는 잘 모른다. 단지 내가 그녀에 관해 알고 있는 건 작년까지만 해도 소위 잘나간다는 입시학원 수학 강사였다는 사실 정도다. 개인 사정이 있어 강사직을 그만두었다고 하지만 이제껏 무슨 사정인지는 말하지 않았다. 단지 늦은 나이에 마땅히 들어갈 직장이 없어 고민하던 차에 평소 관심이 있던 생물학 분야를 공부하고 싶어 입학을 하게 되었노라고 했다. 분양 받은 쥐의 귀에 번호표를 달아주면서 그녀는 슬쩍 자신의 심경을 드러내는 듯한 말을 흘렸다. 남자는 덫과 같은 존재인 것 같아요. 잘못 물리기라도 하면 평생 죽음의 고통에 시달려야 하니까요. 그녀가 왜 하필 그런 말을 했는지 모른다. 그때 나는 그 덫이라는 말이 그녀의 과거를 집약할 수 있는 어떤 패스워드가 아닌가

하는 생각을 했다.

그도 쥐와 같은 남자였을까. 나는 고개를 젓고 만다. 그의 쓸쓸해 보이는 표정 어디에도 미소를 가장한 음흉함이나 야수성은 깃들어 있지 않았다. 오히려 내가 그에게 덫이었는지 모른다. 그는 억수로 운이 나쁜 한 마리 쥐가 아니었을까. 어느 날 내 삶의 영역에 빠져 든 외롭고 남루한 쥐. 나는 그 쥐를 자꾸만 내 안에 가두려 했다. 내 마음의 서랍 깊은 곳에 가둬둔 채 내 방식대로 사육을 하려 했던 것이다. 그가 질식해버릴 수도 있다는 사실을 조금도 눈치 채지 못하고서.

나는 고정판을 확인한 후 철제박스에서 면도칼과 스틱을 꺼내 그 옆에 놓는다. 그리고 반대편에 혈당 측정기구를 놓는다. 갑자기 메스꺼움이 인다. 심장의 박동소리가 느껴지고 맥박이 빨라진다. 톡톡 배를 차는 것이 뱃속의 아기도 적잖이 스트레스를 받는 모양이다. 임신 5개월이므로 각별히 주의를 하셔야 합니다. 의사의 말이 면도날처럼 귓가를 스친다. 나는 잠시 자리에 앉아 심호흡을 한다.

장갑을 끼고 면도날을 집어 들자 쥐들의 움직임이 심상치 않다. 실험용 쥐는 주위의 작은 변화에도 민감하게 반응을 한다. 사람처럼 낯을 가리거나 분노를 표출하기도 한다. 나는 잽싸게 3번 쥐의 꼬리를 낚아챈다. 그러자 옆에 있던 9번 쥐가 자지러지게 울부짖는다. 마치 자신의 꼬리가 잡힌 것처럼 말이다. 앙칼지다 못해 사나울 정도다. 요즘 들어 녀석이 자주 조는 것 같아 몸에 이상이 있나 걱정을 했었는데 표독스럽게 우는 걸로 봐선 건강하다는 반증이다. 사실 9번 쥐는 다른 놈들보다 먹이에 대한 집착이 강한 편이다. 다른 녀석들에 비해 배가 많이 나왔다는 건 그 만큼 탐욕스럽다는 뜻일 게다. 꼬리가 들린 3번 쥐가 연거푸 자맥질을 한다. 손끝으로 조금 묵직한 추를 들었을 때의 느낌이 전해온다. 3번 쥐는 8주간이나 고혈당을 유지했다. 며칠 전 자신의 꼬리를 스치던 예리한 칼날의 맛을 기억하고 있다는 듯 사뭇 대차게 비명을 지른다. 갑자기 뒤로 까만 알들이 밀려나오기 시작한다. 두려움에 긴장을 한 나머지 변을 보는 것이다. 나는 꼬리를 잡고 있는 손에 더욱 힘을 준다. 팽팽하게 늘어진 꼬리는 마치 몇 가닥의 가느다란 줄을 묶어놓은 듯 제법 탄력이 느껴진다. 몸통 길이에 비례하는 이 꼬리가 바로 감각을 관장하는 기관이다. 이것으로 녀석은 예전에 맛보았던 쓰라린 기억을 떠올리는 것이다. 분명 녀석은 적출물 봉투에 담겨 실험실을 나갈 때까지 칼날의 저린 맛을 결코 잊지 못할 것이다. 나는 호흡을 가다듬고 꼬리에 면도날을 긋는다. 금을 긋듯 피가 날 정도의 힘이면 된다. 다시 아랫배의 통증이 시작된다. 툭. 툭. 툭. 아기의 발길질도 이어지는 모양이다. 나는 애써 몸의 변화를 외면해버린다. 어느새 쥐의 꼬리엔 흰털과 대조를 이룬 붉은 핏방울이 방울져 있다. 만약 날의 각도가 엇나갔다면 꼬리는 잘려지고, 몸통은 바닥으로 내팽개쳐졌을 것이다. 붉은 피를 질질 흘리며 실험실

구석구석을 헤집고 다닐 꼬리가 절단된 흰쥐. 바닥엔 비밀 벽화처럼 알 수 없는 붉은 문양이 덧칠해지고 보이지 않는 바이러스가 독초처럼 퍼져나갈 것이다.

　나는 스틱에 피를 묻히고는 녀석을 케이스 안에 넣는다. 녀석은 모서리 쪽으로 쪼르르 달려가더니 한동안 나를 빤히 쳐다본다. 나를 쳐다보는 눈은 공허하다 못해 원망의 빛이 역력하다. 쥐가 표정을 짓다니, 나는 설핏 웃음이 나온다. 그러나 고독해 보이는 표정 앞에 이내 웃음이 멈춰버리고 만다. 이번에도 9번 쥐가 맨 먼저 녀석에게 달려간다. 몸집이 큰데 반해 동작은 그렇게 굼뜨지 않는다. 녀석의 뒤를 이어 다른 쥐들이 3번 쥐에게 몰려든다. 그리고 누가 먼저랄 것도 없이 상처가 난 꼬리 부위를 혀로 핥기 시작한다. 케이스 안은 좀체 보기 드문 풍경이 펼쳐지고 있다. 먹이 때문에, 아니 서열을 위해 사납게 싸우는 줄만 알았는데 쥐들에게도 동료애라는 게 있었던 것이다. 녀석들은 환부를 애틋하게 혀로 감싸며 이따금씩 나를 쳐다본다. 나도 모르게 아릿한 기운이 전신을 타고 흐른다. 무엇보다 녀석들은 상처를 다스리는 법을 본능적으로 알고 있었던 것이다. 혀로 핥듯 섬세하게 어루만져야 한다는 것을 말이다. 그에 비하면 사람들은 얼마나 악의적이고 계산적인가. 타인의 아픔을 위로하는 척 하면서도 상처에 덧을 내거나 그것으로 위안을 삼는 이들이 적지 않으니 말이다. 그런 사람에 비하면 분명 쥐들의 행위는 숭고하기까지 하다.

나는 피를 묻힌 스틱을 혈당측정기에 넣는다. 예상했던 대로 3번 쥐는 여전히 고혈당을 유지하고 있다. 혈당치로 봐선 백내장 또한 어느 정도 진행되었을 게다. 이제 곧 합병증도 나타날 것이다. 똑같은 당뇨 유발제를 투여했음에도 어떤 쥐들은 변화가 없는데, 3번을 비롯한 다른 녀석들의 혈당이 높게 나타난 것은 무엇 때문일까. 단순한 환경 요인으로 돌리기에는 석연치 않은 구석이 있다. 이는 변화된 조건에서 항체를 만들어내느냐 못하느냐의 문제는 전적으로 개체의 몫이라는 것을 암시하는 것인지 모른다.

돌이켜보면 내게 지난 여름은 스스로 항체를 만들지 않으면 견딜 수 없을 만큼 고통스런 시간이었다. 나는 여름 내내 자살의 충동을 느낄 만큼 심한 우울증에 시달렸다. 그와 헤어진 뒤로 밑도 끝도 알 수 없는 바닥으로 추락하는 아득함과 삶이 뿌리째 흔들리는 상실감에 시달렸다. 그 즈음 나는 병원에서 퇴근하기 무섭게 인근의 항구도시로 차를 몰았다. 핏빛 석양이 쓸쓸하게 내려앉는 거리를 달리다보면 언제인가 싶게 보닛 위로 그의 실루엣이 어른거렸다. 마치 신혼여행을 떠나는 커플의 차에 매달린 풍선처럼 그의 환영이 바람을 거스르며 따라오곤 했다.

10년 가까이 나는 중소 병원에서 임상병리사로 일했다. 매일 매일 환자의 피를 뽑고 혈당을 재는 일이었다. 하루에도 수십 명의 피를 뽑는 일은 적잖은 인내를 필요로 했다. 무엇보다 피에서 풍겨 나오는 특유의 비린내는 그렇지 않아도 비위가 약한 나로서는 견디기 힘든 고통이었다. 생리가 시작되는 날이면 내게서 나는 비릿한 냄새와 갓 뽑아낸 환자들의 피 냄새가 뒤섞여 울렁거리는 속을 진정시키느라 애를 먹었다. 전생에 무슨 죄가 있어 이렇듯 무수히 많은 사람들의 피를 뽑아야 하는지 나 자신이 원망스럽기까지 했다. 출근을 해서 임상병리실 문을 열고 들어설 때면 잘못된 선택에 대한 후회를 하곤 했다. 2년제 보건대학 임상병리과. 취업이 급한 상황이었기에 대학이나 학과에 대해 고심을 하거나 선택할 여지는 없었다. 입시전문가들이 조언하는 취미나 적성은 홀로 세상에 내동댕이쳐진 채 밥벌이를 해야 하는 내겐 공허한 메아리나 다름없었다. 나는 가치나 이상보다도 방법과 현실을, 생활보다 생존을 고민해야 했다. 그렇게 나는 지난 10년간 역겹고 비릿한 주사기를 붙들고 있을 수밖에 없었다. 그나마 임상병리사로 근무하는 동안 한 가지 얻은 게 있다면 피에 대한 상식일 것이다. 피는 곧 그 사람을 말해준다는 것. 한 사람이 어떤 유전인자를 물려받았고, 식습관은 어떻고, 앞으로 어떤 질환이 발생할 가능성이 있는지 핏속엔 나름의 정보가 내재되어 있다는 사실이다. 나는 가끔 사랑의 아픔이나, 상처를 극복해낼 수 있는 항체도 핏속에 함유되어 있을지 모른다는 생각을 하곤 한다. 그것이 어떤 호르몬에 의한 작용이든, 수혈을 통한 것이든 항체 생성에 도움이 된다면 기꺼이 다른 이의 피를 받아들이고 싶다.

병원에서 항구까지는 승용차로 대략 한 시간 남짓 걸린다. 도착하고 나면 언제나 바다엔 짙은 어둠이 내려와 있었다. 검은 바닷가에 점점이 불을 밝힌 크고 작은 배들은 한 폭의 점묘화처럼 아름다웠다. 바다도 어둠에 젖는구나. 저편의 번쩍이는 네온은 이쪽과 저쪽의 경계를 지으며 점점이 소멸하고 있었다. 물큰하게 번져오는 비릿한 바다 내음을 맡으며 나는 소리 없이 울었다. 그가 이곳을 떠난다는 사실이 믿어지지 않았다. 처음 그가 난데없이 배를 타게 되었다는 말을 꺼낼 때만 해도 나는 가벼운 농담으로 흘려들었다. 그러나 그는 오래도록 내 눈을 외면하는 것으로 그것이 사실임을 확인해주었다. 꼬마전구로 장식을 한 유람선 한 척이 미끄러지듯 검은 바다로 떠내려가고 있었다. 그냥 거짓말하는 거죠? 날 놀리려고. 나는 그를 흔들며 따져 물었다. 은하는 착하고 예쁘니까 아마 좋은 사람 만날 거야. 그가 담배에 불을 붙이며 바다로 눈을 돌렸다. 왈칵 눈물이 솟았다. 그가 외항선을 탄다니, 왜소하기 이를 데 없는 그가, 물에 대한 두려움으로 아직껏 수영도 할 줄 모르는 그가 어떻게 그런 결정을 내렸는지 나는 믿을 수 없었다. 순박해 보이는 그의 눈빛 어디에 그런 근기(根氣)가 숨어 있었을까. 차라리 내가 이 어둡고 쓸쓸한 바다를 유영하는 한 마리 물고기가 되어버렸으면 좋겠다는 생각이 들었다.

　화물선은 입항한 뒤 한 달 여 가량을 정박해 있다가 다시 멀고 먼 바다로 출항을 한다. 한번 항구를 떠나면 적어도 반년, 아니 그 보다 훨씬 많은 시간을 기다려야 그를 만날 수 있었다. 더 늦기 전에 그의 마음을 돌려야 했다. 무슨 이유로 나를 떠나려 하는 것인지 그 이유를 들어야 했다. 그래서 그 원인이 내게 있다면, 해명할 수 있는 기회를 달라고 애원을 할 참이었다. 그러나 그는 선실에 틀어박혀 끝내 나를 외면했다.

　얘기를 해줘요. 제발. 내가 싫어졌나요? 아님 다른 여자가 생겼나요? 민호씨, 우린 사랑했잖아요.

　아직까지 몇 번 쥐의 배를 가를지 결정하지 못했다. 해부를 한다는 생각만 하면 이상하게 아랫배가 아파오고 속이 울렁거린다. 그러나 무한정 미룰 수도 없는 것이 주말까지 결과를 보고하지 않으면 지도교수는 이번 학기 학점을 줄 수 없다고 했다. 학점보다도 두려운 건 나에 대해 가지고 있던 편견이 굳어질지 모른다는 것이다. 이은하 선생님, 아시죠? 이번 실험에 지도교수님과 학과 차원에서 거는 기대가 크다는 걸요. 혹시 도움이 필요하시면 언제든 말씀하세요… 조교는 하루에도 서너 차례씩 전화를 걸어와 이상 유무를 확인하곤 했다. 그러면서 그는 언제 한번 자리를 가졌으면 한다는 말을 덧붙였다. 여러 가지 도움이 될 만한 얘기를 해주고 싶다는 것이다. 나는 그때마다 직장 일을 핑계로 정중하게 거절을 했다.

　어차피 6번, 9번, 10번 중에 한 마리가 선택될 것이다. 녀석들에겐 일정한 양의 당뇨 유발제를 투여했음에도 혈당치 변화는 거의 나타나지 않았다. 이는 음용수 속에 투여했던 당뇨 억제제인 키토산의 효과 때문인 것으로 풀이된다. 같은 조건 하에서 3번, 5번, 7번, 13번 쥐와 다른 결과가 나온 것이 어떤 호르몬의 작용에 의한 것인지 아니면 내부 장기의 다른 특징이 있어서인지 아직 단언하기 어렵다. 더 이상 실험에 변수가 되지 않는 녀석을 해부한 뒤, 나중에 고혈당을 보인 쥐의 장기와 비교를 해야 할 것 같다. 아마 장기 조직 검사를 하고 나면 두 개체 사이의 차이가 발견될 수 있을지 모른다.

　나는 박스에서 사료가 든 비닐봉지를 꺼낸다. 그리고 내일 아침까지 먹을 양을 깔때기에 덜어준다. 헌데 9번 쥐가 심상치 않다. 평소엔 먹이를 보고 달려들기 바쁘더니 지금은 한쪽 구석에 처박혀 졸고 있다. 사실 녀석의 이러한 이상한 증세는 조금 오래된 감이 없지 않다. 지나치게 먹이를 많이 먹질 않나, 시도 때도 없이 졸지 않나 아무튼 유별난 데가 있다. 어느 땐 녀석 뒤로 다른 쥐들이 약속이라도 한 듯 줄레줄레 모여들 때도 있다. 혹시? 나는 고개를 젓는다. 아무래도 밑을 확인해야 할 것 같다. 장갑을 끼고는 졸고 있는 녀석의 꼬리를 낚아챈다. 그런데 웬일인가. 녀석이 수컷임을 증명해 줄 성기가 보이지 않는다. 밑이 사뭇 불그스름하고 주위에 진물 같은 것이 묻어 있다. 이럴 수가. 녀석은 암컷이었다. 더구나 임신을 한 모양이다. 다른 녀석들에 비해 배가 불룩하고 자주 조는 것이 임신했을 때 나타나는 특유의 증상이었던 모양이다.

　간혹 암컷이 딸려 들어올 때가 있는데 그렇게 된 모양이다. 실험실에서 특별한 경우를 제외하고는 암컷을 쓰지 않는 이유가 이 때문이다. 가임이 돼버리면 변수가 생기고, 그것이 실험 결과에 영향을 미쳐버린다. 무엇보다 암컷을 두고 수시로 수컷들간의 피 튀기는 싸움이 벌어져 원활한 실험을 기대할 수 없다. 모두 내 책임이다. 생쥐를 분양 받을 때 일일이 배를 뒤집어 생식기를 제대로 확인했어야 한다. 공급업체 관계자의 말만 믿고 번호표를 부착하는데 급급했었다. 아니 실험 계획서를 서둘러 제출하라는 조교의 닦달만 없었어도 여유를 갖고 사타구니를 살펴보았을 것이다. 사실 수컷은 아래가 돌출이 돼있어 구별하기가 용이하지만 암컷은 그렇지 않다. 뒷다리 안쪽으로 고작 가느다란 줄이 그어져 있을 뿐이다. 그것도 주위에 난 털 때문에 유심히 보지 않으면 잘 보이지 않는다. 차라리 옆 실험실의 정 선생처럼 어느 정도 발육이 이루어진 쥐를 받았다면 이런 어처구니없는 일은 벌어지지 않았을 것이다. 쏟아질 지도교수의 질책과 한심하다는 표정이 역력한 연구원들의 얼굴이 떠오른다. 녀석은 이제 해부용으로밖에는 존재가치가 없다. 특정한 연구를 제외하고는 가임한 동물은 십중팔구 해부용으로밖에는 쓸 수 없다. 그러나 막상 배를 가른다는 생각에 이르자 선뜻 내키지 않는다. 생명체를 죽이는 것도 안타까운 일인데, 임신한 쥐를 해부해야 하다니. 갑자기 속이 미식거리고 목이 마르다. 뱃속의 발길질이 대차게 느껴진다.

창밖의 소음이 눈에 띄게 줄어든 게 건물을 폐쇄할 시간이 가까워진 것 같다. 경비원의 후레쉬 불빛이 창으로 스며드는 것을 보니 괜스레 조급해진다. 실험병동 앞 느티나무 사이로 차가운 달빛이 스며든다. 희미한 빛이 얼마 남지 않은 나뭇잎을 통해 걸러진다. 오늘은 퇴근이 조금 쓸쓸할 것 같다. 옆 실험실의 정 선생이 집에 급한 볼 일이 있다며 먼저 나갔기 때문이다. 매번 퇴근을 할 때면 느끼는 것이지만 실험실은 하나의 거대한 진공관을 연상시킨다. 한번 이곳에 들어온 동물들은 죽지 않고는 이 연구동을 떠날 수 없다. 퇴근을 하면서 나와 정 선생은 종종 실험과 관련된 항체나 면역에 관한 이야기를 나누곤 한다. 그녀가 연구하고 있는 충격과 기억력에 관한 주제에 나 또한 적지 않은 관심을 가지고 있다. 그러나 나는 한번도 그것을 사람과 연관시켜 물은 적이 없다. 그녀 또한 마찬가지다. 어디까지나 우리는 실험쥐에 관한 이야기만을 할 뿐이다.

찍찍찍. 찍찍찍.

철제박스를 선반 위에 올려놓고 실험실을 정리하는데 케이스 안이 다시 시끄럽다. 밤 시간이면 살아나는 본능 때문일까. 나는 선반 아래쪽에 부착된 타이머를 고정시킨다. 곧 불이 꺼지면 내일 아침까지 케이스 안은 어둠이 지속될 것이다. 그런데 한 녀석이 무리에서 홀로 떨어져 나와 있다. 따돌림을 당했다고 보기엔 녀석의 동작이 조금 미심쩍다. 어디 아픈 것이 아닐까. 나는 반대편 모서리 쪽으로 다가간다. 녀석은 고개를 숙인 채 자신의 몸 안쪽을 핥고 있다. 이제 보니 가랑이 사이로 붉은 살덩이가 보인다. 녀석은 그 살덩이를 아카시아 잎사귀처럼 생긴 혀로 연신 핥고 있었던 것이다. 언젠가 경비실 앞에서 수캐와 암캐가 엉덩이를 맞대고 일을 치르던 것을 경비원이 볼썽사납다며 뜨거운 물을 부었던 적이 있다. 맞닿아 있던 엉덩이가 떨어지자 수컷 뒷다리 아래로 누드 핫도그 모양의 미끈한 살덩이가 드러났다. 시뻘겋게 달아오른 뜨거운 핫도그에선 어떤 적의가 꿈틀거렸다. 성기도 감정을 표출할 수 있다는 걸 나는 그때 처음 알았다. 지금 쥐의 가랑이 사이루 비치는 붉은 살덩이는 그때의 수캐 성기를 축소해놓은 것과 흡사하다. 그것엔 터질 듯한 적의가 아니 욕망이 스며 있다. 녀석의 움직임이 점점 빨라지고 있다. 갑자기 녀석이 동작을 멈추고 나를 쳐다본다. 순간 나도 모르게 얼굴이 확 달아오른다. 보기가 민망해 나는 얼른 케이스 윗부분을 두드린다. 그럼에도 녀석은 아랑곳하지 않고 계속해서 혀를 놀린다. 불현듯 징그럽다는 생각도 잠시 녀석의 모습이 외롭게 느껴진다. 언젠가 그가 욕실에서 성기를 꺼내놓고 자위를 하던 모습도 지금처럼 쓸쓸해 보였다. 절정에 이르렀을 때 그가 뱉어내던 짧은 탄식이 실은 외롭다는 말의 다른 표현이었다는 것을 이제야 알 것 같다. 쥐의 가랑이 사이에서 희멀건 물이 분사된다. 고장이 난 수도꼭지에서 물방울이 떨어지듯 묽은 액체는 깔짚 아래로 흘러내린다. 사정을 한 모양이다. 비릿한 냄새가 난다. 나는 상자에서 스포이드를 꺼내 희멀건 액체를 유리관 속으로 빨아들인다. 동물병원에 가져가 그 액체의 정체를 확인해야 할 것 같다. 녀석이 자리를 피하자 무리의 쥐들이 코를 킁킁거리며 핥기 시작한다.

그가 달라지기 시작한 건 내가 임신을 했다는 사실을 알고서였는지 모른다. 그날 그의 표정을 나는 잊을 수 없다. 마치 혈당을 측정하기 위해 꼬리에 면도날을 긋기 직전, 나를 향해 원망의 눈길을 보내던 쥐의 눈빛과 흡사했다. 나를 바라보던 그 쓸쓸한 눈빛. 어린 시절을 보육원에서 자랐기에 누구보다 가족에 대한 그리움이 클 거라는 생각은 나 혼자만의 착각에 지나지 않았나 보다. 나는 그에게 가족을 만들어주고 싶었고, 그건 곧 나의 바람이기도 했다. 교통사고로 부모님이 돌아가신 후 어린 시절을 할머니의 손에서 자라야 했던 나는 어른이 되면 맨 먼저 가족을 만들어야겠다고 생각했다. 내 곁에 있어줄 누군가가 필요했다. 나를 향해 무수히 쏟아지는 남자들의 시선에서 하루라도 빨리 도망치고 싶었다. 생리가 시작된 이후 나는 부쩍 외로움을 타기 시작했다. 매달 가랑이 사이로 붉

은 피를 쏟아낼 때마다 나는 그것이 다름 아닌 외로움을 견뎌
내는 일이라는 걸 어렴풋이 알고 있었다. 그 지독한 외로움이
아니라면 나는 굳이 그에게 가족을 만들어주려 하지 않았을
것이다.

그러나 내가 임신했다는 사실을 어렵게 말하자, 그는 몹시
황당해하는 표정이었다. 나는 분한 나머지 눈물이 나오는 걸
가까스로 참았다. 그 외로움의 짐을 나만이 지고 있었다는 생
각에 배신감마저 느껴졌다. 그날 이후 그는 더 이상 나를 만나
주지 않았다. 그가 화물선을 타게 되었다는 말도 그를 처음 소
개시켜준, 먼 친척뻘 된다는 치매병동의 최 간호사에게 들었을
정도다. 또 그 역마살이 도졌을까? 근데 왜 그 사실을 은하씨
에게 말하지 않았지. 최 간호사는 되레 의아한 표정으로 나를
쳐다보았다. 그 말이 가시처럼 박혀 한동안 지워지지 않았다.

바다를 보고 있으면 보이지 않는 무언가가 자꾸 나를 끌어
당기고 있다는 생각이 들어. 이곳에서 배를 타고 끊임없이 가
다 보면 다시 이곳으로 온다지. 사실 난 배를 타고 바다를 건
너는 일이 편하고 익숙하게 느껴져…… 사람들에겐 저마다 자
신의 의지로는 어찌할 수 없는 무언가가 있는 것 같아. 그것이
무엇인지는 모르지만 아마 은하도 마찬가지일 거야. 무언가에
매달리는 것만큼 어리석은 짓은 없는 것 같아.

지난 봄 그와 함께 바다를 찾았을 때 그가 먼 수평선을 바라
보며 흡사 시를 읊듯 했던 말이다. 끊임없이 밀려오는 파도의

푸른 혓바닥이 그의 낡은 구두를 연신 적셨다. 그도 나처럼 외로운 사람이구나. 나는 돌아오는 길 내내 그에게 마음의 바다가 되어주어야겠다는 생각을 했다. 세상의 외로움에 지친 그가 돌아와 깃들 수 있는 그런 평온한 바다를 꿈꾸었다. 짧은 봄이 지나는 동안 나는 그렇게 그를 매어둘 닻을 생각했었다.

"쥐의 정액이 맞아요. 녀석이 자위를 했나 보죠. 그러게 사람이나 동물이나 때가 되면 적당히 섹스를 해야 하는데."

퇴근하는 길에 동물병원에 들렀을 때 수의사는 나를 바라보며 음흉한 미소를 지었다. 그러면서 그는 자위란 짝이 없는 생명체를 위해 신이 부여한 선물이라며 묻지도 않은 자위의 효용성에 대해 말했다. 개도, 토끼도, 원숭이도 사람처럼 자위를 한다는 것이다. 단지 사람만이 특정 상대를 떠올리며 행위를 하기 때문에 스스로 쾌감을 배가시킬 수 있다고 했다. 자신도 아내 몰래 그걸 할 때가 있다며 수의사는 음흉한 미소를 지었다. 그의 표정은 어린 시절 동네 남자들이 나를 흘끔 흘끔 쳐다보던 때의 비릿한 시선과 닮아 있었다. 어느 곳이나 이런 부류의 남자들은 있기 마련인 모양이다. 대꾸를 하거나 미적거렸다간 더한 말이 되돌아올 것 같아 서둘러 밖으로 나와 버린다. 찬바람이 부는데도 얼굴은 화끈거린다. 속이 메스껍고 토악질이 나오려고 한다.

연구동에 들어오자마자 나는 정 선생 실험실로 향한다. 긴

복도 양쪽으로 늘어선 실험실은 언제나 을씨년스러운 느낌을 준다.

"은하씨. 안색이 안 좋네. 어디 아픈 것 아니야?"

"실험이 막바지에 이르니까 신경이 좀 날카로워지네요……
근데 어제 집에 일이 있다고 한 건 잘 됐어요?"

나는 안색이 어두웠던 그녀의 얼굴이 떠올라 걱정스러운 듯 물었다. 사실 지금도 그녀의 얼굴은 밝은 편이 아니다.

"응 그럭저럭. 그런데 은하씨, 혹시 쥐 빌리러 온 것 아니야? 맞지? 자기 얼굴에 그렇게 써 있는 걸."

그녀는 배우처럼 두 손을 펼쳐 보인다. 같은 쥐를 가지고 실험을 해서 그럴까. 그녀와 나는 이제 표정을 보면 대충은 서로가 뭘 원하는지 아는 편이다.

"모두 수컷인 줄 알았거든요. 근데 오늘에서야 한 녀석의 밑이 다르단 걸 알았지 뭐예요. 더구나 임신까지 했더라구요."

"제대로 확인을 했어야지. 하기사 생쥐는 사타구니를 유심히 보지 않고는 암수 구별하기가 쉽지 않지. 글쎄? 충격에 별 반응이 없는 곰탱이 녀석이 하나 있는데 그거라도 줄까?"

"그럴래요."

그녀는 케이스에서 쥐를 한 마리 잡아 작은 케이스에 옮긴다. 녀석은 보기에도 조금 둔해 보인다.

"……근데 말야 은하씨, 혹 조교가 좀 이상한 눈치를 주지 않든? 조심해. 새내기 대학원생 킬러라는 소문이 있어."

실험실을 나가려는데 그녀가 툭 내뱉은 말이다. 나는 케이스를 바닥에 내려놓는다.

"…"

"쥐 같은 남자니까 조심하라는 거야. 자기도 보아하니 나와 같은 과인데 뭘. 한번 남자한테 빠지면 물린 줄도 모르고 속까지 다 내주는 그런 맹물 말이야… 사실 이렇게 말하는 나도 늘 남자문제만큼은 맹물이었지… 은하씨, 나 애 엄만지 모르지? 아니 내가 말 안 했나?"

"……그래요?"

"실은 어제 일찍 퇴근한 건 애 때문이야. 오늘처럼 학교에 오는 날은 친정엄마가 봐주거든. 그런데 어제는 잘 놀던 애가 갑자기 경기를 일으켰다는 거야……"

그녀는 둥그렇게 눈을 뜨고는 하소연하듯 내 얼굴을 바라본다. 이제껏 한 번도 자신의 신상에 관한 이야기를 하지 않았기에 조금 그녀가 부담스럽다. 아주 잠깐 전류가 끊겨버린 수족관 속처럼 적막한 기운이 감돈다.

삼년 전, 그녀가 입시학원에서 강의를 하던 시절 그곳 원장을 사랑하게 되었다고 했다. 같은 과 선배이기도 했던 그는 이미 결혼을 한 유부남이었다. 부원장을 맡고 있는, 원장보다 세 살이나 많은 부인도 그녀의 수학과 선배였다. 결국 셋 모두는 같은 과 출신의 선후배 사이로 금지된 사랑에 얽혀든 비극의 주인공들이었다. 정 선생은 한동안 원장이라는 선배와 줄 위

를 걷는 서커스단의 곡예사처럼 아슬아슬한 사랑을 나눴다고
했다.

"임신 사실을 고백하던 날, 정말 내 평생 그의 표정은 영원
히 잊지 못할 거야. 도무지 이해하지 못하겠다는 반응이었으
니까. 그리고는 하는 말이 그만 학원을 나오라는 거야. 사랑한
다며 몸을 탐할 때는 언제고 이제와 나보고 나가 달라? 난 학
원도 그만 두지 않을 것이고, 보란 듯이 애까지 낳겠다고 했
어. 아니 다른 무엇보다 정말로 그를 사랑했으니까. 그건 진심
이었어…… 그런데, 그런데 말이야. 그 인간이 여름휴가 때 동
해안으로 물놀이를 갔다가 그만 물에 빠져 죽고 만 거야."

그녀의 말은 높은 천장에 부딪쳐 맴도는 공명음처럼 한동안
귓가를 떠나지 않는다. 원장은 그녀를 사랑한 것이 아니라 단
순히 섹스상대로 그녀를 만났던 것 같다. 그 비밀스런 불안이
어쩌면 쥐가 성기를 핥는 것과 같은 순간의 쾌락을 주었을지
모른다.

"그 후론 매일처럼 물에 빠져 죽은 그가 꿈에 나타나는 거
야. 그에 대한 기억을 떠올리면 떠올릴수록 그는 내 꿈속의 주
인공이 돼버렸어. 어느 날 또 꿈을 꾸는데 이번엔 그가 내 사
타구니를 비집고 들어오더니 아이로 둔갑해버리는 거야."

아주 잠깐 어색한 침묵이 흐른다. 케이스에 따로 옮겨둔 쥐
가 찍찍거리며 비명을 지른다. 녀석은 홀로 격리된 이제야 외
로움이라는 충격을 감지한 모양이다. 언젠가 정 선생은 잘못

된 인연은 덫과 같다고 했다. 그와 나는 누가 덫이었을까.

 난 말야 영원히 바다를 떠돌고 싶어. 어린 시절 지구 반대편에 있는 나라에 입양되었을 때도, 그리고 얼마 후 한국으로 오게 되었을 때도 내 곁에는 언제나 바다가 있었어. 이젠 어느 누구와도 섞여들고 싶지 않아. 배를 타야겠다고 생각을 한 건 오래 전부터야. 은하 너를 만나기 훨씬 이전부터 난 바다로의 출가(出家)를 꿈꾸었으니까. 한 마리의 물고기처럼 심해의 바다를 떠돌 거야. 원래 내 삶이 그랬으니까. 그러다 보면 핏덩이를 홀로 남겨두고 속세와 인연을 끊었다는 내 아버지와 이 땅을 버리고 먼 이국의 땅으로 떠나버렸다는 어머니를 이해할 지도 모른다는 생각이 들었어. 그렇게 그 광활한 바다를 떠돌다 보면, 혹여 나를 얽매어 왔던 세상의 모든 인연의 줄로부터 자연스레 풀려날 수 있을지 모른다는 생각이 들었어. 그러나 결코 은하를 떠난다는 생각은 들지 않아. 은하와 내 사이엔 운명처럼 흐르는 시간의 바다가 있으니까. 지금은 힘들겠지만 언젠가는 은하도 나를 이해할 날이 올 거라 믿어….

 먼 바다로 떠난 그에게서 메일이 왔다. 그 사이 한 차례 태풍이 지나가고 가을이 왔다. 그는 이미 지구 반대편을 향해 나아가고 있었다. 그는 누군가를 사랑하고 인연을 만든다는 것은 부질없는 일이라고 했다. 혹여 태풍을 만나 난파가 되어 해저의 깊은 곳에 잠들어버릴지 모르는데 누군가를 육지에 남겨둔다는 것은, 결코 옮기지 못할 무거운 짐을 가슴에 쌓아놓는 거나 다름없다고 했다. 그의 메일을 받던 날, 나는 산부인과를 찾았다. 그가 결코 내게로 돌아오지 않을 거라는 생각이 굳어졌다. 모든 동물은 가임한 암컷의 새끼를 죽이지 않는다. 그러나 사람만이 태아를 죽인다. 아니 도살을 하는 것이다. 나는 수술대에 오르며 그렇게 중얼거렸다. 내 손에 죽은 쥐들의 저주로 나 또한 사랑하는 사람의 아이를 죽여야 하는 형벌에 처해지나 보다. 그러나 문득, 나는 아이를 지우는 것으로 모든 일이 새로워지지는 않을 거라는 생각이 들었다. 아이를 어둠과 절망의 덫에 유폐시키는 것은 어쩌면 또다른 나를 그곳에 감금하는 것일 수도 있다는 생각이 들었다. 나는 황급히 수술대에서 내려왔다. 절망의 덫에 갇히는 것은 나 하나로도 족했다.

그를 잊기 위해 뭔가에 매달리지 않으면 안 되었다. 뒤늦게 야간 대학원에 들어간 것도 그 때문이었다. 다행히 10년의 임상병리사 경력이 인정되어 산업체 특별전형에 합격할 수 있었다. 나는 모든 것을 잊고 병원과 학교 일에만 매달리기로 마음먹었다. 그를 잊기 위해선 달리 방법이 없었다. 그러나 그마저도 쉬운 일이 아니었다. 나는 이곳 연구동에서 잘못 분양되어 들어온 암컷 쥐로 통했다. 연구만을 해온 학생들과 달리 유일하게 전문대 출신인 나는 은연중에 따돌림의 대상이 되어 있었다. 이따금씩 학생들의 곱지 않은 눈빛과 마주치거나, 표가 날 정도로 자신의 제자와 차이를 두는 교수님을 대할 때마다 이곳은 내가 있을 곳이 아니라는 생각이 들었다. 마치 가임을 해서는 안 되는 암컷 쥐가 수컷 케이스 안에 섞여든 것처럼 말이다.

연구보고서 제출 마감이 내일이라는 조교의 전화가 다시 걸려왔다. 이번엔 수고가 많다며 언제 한번 저녁을 사겠다는 말을 덧붙였다. 전화기 저편으로 그의 비릿한 웃음이 느껴진다.

나는 다시 케이스 안을 둘러본다. 9번 쥐에게 자꾸 눈이 간다. 그러나 그때마다 의식적으로 눈이 돌려지고 만다. 불룩하게 불러온 배를 보자 안쓰러운 생각이 스친다. 나도 모르게 손이 내 배 위로 향한다. 애잔한 떨림이 느껴진다. 3번 쥐가 먹이를 앞에 두고 자꾸 더듬거린다. 고혈당 증세를 보여 매번 칼날의 맛을 봤던 녀석이다. 눈곱이 낀 것으로 보아 백내장이 꽤 진척된 모양이다. 좀더 시간이 지나면 영영 앞을 보지 못할 것이다. 녀석이 적출물 봉투에 담겨 특수 쓰레기로 분류될 날이 멀지 않았다는 반증이다. 아마 녀석의 배를 가를 때쯤이면 완전히 시력을 잃을 것도 같다. 한때 사랑에 빠져 앞을 제대로 보지 못했던 나를 보는 것 같다. 사랑 또한 중독이 된다는 사실을 그때는 몰랐다. 그것이 내 영혼을 향해 들이대는 날선 메스라는 것을 정말, 알지 못했다.

더 이상 미룰 수 없을 것 같다. 나는 심호흡을 하고는 탈지면에 마취제를 묻힌다. 그리고 습관처럼 성호를 긋는다. 다음 생엔 결코 실험쥐로 태어나지 말라는 기원을 한다. 그렇다고 사람으로 환생하라는 주문도 외울 수 없다. 누군가를 사랑하고, 그것 때문에 아파해야 하는 것은 케이스 안에 갇힌 채 수시로 칼날의 저린 맛을 봐야 하는 실험쥐의 고통에 비길 바가 아니기 때문이다. 9번 녀석이 뒷다리를 버둥거린다. 탈지면을 보고는 죽음의 향기라는 것을 직감한 모양이다. 나는 어금니를 깨문 채 녀석에게 탈지면을 씌운다. 얼마 후 자동차 엔진이 꺼지듯 잔 떨림이 멈춰버린다. 갑자기 아랫배에 통증이 느껴진다. 뱃속의 내 아기도 다가오는 칼날에 대한 느낌을 기억하고 있는 모양이다. 잠깐 수술대에 누워 있을 당시보다 아기의 발길질은 대차다. 나는 숨을 깊게 들이마신 뒤 펼쳐진 해부도를 잠깐 일별한다. 그리고는 서둘러 고정판에 쥐의 사지를 고정시킨다. 그리고 증오를 품은 눈을 보지 않기 위해 고개를 한쪽으로 돌려버린다. 케이스 안의 쥐들이 발광을 하듯 비명을 지른다. 녀석들은 본능적으로 죽음의 냄새를 맡고 있는 것이다. 나무도, 새도, 쥐도 모든 생명체는 죽음을 직감한다. 사람도 예외는 아니다. 그러나 다른 생명체들은 죽음을 체념하는 것에 비해 사람은 그렇지 않다. 끝없이 집착을 하지만 그것이 스스로의 영혼을 갉아먹는다는 사실을 모른다. 아니 인정하려 들지 않는다.

쥐들의 소란이 언제인가 싶게 멈춰 있다. 녀석들은 원비디알 모양의 사료를 갉아먹고 있다. 나는 메스에 입김을 분다. 은빛의 칼날위로 뿌연 입김이 번진다. 메스는 단숨에 그어야 한다. 중간에서 멈추고 다시 날을 대면 원래 생각했던 지점에서 엇나가기 쉽다. 메스에 닿는 살의 느낌은 마치 스케이트 날이 얼음 위를 미끄러져 나갈 때의 순간을 연상시킨다. 미세한 전율이 손끝을 타고 전해온다. 칼날의 느낌이 좋지 않다. 날이 지나간 경계선 밖으로 피가 맺힌다. 붉은 핏방울이 은빛의 날 위로 빠르게 스며든다. 나는 다시 한 번 고정판 옆에 놓인, 쥐의 장기가 그려진 해부도를 바라본다. 빼곡히 들어찬 내부의 장기는 튼실하게 여문 석류 속을 보는 것 같다. 하트 모양의 심장에선 미세한 박동이 이어지고 있다. 더러 해부 도중에 깨어나는 쥐가 있다고 한다. 그리고는 모든 것을 체념해버린 듯한 공허한 눈으로 자신의 배를 가르고 있는 사람을 쳐다본다는 것이다. 그 눈과 마주친다고 생각하면 너무나 끔찍하다. 나는 개복한 부위를 핀셋으로 고정시키고 가위로 장기를 떼어내기 시작한다. 간, 위, 콩팥, 심장, 자궁 그리고…….

나는 떼어낸 장기들을 받침대 위에 차례차례 올려놓는다. 작고 섬세한 장기들. 그것들이 쥐의 일부를 구성하고 있었다는 생각이 들지 않는다. 생명의 존재가 이렇듯 보잘것없는 잔해로 남는단 말인가. 쥐는 내 손에 처형을 당한 것이다. 비릿한 피냄새가 코끝에 감겨온다. 나는 피냄새를 지워버릴 요량으로 서둘러 포르말린 용액을 꺼낸다. 그것은 색은 변해도 형체는 유지하게끔 해주는 역할을 한다. 선홍색의 간은 갈색으로, 붉은 심장은 갓 삶아낸 순대의 빛깔로 변할 것이다.

밖으로 나오자 제법 찬바람이 불어온다. 11월의 밤이 깊어가고 있다. 사람들은 실험실이 밀집한 이곳을 동물농장이라고 부른다. 아니 도살장이라고 한다. 그러나 나는 죽음의 케이스라고 부른다. 동물들뿐 아니라 어느 땐 나나, 정 선생이나 다른 모든 사람들이 뭔가 알 수 없는 공간에 갇혀 있다는 생각이 든다. 저편에 작은 묘비가 보인다. 실험실에서 죽어간 동물의 영혼을 위해서 세운 비석이다. 하지만 사람들은 자신들을 위해 세웠다는 걸 잘 알고 있다. 나는 작은 돌을 그 밑에 놓아둔다. 묘비 위로 쏟아지는 불빛이 얼음처럼 차다. 갑자기 불어오는 바람 속에 무언가에 놀란 쥐들의 환청이 들려온다. 아니 먹이를 탐하는 녀석들의 모습이 보인다. 나도 모르게 녀석들의 꼬리를 낚아채고 싶은 충동이 인다. 녀석들은 칼날이 스치던 예리한 맛을 떠올리며 적의에 찬 시선을 던질 것이다. 그런 중에도 어떤 녀석은 구석에 처박혀 홀로 자위행위에 빠져 있겠지. 죽음이 목전에 닿은 것도 잊은 채, 붉은 혀로 연신 성기를 핥으며 잠시나마 칼날의 기억을 잊으려 할 것이다.

그가 언제쯤 멀고 먼 바다를 돌아 다시 돌아올지 모르지만 나는 이제 그를 잊으려 한다. 그는 도살된 쥐에 다름 아니다. 고통을 잊기 위해 집착을 했지만 그것이 또다른 고통을 불러온다는 것을 알기에, 또한 그것은 스스로가 덫을 놓는 일이기에, 이제 그만 지난 시간들에 과감히 메스를 들이댈 것이다. 그는 아무 곳에도 존재하지 않는 허방이었으며 아득한 꿈에 지나지 않았다. 나는 서둘러 밖을 향해 걸음을 재촉한다. 언제인가 싶게 배의 통증이 멎어 있다.

그녀의 집에 관한 이야기

그녀의 집에 관한 이야기

여자는 그린지구로 가달라는 말을 하고는 잠이 들어버렸다. 물컹한 입술에선 연신 술냄새가 번져왔다. 어젯밤에도 여자는 잔뜩 술에 취한 상태로 핸들을 맡겼었다. 나는 고개를 들어 중앙에 내걸린 후미경을 쳐다본다. 유리창으로 스며든 흐릿한 불빛이 여자의 얼굴에 음영을 드리운다. 어림잡아 30대 후반이나 되었을까. 바바리코트 속에 드러난 목선이 수숫대처럼 반듯하다.

도로는 흥건히 젖어 있다. 어느 결에 차창엔 뿌옇게 김이 서려 있다. 나는 버튼을 눌러 유리창을 내린다. 뼛속으로 찬바람이 스며든다. 차창 밖의 풍경은 실루엣처럼 흐릿하다. 오늘처럼 비가 오는 날은 시야가 급격히 좁아지게 마련이다. 더욱이 다른 사람의 차를 운전할 경우에는 자칫 사고가 나기 쉽다.

차에도 성격이라는 것이 있다. 차종에 따라, 연식에 따라 그리고 사람의 운전 습관에 따라 차는 예민하게 반응한다. 간혹 운전 중에 휘파람 같은 가냘픈 소리가 들릴 때가 있는데 그것은 필요이상으로 브레이크를 밟아 라이닝이 닳아졌기 때문이다. 이 차에서도 칼끝으로 양철을 긁어내는 듯한 소리가 들려온다. 핸들을 꺾는 각도에 따라, 가속페달에서 발을 떼는 위치에 따라, 비록 그것이 미세한 차이임에도 불구하고 타이어에는 엄청난 편차를 준다. 차가 주인의 성격을 닮는 것이라면 이 차의 주인은 꽤 섬세한 성격의 소유자일 것 같다.

나는 대리운전을 한다. 하루아침에 다니던 회사가 부도가 나는 바람에 그만 직장을 잃어버렸다. 부동산 임대업자인 사장이 고의 부도를 내고 잠적해버린 것이다. 이 일을 시작한 지는 얼추 두 달 정도 되었다. 며칠 간은 밤낮이 뒤바뀌어 고생을 했지만 지금은 어느 정도 적응이 된 상태다. 그러나 집에 들어가면 다음날 오전까지 곤한 잠을 잔다. 정말로 그것은 죽음 같은 잠이다.

차는 어느덧 도심을 빠져 나오고 있다. 허허로움이 밀려온다. 저 멀리 도심의 불빛은 낯선 이들을 향해 무언가 금지된 욕망을 부추기는 것 같다. 외곽으로 빠지는 다리를 건너자 야트막한 언덕이 이어진다. 딴 세상에 온 것처럼 주위는 어둡고 쓸쓸하다. 군데군데 고인 물방울이 달리는 바퀴에 채여 날카롭게 찢겨진다. 그때마다 메마른 손바닥으로 갓난아기의 엉덩이를 때릴 때와 같은 낭창한 소리가 울려 퍼진다. 고개를 돌려 어둠 저편으로 무연히 시선을 던진다. 화려하던 불빛은 오간데 없고 칠흑처럼 캄캄한 장막이 펼쳐져 있을 뿐이다. 불과 몇분 안팎의 거리인데도 서로 다른 세상이, 서로 다른 풍경이 존재하고 있다.

"다 왔습니다. 손님."

어느덧 차는 목적지에 당도했다. 그러나 여자는 여전히 눈을 감은 채 깊은 정적 속에 가라앉아 있다. 나는 아파트 주차장 빈곳에 차를 주차시킨다. 그때까지도 여자는 아무런 반응이 없다. 나는 손을 뻗어 여자를 흔들어 깨운다. 술냄새가 후욱 번져온다. 여자는 그제야 천천히 몸을 일으킨다. 흘러내린 머리카락이 아무렇게나 헝클어져 있다. 뒷칸의 유리창은 열지 않았는데 여자의 얼굴이 물빛으로 번들거린다. 빗줄기가 어디로 들이쳤을까. 나는 밖으로 나와 뒷문을 열어 주고는 여자에게 차 키를 건넨다.

"고마워요…… 내일도 오늘과 같은 시간에 그 풍선카페 앞으로 와주세요. 부탁합니다."

여자는 가느다란 손가락으로 머리를 쓸어 넘긴다. 그리고는 핸드백에서 돈을 꺼내 만원짜리 세 장을 건넨다. 그리고는 아파트 출입구 쪽으로 걸어간다. 우산에서 흘러내린 빗물이 여자의 어깨 위로 촛농처럼 뚝뚝 떨어진다. 마치 여자가 한 자루의 가냘픈 양초 같다는 생각이 든다.

방은 언제나 고요하다. 방문을 열면 밀폐되어 있던 공기가 나를 덮친다. 마치 성폭행범의 완력처럼 말이다. 방에서는 은밀하면서도 외로운 냄새가 난다. 연립주택 반 지하의 방 한칸. 지상에서 몸을 누일 수 있는 유일한 공간이다. 방엔 온기도, 숨결도 없다. 타다 남은 담배꽁초와 각종 공과금 고지서가 쓰레기처럼 널려 있다. 나는 이 사막의 한 가운데에서 꽤 오랜 시간을 보냈다. 고등학교를 졸업하면서부터 자취를 시작했으니 올해로 만 15년째다. 그러나 나는 아직도 난파선과도 같은 이 절망의 공간을 벗어나지 못했다. 이곳 지하방에서 나는 대학을 졸업했고, 군대를 제대했으며, 누군가를 사랑했다. 무엇보다 삶이 그리 호락호락하지 않는다는 사실과도 맞닥뜨려야 했다. 그러나 그 깨달음만으로는 결코 이곳을 벗어날 수 없었다. 지하방을 떠나기에 현실의 계단은 너무도 높고 가팔랐다. 그리고 어떻게 된 일인지 시간이 흐를수록 계단은 점점 높아만 가는 듯했다.

어쩌면 주영의 죽음과 함께 모든 희망은 증발해버렸는지 모른다. 그녀는 혼수상태에서 깨어나지 못했다. 보름을 못 넘길 거라던 의사의 말은 빗나가지 않았다. 담당의사는 난해한 암호를 해독하듯 작은 전등으로 그녀의 동공을 비추며 그렇게 말했다. 마음의 준비를 하시는 게 좋을 것 같습니다. 벼락과도 같은 그 말은 이내 뇌리에 박히고 말았다. 불빛 속에 드러난 초점 없는 주영의 망막은 무섭도록 공활하고 쓸쓸해, 예전의 따스한 미소를 머금던 눈이라고는 생각되지 않았다. 그 맑고 부드러운 눈빛을 다시 못 볼거라는 생각에 나도 모르게 눈물이 나고 말았다.

불행하게도 잉크 충전방을 시작한 다음날, 주영은 사고가 나고 말았다. 삼거리에서 좌회전 신호를 받고 핸들을 꺾는 순간, 신호를 무시하고 우측에서 달려오던 차가 그대로 주영의 차를 들이받았다. 그 충격에 차는 중앙선을 넘어 반대편에서 달려오던 차와 정면으로 충돌했고, 우측에서 직진하던 차는 차체의 앞부분이 심하게 찌그러진 채 전복되고 말았다. 스키드 마크가 검은 도로 위에 문신처럼 또렷하게 새겨졌다. 멀리서 보면 심하게 찢긴 도로를 헐겁게 기운 모습을 연상케 했다. 주영은 사고 현장에서 사망했고 직진차량의 소나타 운전자와 반대편에서 달려오던 그랜저 운전자는 중상을 입었다.

난 이다음에 돈을 많이 벌어 근교에 아담한 집을 지을 거야. 물론 정원엔 갖가지 꽃들과 나무를 심어야겠지. 그리고 오빠를 닮은 아이를 낳고 싶어. 그래서 그 아이가 걸음마를 할 때쯤이면 매일 저녁 손을 잡고 정원을 거닐 거야. 오빠 나와 아이를 위해 근사한 저녁을 준비해야겠지. 아, 생각만 해도 너무 행복해.

입버릇처럼 말하던 그녀의 꿈은 어느 날 무법자처럼 달려든 차량에 의해 산산이 조각나고 말았다. 돌이켜보면 그녀의 꿈은 어쩌면 영원히 도달하기 힘든 신기루와 같은 거였는지 모른다. 나도 모르게 쓴웃음이 나오고 만다. 사고 당일, 나는 주영의 잉크 충전방에 있었다. 새로 오픈한 가게는 그녀의 성격만큼이나 깔끔하고 아담했다. 나는 그곳에서 주영이 가르쳐준 대로 잉크 충전하는 법을 연습하고 있던 중이었다. 굉음은 흡사 도살장에 이끌려온 짐승의 비명처럼 메마른 하늘에 울려 퍼졌다. 손에 들려 있던 주사기가 스르르 미끄러져 내렸다. 그리고 동시에 잉크가 손바닥의 운명선을 타고 주르르 흘러내렸다. 나는 검게 물든 운명선을 바라보며 흠칫 몸을 떨었다. 뭔가 가혹한 운명에 휘둘릴지 모른다는 느낌이 들었다.

잉크 충전방은 주영이 지난 봄 광고회사를 그만두고 새롭게 시작한 일이었다. 생활정보지를 제작하는 전산실에서 그녀는 5년이 넘는 시간을 보냈다. 오퍼레이팅 작업과 사진을 스캔하는 일이 그녀의 업무였다. 주택 매매, 아파트 임대, 임야 매입, 카드빚 대납, 아르바이트생 구함, 학원 강사 구함 등등 하루에도 수없이 많은 줄광고를 입력했다. 지금까지 주영이 타이핑한 줄광고를 모두 합친다면 웬만한 잡지 수십 권 분량이 넘을 것이다. 그뿐이 아니었다. 그녀의 손을 거쳐 스캔이 된 인물 사진은 헤아릴 수 없을 정도였다. 대부분 자동차 영업사원이거나 보험회사 직원들이 고객이었다. 그들의 광고문구는 천편일률적이었다. 계약부터 출차까지 완벽한 서비스를 해드립니다. 연체 대납 전화 한방이면 오케이 등등…… 주영은 그렇게 밤낮으로 자판을 두드리고 사진을 트리밍했다. 그러면서도 전원주택 매매에 관한 광고는 하나도 빠짐없이 스크랩을 하는 것 같았다. 며칠만 지나면 쓰레기로 변해버릴 터인데도 그녀는 가격별로, 위치별로 파일노트에 차곡차곡 저장을 했다. 그녀는 그때부터 자신만의 집을 그렇게 짓고 있었던 것이다.

　비는 그쳐 있다. 반지하 유리창으로 빈약한 햇살이 스며든다. 볕은 언제나 감질나게 창을 기웃거릴 뿐, 방안 구석구석까지 도달하진 못한다. 지하방에 있으면 햇볕이 창살에 걸려 넘어진다는 말을 실감하게 된다. 이곳 연립은 지은 지 오래된 건물이라 곳곳이 하자투성이다. 벽면이 세로로 금이 간 것은 말할 것도 없고 걸핏하면 상하수도 배관이 터지기 일쑤다. 그러나 고장이 나도 임대료가 다른 곳에 비해 싼 이유로 주인에게 고쳐달라는 소리를 하지 못한다. 되레 언제 방을 비워달라는 통보를 받을지 몰라 눈치를 봐야 한다. 지난 장마철엔 물이 역류해 방을 덮쳐버렸다. 가재도구와 비키니 옷장이 물에 젖어 쓰레기로 변해버렸다. 변변한 살림이 있었던 것은 아니지만 막상 불어나는 물 앞에선 챙겨야 할 짐이 너무 많았다. 젖은 옷가지들은 익사해버린 짐승의 사체처럼 둥둥 물 위를 떠다녔다. 저절로 허허로운 웃음이 나왔다. 그러나 빗물을 뒤집어 쓴 컴퓨터 앞에서는 와락 눈물이 나왔다. 언젠가 소설을 쓰리라 마음먹고 틈틈이 저장해두었던 자료가 흔적 없이 날아가 버린 거였다. 또한 주영이 다운 받아 두었던 전원주택에 관한 자료들도 몽땅 사라져버렸다. 다행히 그녀가 내 생일 날 사주었던 디지털 카메라는 케이스에 담아 선반 위에 놓아두었던 터라 화를 면할 수 있었다. 비가 그치자 나는 제일 먼저 물에 젖은 컴퓨터를 쓰레기봉투에 담아 골목에 부려놓았다. 그리고는 주영의 가게에 있던 컴퓨터를 옮겨왔다. 하루빨리 사라져버린 자료를 기억 속에서나마 복원해야겠다는 생각에서였다.

아이들 웃음소리가 들려온다. 잠결에 들려오는 아이들의 웃음소리는 언제나 비현실적이다. 유리창 창살이 경계가 되어 이곳의 세계와 저곳의 세계가 따로 존재하는 느낌이다. 나는 자리에서 일어나 담배를 피워 문 채 창 밖을 바라본다. 낡고 허름한 연립주택의 아이들이 놀이터에 나와 모래를 만지며 놀고 있다. 한쪽에 설치된 덤블링 위에선 서너 명의 아이들이 한꺼번에 하늘을 향해 튀어 오른다. 그때마다 곱게 땋은 갈래머리가 바람에 휘날리는 갈대처럼 부드럽게 흩날린다. 문득 내게도 저 아이들처럼 가볍게 하늘로 치솟아 오르던 푸른 시절이 있었던가 싶다. 매운 담배연기가 아프게 눈을 찔러온다.

나는 대강 밥을 차려먹고 밖으로 나온다. 고용센터에 구직 희망 서류를 접수할 생각이다. 언제까지 대리운전을 하고 있을 수만은 없다. 더욱이 경기가 어려워진 이후 너도나도 이 일에 뛰어드는 바람에 제 살깎기식 경쟁을 하고 있다. 요즘 들어선 단속에 걸릴까봐 불안하다. 몸이 축나는 것은 그럭저럭 버틸만하다. 그러나 허가도 받지 않았고 보험에도 가입하지 않은 이상 행여 사고가 나면 운전면허가 취소되는 것은 물론이고 엄청난 액수의 벌금을 물어야 한다. 무엇보다 술 취한 사람을 차에 태워 바래다준다는 것이 주제넘은 일이라는 생각을 떨쳐버릴 수 없다. 나 자신의 삶도 제대로 추스르지 못해 휘청거리는데, 잠깐동안이나마 누군가의 인생을 떠안아야 한다니, 한마디로 웃기는 일이다.

옆방에 누군가 이사를 온 모양이다. 현관 앞에 짐이 부려져 있다. 옆방은 지난 장마철에 물이 잠긴 이후 몇 달 째 비어 있었다. 전에 살던 사람이 쓸 만한 가재도구를 챙겨 떠난 뒤, 통 사람의 그림자를 볼 수 없었다. 같은 지하연립에 살고 있었을 땐 몰랐지만, 나는 그 사람이 떠나버린 후 한때나마 이웃이었다는 생각이 뒤미처 들었다. 한밤중이나 새벽녘, 대리운전을 끝내고 돌아오면 언제나 그렇듯 어둠과 쓸쓸함에 포위되어버린다. 한 계단, 한 계단 아래로 내려갈 때마다 나는 지하 묘지를 향해 걸어가는 듯한 착각이 들곤 한다. 보이지 않는 손이 내 발목을 잡아끌고 있다는 생각을 떨쳐버릴 수 없는 것이다. 한번은 어둠 속에서 파란 불빛과 맞닥뜨린 적이 있다. 흠칫 놀라 뒤로 물러나는 나를 향해 파란 불빛이 그물처럼 덮쳐왔다. 나는 중심을 잃고 계단에서 나뒹굴었다. 도둑 고양이었다. 무릎이 깨져 피가 흘렀다. 진한 비린내가 코끝을 아릿하게 스쳤다. 고양이는 계단을 타고 쏜살같이 놀이터 저편으로 사라졌다. 몸속에 탄력 좋은 스프링이 몇 겹으로 내장되어 있기라도 하듯 녀석은 순식간에 어둠을 향해 솟구쳤다. 필경 옆방에 인기척이 없다는 것을 알고는 그 주변을 배회하고 있었던 모양이다. 그 이후로 나는 곧잘 녀석과 난간의 빈 공간에서 마주치곤 했다. 그때마다 녀석은 나를 비웃기라도 하듯 어둠 저편으로 달아나 버렸다.

　〈길 프린터 잉크 충전방〉. "리필 10번 하면 프린터 1대 값 번다" 초록색 바탕의 흰 샘물체의 간판이 바람에 너울거린다. 잉크 충전방은 여전히 굳게 자물쇠가 걸려 있다. 주인을 잃어버린 가게는 흡사 파산한 배처럼 그렇게 침묵 속에 가라앉아 있다. 주영은 이곳에서 단 이틀 일했을 뿐이다. 그녀는 돈을 벌어 언젠가는 자기 이름으로 된 고급 주택을 사고야 말겠다고 입버릇처럼 말하곤 했다. 그녀에게 집은 단순한 주거지가 아니었다. 어린 나이에 부모를 잃고 친척집을 전전하며 살아야 했던 기억은 자연스레 그녀에게 안락한 공간에 대한 집착을 부추겼을 것이다. 생리를 시작한 이후 최대의 꿈은 몸 하나 반듯하게 누일 수 있는 방 하나를 갖는 거였다며 그녀는 눈시울을 붉히곤 했다. 나는 그 말을 들을 때마다 이상하게 그녀와 섹스를 하고 싶다는 충동이 일었다.

　나는 자물쇠를 열고 안으로 들어간다. 눅눅한 냄새가 코를 찌른다. 전원 스위치를 켜자 불빛이 사방으로 스며든다. 바닥엔 주영이 사고가 난 날, 내 손바닥을 타고 흘러내렸던 검정색 잉크가 군데군데 엉겨 있다. 동전보다 작은 얼룩은 흡사 까만 바둑알을 함부로 뿌려놓은 것 같다. 나는 바닥에 눌러 붙은 그 바둑알을 헤아려 본다. 하나, 둘, 셋, 넷…… 그러자 어디선가 싸이렌 소리가 들려온다. 금이 간 벽 사이로 빗물이 들이치듯 그것은 두피를 가르며 뇌리 속으로 스며든다. 응급차에 실려 가던 주영의 마지막 모습. 새하얀 시트를 적신 시뻘건 핏물. 나는 고개를 흔들어 애써 사고 장면을 지워버린다.

가게 내부는 조금도 바뀌지 않았다. 진열대 위엔 수명이 다한 카트리지와 여러 소모품들이 놓여 있다. 플라스틱 병에는 엠391, 엠525 등 카트리지 기종을 표시한 숫자가 부착되어 있다. 프린터 기종에 따라 잉크 종류도 천차만별이다. 각기 기종에 맞는 카트리지와 잉크를 사용해야 하는 것은 물론이다. 바짝 긴장을 한 얼굴로 잉크를 주입하던 주영의 모습이 떠오른다. 먼지나 이물질로 막힌 노즐을 뚫으며 행복해하던 그녀가 불현듯 보고 싶어진다.

이제 보니 A4 용지 묶음 위로 뿌옇게 먼지가 내려앉아 있다. 손으로 문질렀더니 때가 새까맣게 엉겨 붙는다. 그녀가 살아 있다면 모두 잉크 실험용으로 쓰였을 것들이다. 나는 묶음으로 된 용지를 하나하나 들춰내 먼지를 턴다. 미세한 입자가 유영을 하듯 허공을 떠돈다. 다섯묶음째 먼지를 털었을까. 용지 가운데에 웬 시디가 끼어있는 것이 보인다. '그와 나의 집' 시디 표면에 익숙한 주영이의 글씨체가 눈에 들어온다. 무슨 내용이 들어있을까. 그와 나의 집이라, 나는 가볍게 읊조린다.
그리고는 시디를 주머니에 넣고 밖으로 나온다. 어느새 어둠
이 짙게 내려와 있다.

　여자는 자신이 운영하는 풍선카페 간판 옆에 쪼그려 앉아
있다. 담배를 입에 문 채다. 나는 여자가 건네준 차키를 받아
쥔다. 여자에게선 오늘도 술냄새가 난다. 도대체 여자는 무슨
이유로 매일같이 술에 절어 사는 것일까. 알코올 중독자라고
보기엔 증세가 심한 것 같진 않고 그렇다고 인생을 막 사는 사
람 같지도 않아 보인다. 짐작컨대 여자는 자신이 운영하는 카
페 영업이 끝나고 나면 기분전환으로 술을 마시는 것 같다. 그
러나 어디까지나 추측일 뿐이다.
　어젯밤과 달리 전형적인 가을밤의 날씨다. 살갗을 스치는
바람의 느낌이 좋다. 거리의 불빛은 절정을 향해 치달은 꽃잎
처럼 화려하다. 그 사이로 취객들의 고성과 도심 특유의 소음
이 밀려온다. 나는 주차브레이크를 풀기 전 사이드미러를 약
간 바깥쪽으로 젖힌다. 내 앉은키와 거울의 각도가 맞지 않아
뒤쪽이 잘 보이지 않는다. 사이드미러는 차종에 따라 각기 다
른 위치에 걸려 있어 매번 조절을 해야 한다. 많은 사람들의
귀가 그들의 얼굴이나 두상에 따라 천차만별인 것과 같은 이
치다.
　"오늘은 날씨가 참 좋네요."

나는 먼저 말을 건넨다. 더 이상 침묵이 계속되면 가다가 중간에서 차를 세워버릴 것 같다.

"그러네요."

여자는 여전히 창 밖을 보며 깊은 생각에 빠져 있다. 목소리는 무심하면서도 뭔가 고민에 빠져 있는 듯한 느낌이 묻어난다.

"이런 말을 하기엔 좀 주제넘을지 모르지만, 술 마시고 대리운전 맡기는 것 썩 좋은 일은 아니에요. 요즘 들어 봉변을 당했다는 사람들이 적지 않거든요. 특히 여자 손님만을 골라 금품을 노리는 사람들이 있으니까요."

"…… 만약 그런 일이 발생한다면 그이가 가만두지 않을 거예요. 그는 항상 나를 지켜주고 있으니까요."

"……"

나는 무슨 말을 하려다 말고 입을 다물어버린다. 여자는 자신만이 알아들을 수 있는 말을 내뱉고는 입을 다물어버린다. 더 이상 이야기를 나누고 싶지 않다는 뜻으로 들린다. 다시 한동안 침묵이 흐른다.

"…… 남편은 카레이서였어요. 생전의 그는 최고의 카레이서가 되는 게 꿈이었어요. 그러나 서른일곱이라는 젊은 나이로 세상을 등지고 말았죠. 경기 중에 차가 가드레일을 들이받고 전복되는 사고가 나고 말았어요. 지금도 문득문득 사고 당시의 악몽이 떠올라요. 휴지처럼 심하게 구겨진 차량 위로 치솟던 검붉은 화염과 붉은 핏물…… 남편의 혈액형은 희귀형인 RH 마이너스형이었어요. 텔레비전 프로에 급히 자막을 내보내고 라디오 방송에도 멘트를 내보냈지만 혈액은 공급되지 않았어요. 아니 필요한 혈액은 이미 그가 하늘나라로 떠나고 난 뒤에 도착했죠. 혈액을 기다리는 동안 나는 내 몸속의 피를 뽑아서라도 그이에게 수혈해주고 싶다는 생각을 했어요. 그러나 내 혈액형은 B형이었어요. 사랑하는 사람이 피가 부족해 죽어가고 있는 모습을 보면서도 아무 것도 할 수 없다는 자괴감은 정말 피가 마르는 고통이었어요.”

어느 결에 여자의 목소리엔 울음이 섞여 있다. 나는 중앙의 후미경을 통해 그녀를 힐끔 바라본다. 어둠 속에서 여자의 눈과 내 눈이 짧은 순간 부딪친다. 눈물 때문인지 여자의 눈이 투명하게 반짝인다.

나에게도 사랑하던 사람이 있었어요. 당신 남편처럼 교통사고로 먼저 하늘나라로 떠났어요. 그러나 나 또한 항상 그녀가 나와 함께 하고 있다는 생각을 하죠. 나는 여자의 말에 뒤이어 그렇게 말하고 싶었다. 아니 창을 열고 어두운 도심을 향해 그렇게 소리치고 싶었다. 그러나 나는 굳게 입을 다물었다. 막상 그렇게 말을 해버리면 더 이상 운전을 못 할 것 같았다. 나도 모르게 눈가가 뜨거워진다. 나는 재빨리 눈꺼풀을 감았다 뜬다.

갑자기 허리춤에서 진동이 느껴진다. 나는 액셀레이터에서 발을 떼고 천천히 핸드폰 폴더를 젖힌다. 음성이 들어와 있다.

내일 오전 중으로 고용안정센터에 들러달라는 내용이었다. 낮이면 잠을 자는 바람에 핸드폰을 제대로 확인하지 못해 곧잘 밤에 음성을 듣게 된다. 고용센터 직원이 직접 음성 메시지를 보내온 걸 보면 뭔가 일이 잘 풀리려는 모양이다. 그래, 어서 빨리 이 시답잖은 일을 집어치우자. 나도 모르게 가속페달에 발이 올려진다. 차는 팽팽하게 내뻗은 아스팔트를 집어삼킬 듯 내달린다. 그러나 생각만큼 차 상태가 좋은 것 같지는 않다. 조금만 브레이크를 밟아도 차체가 떨리는 걸 보면 브레이크의 유격 거리가 다른 차에 비해 턱없이 짧다는 반증이다. 가속페달 또한 신경질적으로 예민해 조금만 밟아도 알피엠이 치솟는다. 여자는 정말로 죽은 남편의 혼이 언제나 차에 동승하고 있다고 믿었던 모양이다. 그 동안의 운전습관이 어떠했는지 짐작이 간다.

차창 밖으로 가을밤의 풍경이 스친다. 사람들의 집에는 따스한 불빛이 무리지어 피어 있다. 그날 사고만 나지 않았어도, 주영과 나도 저처럼 아늑한 불빛이 새어 나오는 곳에서 밤을 보내고 있을지 모른다. 한순간에 날아가 버린 꿈이 어제 일처럼 또렷하다. 운명선을 적시며 흘러내리던 검정색의 잉크가 아직도 손바닥에 흥건히 남아 있는 것 같다. 나는 유리창을 내려 잠시 어둠속에 손을 내버려둔다.

나는 냉장고에서 맥주 캔을 꺼내 한숨에 들이킨다. 맨정신으로는 잠이 들 것 같지 않다. 극도로 몸이 피곤한 날은 머릿속에 커다란 알전구가 박혀 있는 것처럼 의식이 명료하다. 술이라도 마시지 않으면 늘어진 신경줄이 뚝 끊어져버릴 것만 같다. 나는 거푸 두 캔을 마시고는 자리에 눕는다. 창문 너머로 잉크빛의 어둠이 까맣게 물들어 있다. 하늘 어딘가에서 주영이 내 모습을 굽어보고 있을 것 같다.

　나는 자리에서 벌떡 일어나 컴퓨터를 켠다. 불현듯 낮에 가게에서 보았던 시디 생각이 난다. 주영은 시디에 무엇을 저장해뒀을까. 그와 나의 집. 나는 암호를 읽듯 시디에 적힌 글자를 읽는다. 시디를 읽어내는 소리가 오늘따라 유독 요란하다. 나는 창이 뜨자 사진이라고 쓰여진 아이콘을 클릭한다. 그러자 한 개의 아이콘에서 수십 개의 아이콘이 분류된다. 아이콘마다 제각기 제목이 붙어 있다. 나는 그 중에 '또 다른 나' 라고 쓰인 파일을 누른다. 화면에 잠시 마름모꼴의 부호가 나타났다 사라진다. 아주 잠깐 파란색의 배경이 펼쳐지더니 이내 커다란 사진이 드리워진다. 놀랍게도 주영의 벗은 모습이 화면 가득 펼쳐진다. 나도 모르게 탄성이 흘러나온다. 사과의 과육처럼 희고 탱탱한 나신(裸身)이 눈부시도록 아름답다. 갓 피어난 꽃잎처럼 수줍음이 감도는 젖무덤과 달리 군살 없이 매끈한 사타구니에선 깊은 동굴과 같은 적요와 신비감이 감돈다. 주영은 편안히 누운 자세로 허공을 향해 그윽한 눈길을 보내고 있다. 마치 사랑하는 사람을 품에 안으려는 자세다. 풍성하고 완만한 굴곡마다 정제된 욕망이 느껴진다. 나는 애써 어금니를 문다. 그러나 의지와 달리 아랫도리가 뜨거워진다. 풍선이 부풀어 오르듯 묵직한 느낌이 팽팽하게 차오른다. 나는 갑자기 자위를 하고 싶어진다.

사진을 화면 하단에 축소해놓고 또 다른 사진을 띄운다. '그와 나의 집'이라고 제목이 붙여진 파일을 클릭한다. 도심 외곽 지역에서나 볼 수 있는 단아한 전원주택이 화면에 들어찬다. 그녀가 입버릇처럼 말하던, 하늘엔 뭉게구름이 배경 삼아 흐르고 주위엔 사시사철 푸른 나무가 울타리를 대신하고 있는 그런 집이 펼쳐진다. 정원 한켠에 그녀와 내가 나란히 팔짱을 끼고 서 있는 모습이 보인다. 더없이 행복해 보이는 표정이 마치 그 집의 광고 모델로 착각이 될 정도다. 그런데 이상하다. 그녀와 내가 이런 전원주택을 뒤로 두고 사진을 찍었던 적이 없는데…… 둘이 사진을 찍었던 것은 작년 늦가을 주영의 생일 기념으로 가까운 산사를 찾았을 때였다. 붉은 단풍이 지천에 물들던 만추 무렵이라 풍경은 너무도 아름다웠다. 연신 하얀 웃음을 흩날리며 행복해하던 그녀의 모습이 지금도 눈에 선한다. 우리는 산사에 놀러 온 관광객에 부탁을 해 사진을 찍었다. 누가 시키지도 않았는데 김치라는 말이 동시에 튀어나와 자지러지게 웃었던 기억이 있다. 분명 사진은 그때 찍은 것이 맞는데 배경은 산사의 그것이 아니다. 그런데도 화면 속의 전원주택을 배경으로 한 사진은 실제인 양 너무도 똑같아 보인다. 또 다른 아이콘을 선택하자 이번에는 모던하면서도 고급스러운 거실의 내부가 나타난다. 아마 전원주택의 내부를 다운 받은 것 같다.

어쩌면 시디에 저장되어 있는 대부분의 사진은 주영이 임의로 합성을 한 것 같다. 잉크 충전방을 오픈 하기 훨씬 이전, 광고회사에 근무할 때에도 주영은 취미로 사진을 합성하곤 했다. 마음에 드는 사진이 있으면 스캔을 받아 그것과 어울리는 다른 사진과 섞어 전혀 다른 풍경을 만들어냈던 것이다. 모르긴 몰라도 사진 컨셉에 맞게 트리밍을 하고 질감을 입히는 건 그녀의 소소한 즐거움이었던 듯싶다. 현실에서는 가질 수 없는 것을 주영은 그런 방법을 통해 자신의 것으로 만들었다. 그러나 정작 지상에서 그녀가 소유할 수 있었던 단 하나의 집은, 잠시 자신의 영혼을 담아두었던 육신이라는 집뿐이었다. 그 사과의 과육처럼 희고 탱탱하던, 신비와 적요가 깃들어 있던 집 말이다. 나는 화면에 펼쳐진 사진을 같은 크기로 배열한다. 그리고는 인쇄버튼을 누른다.

"오늘은 카페에 출근하지 않았어요. 남편 기일이라서……"

여자의 목소리는 물처럼 가라앉아 있다. 핸드폰을 돌려받고 싶으면 직접 찾아오시죠, 라는 말을 내뱉듯 하고는 여자는 전화를 끊어버린다. 난감했다. 어제 운전 중에 걸려온 음성 메시지를 듣고는 그만 조수석에 핸드폰을 두고 말았던 모양이다.

이 일을 시작한 이후 벌써 세 번이나 휴대폰을 손님의 차에 놓고 내려버렸다. 아무래도 나는 남의 차를 대신 운전해주는 일에는 영 젬병인 것 같다. 휴대폰 관리가 무엇보다 중요한데, 번번이 잃어버리는 걸 보면, 오래 할 일이 아닌 것은 분명하다. 사소한 약속도 기억을 못해 칠칠치 못한 사람이라고, 주영으로부터 핀잔을 들었던 것이 부지기수였다. 그녀는 잃어버린 기억을 되살릴 수 있는 가장 좋은 방법은 끊임없이 현재의 시간에 과거의 일을 합성해보는 거라고 말하곤 했다. 퍼즐을 맞추듯 과거의 시간 한 조각을 현실이라는 일상에 꿰맞추다보면 신기하게도 들어맞는다는 거였다. 그럼에도 나는 습관적으로 많은 것을 잊어버리고, 잃어버렸다. 물론 간직하고 싶은 것도, 되뇌이고 싶은 것도 많지 않아서이기도 했지만, 그보다는 답답한 현실의 공간에서 벗어나고 싶었기 때문에 그렇듯 자주 건망증에 사로잡혔는지 모른다.

여자의 아파트는 꼭대기 층 맨 바깥쪽이었다. 부근에선 가장 높은 층이었다. 엘리베이터가 오르는 동안 나는 불이 켜지는 숫자를 보며 일일이 호명을 했다. 이상하게도 숫자를 셀 때마다 야릇한 행복감이 밀려왔다. 그것은 지하에서 지상의 가장 높은 곳을 향해 솟구치는 듯한 느낌을 주었다. 이렇게 높은 데까지 올라가 본 적이 있던가. 15년 가까이 반지하를 전전했던 탓에 나는 거의 고층 아파트를 오른 적이 없었다. 기억하기로 야간고등학교에 다니면서 신문 배달을 하던 때, 엘리베이터가 없는 5층 건물을 올랐던 것이 그때까지 내가 올랐던 가장 높은 건물이었지 않나 싶다. 나는 엘리베이터가 30층에 오를 때까지 계속해서 숫자를 읊조린다. 나는 지금 천국을 향해 비상하고 있다고.

여자가 현관문을 열자 안에서 음식 냄새가 흘러나온다. 조금 전 남편의 기일이라던 말이 뒤미처 떠오른다. 아마도 제사 음식을 준비하는 것 같다. 코끝으로 번져오는 고기전과 나물 냄새가 텅 빈 뱃속을 자극한다.

"실은 오늘 저녁에 그 카페 앞으로 갈 생각이었습니다."

"그럼 허탕을 쳤겠네요."

여자의 얼굴에 조금 한심하다는 표정이 어린다. 손에는 휴대폰 대신 커피포트가 들려 있다.

"들어오셔서 차 한잔 마시고 가세요. 여기까지 오느라 고생했을 텐데."

그녀는 핸드폰을 쥔 채 주방쪽으로 가버린다. 얼마 후 가스 렌지를 켜는 소리가 들려온다. 나는 조금 망설이다 안으로 들어서고 만다. 솔직히 여자가 어떤 사람인지, 내부는 어떤 모습일지 궁금하다. 거실 한켠에 스포츠카를 타고 있는 남자의 대형 브로마이드가 걸려 있다. 가죽바지와 위압적인 헬멧이 얼핏 교통경찰 같은 느낌을 준다. 아마 카레이서였다는 여자의 남편일 것이다.

"…… 남편이에요."

여자는 등을 돌리지 않고 무뚝뚝하게 말을 뱉는다. 아파트는 생각보다 훨씬 넓다. 실내는 특별히 눈에 띄는 장식이 없다. 단지 휑하니 넓은 한켠에 커다란 장식장이 놓여 있을 뿐이다. 안에는 크고 작은 트로피가 즐비한 것으로 보아 남편은 제법 유능한 카레이서였던 모양이다. 여자는 물이 끓는 동안 베란다에 나가 있다. 나는 그녀의 등 뒤를 따라 눈길을 돌린다. 이제 보니 베란다 한쪽엔 커다란 망원경이 설치되어 있다. 기관총처럼 굵고 기다란 나신이 자랑처럼 허공을 향해 뻗어 있다. 혼자 사는 여자와 망원경이라, 도무지 매치가 되지 않는다. 밤하늘의 별을 바라보는 것이 여자의 취미일까. 투명한 렌즈에서 연신 무지개빛이 스며 나온다. 수정처럼 맑고 푸르다. 아니 방안의 모든 빛이 그 렌즈 안으로 빨려 들어가는 것 같다. 고층에서 바라보이는 하늘의 풍경은 어떤 모습일까. 여자가 렌즈에 눈을 대고 초점 조절용으로 보이는 나사를 조절한다. 그 모습이 사뭇 쓸쓸해 보인다.

"…… 남편의 기일이 가까워질수록 난 제대로 잠을 이루지 못해요. 자꾸 사고 당시의 악몽이 떠올라 술을 마시지 않고는 견딜 수가 없어요. 다행히 망원경을 통해 이렇게 남편을 만나곤 하죠. 남편의 시신을 화장하고 난 뒤, 유해를 풍선에 담아 하늘로 날려보냈거든요. 생전에 남편은 하늘을 나는 게 꿈이라고 했어요. 지상에서 그렇게 빨리 달리는 것에 미쳐 있었으면 됐지 왜 그토록 하늘을 날고 싶어했는지 모르겠어요. 아마도 그곳에선 무엇에도 방해받지 않고 마음껏 질주할 수 있기 때문이 아닐까 싶네요. 지금쯤 남편의 유해가 담긴 풍선은 멀고 먼 은하수로 흘러가 하나의 별이 되었겠죠. 그래 밤이면 무수히 빛나는 별이 되어 이곳 어둠의 땅을 굽어보겠지요. 저 넓고 푸른 하늘은 내가 남편과 만날 수 있는 유일한 기억의 창고와 같은 곳이죠. 아니 남편이 머무르는 영혼의 집과 같은 곳일지도……”

여자는 한동안 망원경에서 눈을 떼지 않는다. 흡사 굳어버린 석고상 같다. 등 뒤로 흘러내린 머리카락이 바람에 미세하게 흩날린다. 나도 모르게 그 머리카락을 매만지고 싶은 충동이 인다.

“한번 보실래요?”

여자가 내게 공간을 허락한다. 나는 가볍게 고개를 끄덕이고는 부드럽게 몸체를 감싸쥔다. 렌즈에 눈을 대자 하늘이 들어온다. 거칠 것 없는 광활한 공간이 펼쳐진다. 나는 총의 나신 같은 가느다란 망원경의 목덜미를 어루만지며 오랫동안 하늘을 바라본다. 이제 막 어스름이 내리기 시작하는 하늘은 더없이 적요하고 쓸쓸하다. 주영이 사고를 당한 날의 하늘도 지금과 같았다. 주영도 별이 되었을까. 그때, 검고 둥근 형체가 렌즈에 잡힌다. 한 마리 새가 핏빛 노을이 조금씩 드리워지기 시작하는 하늘을 배경삼아 날아가고 있다. 숨 막힐 것 같은 짙은 외로움이 렌즈 가득 차오른다.

얼마쯤 잤을까. 눈을 뜨자 눅눅한 냄새가 코끝에 감긴다. 묽은 잉크를 흩뿌려 놓은 듯한 어둠이 빼곡이 들어차 있다. 언제나 어둠은 이렇듯 소리 없이 밀려와 함부로 나를 결박해버리곤 한다. 집에 돌아오자마자 나는 곯아떨어졌다. 양말도 벗지 않고 잠바도 벗지 않은 것으로 보아 적잖이 피곤했던 모양이다. 아무래도 오늘은 대리운전을 작파해야 할 것 같다. 몸이 점점 땅속으로 가라앉는 기분이다. 혹여 이대로 죽는다면, 그래서 어느 날 연고자 하나 없는 부패한 시체로 발견이 된다면, 나는 이내 고개를 젓고 만다. 문득 밀폐된 지하방이 관(棺)처럼 느껴진다. 이야옹. 이야옹. 어디선가 고양이의 울음소리가 들려온다. 그런데 왜일까. 평소의 기분 나쁜 느낌보다는 되레 살가움이 번져온다.

나는 욕실에 들어가 샤워를 한다. 거울에 드러난 몸은 비쩍 말라 있다. 그렇잖아도 부실한 몸이 밤낮을 뒤바꿔 생활한 탓에 몰라보게 야윈 것 같다. 저렇듯 허술한 육신에 담겨 있는, 거울을 보고 있는 내 영혼이 문득 애처롭다는 생각이 든다. 만약 지금의 내 모습을 주영이 보았다면 무슨 말을 할까. 불현듯 어제 컴퓨터에서 보았던 그녀의 벗은 몸이 떠오른다. 사과의 과육처럼 희고 탱탱하던 사진 속의 몸이 거울에 펼쳐진다. 나는 한동안 넋을 잃은 채 거울을 바라본다. 얼마쯤 지났을까. 뭔가 머릿속을 떠돌던 하나의 생각이 뇌리에 또렷하게 맺힌다. 마치 약실에 탄환이 장전된 것처럼 말이다. 그리고는 가슴이 뛰기 시작한다. 나는 샤워를 마치고 서둘러 방으로 들어온다. 젖은 몸을 닦을 생각도 하지 않고 선반에 놓인 디지털 카메라를 집어 든다. 작년 주영의 생일날 선물로 사주었던 최신 기종으로 그녀가 죽은 후론 한 번도 사용하지 않던 카메라였다. 작년 가을, 우리는 산사에 놀러가 사진을 찍으며 행복한 시간을 보냈었다. 카메라 속에는 그때의 빛나던 시간이, 빛나던 순간이 고스란히 저장되어 있을 것이다.

나는 커버를 열고 전원 스위치를 누른다. 몸에서 물방울이 뚝뚝 떨어진다. 그것이 모두 또록한 렌즈처럼 생각되어진다. 나는 카메라를 내 몸 가까이에 들이댄다. 그리고는 물기가 채 가시지 않은 몸 구석구석을 찍기 시작한다. 경쾌하고 섬세한 울림이 연신 이어진다. 날선 광선에 의해 살갗이 날렵하게 벗겨지는 느낌이다. 빛이 몸을 통과해 몸 속에 저장되어 있는 과거의 기억을 하나하나 들추어내는 것 같다. 나는 밀린 숙제를 하는 어린아이처럼 더없이 긴장되고 우울하다. 잠시 거울에 비친 내 모습을 바라본다. 사타구니 언저리에 총의 나신처럼 기다랗게 뻗은 선홍색의 망원경이 거울을 향해 솟아 있다.

디지털이라 스캔까지 깔끔하게 마무리가 된다. 나는 컴퓨터를 켜고 카메라와 연결한다. 그리고 복합기도 버튼을 눌러 예열을 해둔다. 얼마 후 사진을 전송한다. 시디에서 사진이라고 쓰인 아이콘을 선택한다. 마우스를 클릭하자 화면엔 주영이 저장해두었던 사진의 아이콘들이 펼쳐진다. 그 중에서 주영의 나신(裸身)을 불러내 화면의 중앙에 펼쳐놓는다. 금방이라도 주영이 살아와 내 곁으로 다가올 것만 같다. 나는 조금 전에 전송한 내 알몸사진을 주영의 사진 위에 포갠다. 그리고는 일정한 비율로 합성을 한다. 터치 도구를 이용해 가장자리 부분을 파스텔처럼 부드럽게 처리를 한다. 이번엔 '우리집'이라고 쓰인 거실 사진을 불러내 제일 밑바닥에 깐다. 그러자 아늑한 거실을 배경으로 주영과 내가 사랑을 나누는 모습이 연출된다. 실제 그녀와 내가 섹스를 한다면 꼭 저와 같은 모습일지 모른다는 생각이 들자 쑥스러움이 느껴진다.

주영은 무엇 때문에 벗은 몸을 담은 사진을 시디에 저장해두었을까. 그녀가 저장해두었던 '우리집' 속의 과거의 시간들은 현재에서 어떤 의미를 지니고 있을까. 이제야 나는 그녀가 말했던 시간을 합성해보라는 의미를 조금이나마 알 것도 같다. 화면 속에서 그녀와 나는 현실에서 나누지 못했던 깊은 사랑을 나누고 있다. 그것은 과거와 현재가 결합된, 그래서 사랑이 실현되고 있는 영원한 순간처럼 느껴진다.

나는 합성사진을 알맞은 크기로 트리밍을 한 후 인쇄버튼을 누른다. 터치볼을 이용해 밝은 부분과 어두운 부분을 적적하게 대비를 시킨다. 그리고는 인쇄버튼을 누른다. 드르르-드르르- 이윽고 한 장의 합성 사진이 조금씩 조금씩 밀려나온다. 마치 산모에게서 아기가 태어나듯 복사물은 천천히 세상을 향해 그 존재를 드러내기 시작한다. 그것은 실제의 사진보다도 더 선명하고 강렬하다. 죽은 그녀가 살아와, 바로 내 곁에 와 있는 것 같다.

나는 밖으로 나온다. 제법 날씨가 싸늘하다. 놀이터 쪽으로 발걸음을 옮긴다. 한낮에 아이들이 뛰어올랐을 덤블링 위로는 어둠만이 가득하다. 나는 그곳에 걸터앉는다. 그리고는 있는 힘껏 몸을 움직여 본다. 그러나 지상의 높은 곳을 향해 뛰어오르고 싶은 꿈은 여전히 무겁기만 하다. 나는 담배를 피워 문다. 느티나무 어디선가 막바지 가을을 아쉬워하는 벌레들의 울음소리가 흐느끼듯 밀려온다. 주영은 지금 어느 별, 어느 집에 머물고 있을까. 제발 그곳은 햇볕이 창살에 걸려 넘어지는, 춥고 외로운 집이 아니었으면 싶다. 이제 보니 옆방 창으로도 형광등 불빛이 새어나온다. 오늘은 외롭지 않을 것 같다. 나는 날이 밝는 대로 조금 전에 인쇄한 사진을 가지고 그녀를 마지막으로 떠나보냈던 산사를 찾아갈 것이다. 그래서 조금 전에 나누었던 은밀한 사랑의 시간을, 과거 속에 잠들어 있는 그녀에게 되돌려 줄 것이다. 생각만으로도 가슴이 아려온다. 하늘엔 어느 샌가 사금파리 같은 별들이 촘촘히 박혀 있다.

단추, 블랙 앤 화이트

단추, 블랙 앤 화이트

물이 끓는 소리가 들린다. 나는 가스레인지 불꽃을 줄이고 선반 위에서 단추자루를 내린다. 단추 염색은 물의 온도가 좌우한다. 적당히 끓는 물이라야 착색도 잘되고 염료 빛깔도 곱게 나온다. 가스레인지 눈금을 오프 쪽으로 한 칸 더 줄인다. 염료에서 묽은 죽 같은 되직한 끈기가 느껴진다. 촤르르- 자루의 입을 풀자마자 수백 개의 단추가 다투듯 흘러나온다. 마치 대숲 위로 들이치는 소낙비 소리 같다. 얼핏 달밤을 적시는 어느 무명 작곡가의 청아한 피아노 소리 같기도 하다. 함지박을 벗어난 단추 몇 개가 통통 튀어 오르더니 작업장 구석으로 굴러 가 박힌다. 또르르- 단추의 잔 떨림이 한동안 이어진다. 매번 주의를 기울이지만 단추는 늘 함지박을 벗어나 버린다. 무리를 이탈하려는 것은 비단 사람만이 가지고 있는 속성이 아닌 모양이다. 나는 흘러내린 단추를 그냥 내버려둔다. 더러 무심한 편이 관심보다 나을 때가 있다.

염색 염료는 헤아릴 수 없이 많다. 색이 정해져 있는 것이 아니라 그때그때 감에 따라 선택한다. 나는 그 중에서 코발트와 아이보리 그리고 그린과 핑크를 주로 쓴다. 이 색들은 유행도 덜 타고 납품도 다른 빛깔에 비해 잘 되는 편이다. 그러나 어떤 색도 염료 그 자체만을 사용하진 않는다. 주황은 빨강과 노랑을 섞어야 원래의 주황보다 더 은은한 색을 얻을 수 있고 회색은 약간의 검정과 흰색을 혼합해야 특유의 잿빛이 만들어진다. 그렇다고 아무 색이나 섞어서는 안 된다. 원하는 색을 얻기 위해서는 본래의 색을 지우는 과정이 필요하다. 세상일이 그렇듯 새로운 것을 얻기 위해서는 이전의 것을 과감히 버려야 한다. 결국 염색을 한다는 건 자신을 버리는 과정에 다름 아니다.

빈 그릇에 각기 검정과 흰색을 푼다. 두 색은 본능적으로 자신들의 운명을 안다. 다른 색의 농도를 조절하기 위해 존재한다는 사실을. 흰색 분말은 본래 색이 지니고 있는 명도를 중화시키고, 검정은 채도를 떨어뜨린다. 이 두 색을 첨가할 때는 세심한 주의를 기울여야 한다. 자신을 버리는 운명을 아는 색은 더 이상 색이 아니다.

작업장 한 켠으로 스며든, 솜털 같은 햇살이 플라스틱 소쿠리에 차고 넘친다. 적당한 햇볕과 바람은 작업을 돕는 최적의 조건이다. 나는 물기가 빠진 단추를 조심스레 소쿠리에 붓는다. 촤르르. 흡사 밀려온 파도에 해변의 조약돌이 씻기는 듯한 소리가 난다. 이 소리를 기점으로 단추에 붉은 색이 들기 시작할 것이다. 가을날 거리의 나뭇잎이 물들듯, 아니 사춘기 소녀의 가슴에 풋사랑의 연정이 피어나듯 착색은 서서히 그러나 어느 한 순간에 이루어진다. 괜스레 가슴 한구석이 설레기 시작한다. 나는 막대기로 되직한 분말을 저어준다.

비로소 단추 구멍을 비집고 미세한 침전물이 뽀얗게 일어난다. 작은 비눗방울 크기의 침전물은 금방이라도 터져버릴 것처럼 위태롭다. 염색쟁이들은 이를 두고 눈물방울이 핀다고 말한다. 눈물방울이 영그는, 이 위태로운 순간을 거쳐야 비로소 하나의 색이 완성되는 것이다. 새로 태어나려는 것은 저렇듯 눈물을 흘릴 만큼의 고통이 따르는가 보다. 나는 습관적으로 단추 구멍에 맺히는 수십 개의 붉은 방울을 외면하고 만다. 눈물은 화려한 꽃망울에 맺힌 투명한 이슬 같다. 이제 보니 그것은 〈블랙 앤 화이트〉에서 웃음을 파는 미영의 슬픈 눈을 닮은 것도 같다. 불현듯 허공을 바라보며 말없이 눈물을 흘리던 그녀의 깊은 눈빛이 생각난다.

오빠 눈은 어쩜 단추 구멍만 해요. 오빠 눈을 보고 있으면 예전의 우리 아버지 눈을 보는 것 같아요. 뭔가 쓸쓸함이 느껴지는 그런 눈빛 말이에요. 어디선가 미영의 목소리가 들리는 것 같다. 금방이라도 미소를 지으며 그녀가 작업장 문을 열고 들어올 것 같다. 나는 담배를 한 대 피워 문다. 뿌연 연기 사이로 쓸쓸한 그녀의 얼굴이 슬며시 떠오른다.

어젯밤, 그녀는 싸늘한 불빛이 비치던 유치장에 쓸쓸한 표정으로 앉아 있었다. 잔뜩 흐린 탓에 그녀의 표정이 더 어두워 보였다. 마치 검정의 원색에 흰색을 풀어놓은 듯한 날씨라고나 할까. 염료에 비유하자면 감청색과 유사했다. 나는 밤이 늦도록 착색이 끝난 단추에 장식을 달고 있었다. 뚜루루. 한참동안 정신없이 손을 놀리는데 불현듯 전화벨 소리가 울렸다. 김상우씨 댁 맞죠? 북부 경찰서 김 경장입니다. 최미영씨 문제로 조사할 게 있으니 잠깐 북부서로 나오셔야겠습니다. 밤 열시가 넘어 걸려온 전화였다. 사무적이고 공손한 말씨는 이편에서 조금의 반문할 틈도 주지 않았다. 이상하게도 나는 경찰서라는 말에 조금도 놀라거나 긴장하지 않았다. 오히려 무덤덤한 느낌이 들었다. 오히려 언제고 그와 같은 전화가 걸려올지 모른다고 예상을 하고 있었던 것 같다. 미영을 만나면서 나는 매번 경찰서의 유치창을 떠올리곤 했다. 내가 아는 한 그녀는 늘 쫓기는 삶을 살고 있었다. 위법과 준수라는 경계의 줄을 아슬아슬하게 넘나들고 있었다. 나 또한 그녀가 밟고 선 경계의 줄에 두 발을 위태롭게 걸치고 있었던 것 같다. 나는 담담하게 출두 의사를 밝혔다. 그러면서 한편으론 내가 정말 그녀의 보호자인가 하는 의문이 들었다. 내 마음 깊은 곳의 그녀는 하나쯤 풀어놔도 되는 티셔츠의 단추 같은 존재가 아니었을까.

창백한 형광등 불빛 아래 그녀는 무표정한 얼굴로 앉아 있었다. 그녀 옆에는 족히 일흔은 넘어 보이는 노인이 초조하게 담배를 피우고 있었다. 노인의 눈은 깊고 우울해 보였다. 분위기로 보아 두 사람은 성매매를 한 것 같았다. 화장을 지운 맨얼굴의 그녀는 평소와 달리 서너 살은 더 들어 보였다. 불빛에 드러난 잡티와 기미는 그녀의 나이가 삼십대 중반을 넘었다는 사실을 말해주고 있었다. 불현듯 나이를 먹어 형편없이 초라해져버린 그녀의 모습이 필름처럼 스쳤다. 더 이상 웃음을 팔 수 없는 그녀를 생각해본 적이 없었기에 눈앞의 그녀는 너무도 낯설어 보였다. 나는 그녀의 쓸쓸한 눈빛이 싫어 나도 모르게 고개를 돌리고 말았다. 그러면서 나는 그녀의 그 눈빛이 착색이 되기 직전의 허름한 단추 같다는 생각을 잠시 했다.

쉰여덟. 원단 공장 생산직 사원. 조서에 적힌 남자의 신상은 너무도 뜻밖이었다. 남자는 묵묵히 책상 앞에 놓인 사무용 달력을 응시하고 있었다. 면도날로 그어버린 흉터만큼이나 깊게 패인 주름이 족히 그를 이십 년은 더 들어 보이게 했다. 당신들 성관계 가졌잖아? 고슴도치 같은 짧은 머리의 형사가 닦달하듯 말했다. 몇 번 말해야겠어요? 정말 아무 짓도 안했다니까요. 미영은 어이없다는 표정이었다. 정말 계속 오리발 내밀 거야? 형사가 손바닥으로 책상을 내리쳤다. 난 그저 인근 원단 공장에서 야근 근무를 마치고 잠시 쉬었다 가려고 그 여관엘 들렀을 뿐이오. 맹세코 부끄러운 짓은 하지 않았다오. 내게도 살아 있으면 저 아가씨만한 딸이 있는데…. 남자는 가래가 끓는 기침을 두어 번 뱉어내더니 읊조리듯 말했다. 주름진 눈자위가 가늘게 떨렸다. 벽면에 설치된 감시 카메라가 시종 미영과 노인을 내려 보고 있었다. 마치 먹이를 낚아채기 위해 숨고르기를 하고 있는 독수리의 눈을 보는 듯했다. 내가 형사 생활만 십오 년이야, 십오 년. 어디서 짱구를 굴려. 형사가 이번에는 신경질적으로 자판을 두드렸다.

그러면서 무심결에 내 쪽으로 눈을 돌렸다. 당신은 두 사람이 한 일을 알고 있지 않느냐는 모종의 동의를 구하는 눈빛이었다. 나는 행여 눈을 피하면 그러한 사실을 묵인하는 것 같아 부러 눈에 힘을 준 채 형사를 쳐다보았다. 잠시 어색한 침묵이 흘렀다. 형사님, 요즘 경찰이 성매매와 전쟁을 하고 있잖아요. 나도 모르게 튀어나온 말이었다. 그것은 경찰서 인근에서 누가 성을 사고팔겠냐는 의미였다. 말을 해놓고 보니 조금 주제넘은 생각이 들었다. 형사는 가소롭다는 표정으로 쓴웃음을 지었다. 형사가 빤히 내 얼굴을 쳐다보았다. 그것은 지금 미영의 보호자로 와 있는 당신이 할 말은 아니라는 힐난의 의미였다. 그는 신경질적으로 자판을 두드리다 허리춤에 찬 권총을 슬며시 어루만졌다. 그리고는 입맛을 다셨다. 잘하면 방아쇠라도 당길 심사인 모양이었다. 결국 미영과 남자는 형사의 강요와 설득에 그만 성매매를 인정하고 말았다. 그도 그럴 것이 하지 않았다고 입증할 단서가 어디에도 없었다. 정황은 이미 미영과 남자를 범법자로 규정하고 있었다. 덫을 놔두고 몰아

붙이는 마당에 빠져나갈 구멍은 애당초 존재하지 않았다. 그나마 다행인 것은 초범이기 때문에 소액의 벌금이 부과되게끔 손을 써주겠다는 거였다. 나는 미영의 보호자란에 이름과 연락처를 쓰고 지장을 찍었다. 그러고 보니 내가 진짜 그녀의 남편 같다는 착각이 들었다.

경찰서를 나와 바로 차에 올랐다. 어디론가 무작정 달리고 싶었다. 한동안 우리는 아무 말도 하지 않은 채 각자의 생각 속에 빠져 있었다. 그녀는 차창으로 비치는 밤풍경을 침묵으로 일별하며 다소곳이 앉아 있었다. 왠지 그 모습이 낯설었다. 미안한 나머지 그런다는 것을 나는 모르지 않았지만 부러 먼저 말을 걸지는 않았다. 상우 씨 나 배고파요. 어디 가서 밥 좀 먹고 가요. 그녀는 아빠의 무릎위에서 재롱을 부리는 아이 같은 표정으로 나를 쳐다보았다. 내심 미안하다는 말을 기대했던 나는 배고프다는 그녀의 말에 화가 났다. 나는 백미러를 보다 말고 반사적으로 그녀를 향해 고개를 돌렸다. 뭔가 면박을 주려다 말고 나는 이내 입술을 꾹 깨물고 말았다. 경찰서에서 보았던 것과는 달리 미영의 얼굴이 백짓장처럼 창백해져 있었다. 그건 단순히 시장기가 배인 얼굴이 아니었다. 뭐랄까, 얼굴 위로 뭔가 알 수 없는 그림자 같은 게 깃들어 있었다. 나는 말없이 고개를 끄덕이고는 예전에 할아버지와 자주 찾았던 고향 순두부집을 향해 차를 몰았다.

추운데 고생했지. 몸 좀 녹여. 여태 말 한마디도 안하더니 웬 친절? 그녀가 가볍게 눈을 흘겼다. 어디 아파? 안색이 안 좋아. 나는 중얼거리듯 말했다. 눈에 띄게 야위어 보이는 얼굴이 조금 마음에 걸렸다. 낮과 밤을 바꾸어 사니 그럴 만도 하겠지. 나는 빤히 그녀를 바라보며 말을 흐렸다.

언제인가 싶게 창문 밖으로 눈발이 흩날리기 시작했다. 조경을 위해 옮겨 심은 대나무 위로 서늘한 눈꽃이 다투듯 피어나고 있었다. 바람이 불자 흰 눈꽃이 푸르르 흩날렸다. 우리는 밥을 먹다 말고 누가 먼저라고 할 것 없이 창밖으로 눈을 돌렸다. 갑자기 그녀의 눈자위가 붉게 물들었다.

사실은 가게에서 퇴근하는 길에 그 노인을 만났어. 여관 앞에서 서성이는 모습이 예전의 돌아가신 아버지랑 어찌나 똑같던지. 정말이야…. 밥을 먹다 말고 그녀가 묻지도 않은 말을 꺼냈다. 노인은 원단 공장에서 번 일당이라며 삼 만원을 수줍게 내미는 거야. 그러더니 몸 좀 녹이고 가도 되겠냐며 애원하듯 물었어. 아마 내가 그 여관의 주인인 줄 알았나봐. 근데 말이야, 그 노인에게서 너무도 익숙한, 예전에 아버지에게서 나던 탄분 냄새가 나는 거야…. 그녀가 손등으로 눈가를 훔쳤다. 그녀의 창백한 얼굴이 물빛으로 번들거렸다. 난 그저 언 노인의 몸을 따뜻하게 감싸주고 싶었어. 정말 그 뿐이야. 상우 씨도 내 맘 잘 알잖아.

그녀의 눈에 가득 눈물이 고였다. 나는 말없이 고개를 끄덕였다. 대숲으로 흩날리던 새하얀 눈발은 언제인가 싶게 그쳐 있었다. 배고프다던 그녀는 생각만큼 밥을 먹지 못했다. 어쩌면 배가 고픈 것보다 그녀는 마음이 더 허전했는지 몰랐다. 왜 더 먹지 않고? 나는 그녀 앞으로 겉절이와 멸치볶음을 밀었다. 그녀는 엷은 미소를 드리우며 거푸 손사래를 쳤다. 콜록 콜록. 기침을 하는가 싶더니 불현 듯 그녀의 입에서 붉은 핏물이 흘러나왔다. 손으로 막을 새도 없이 핏물이 테이블 위로 줄줄 흘러내렸다. 흡사 작업장 바닥에 흩뿌려진 붉은 염료처럼 붉고 화사했다. 아니 징그러웠다.

나는 천천히 소쿠리를 돌려가며 단추에 물이 들기를 기다린다. 소쿠리엔 붉은색 노을이 출렁인다. 단추는 이제 자신이 가지고 있던 색을 버리고 붉은색을 받아들일 것이다. 새옷으로 갈아입은 단추가 홍안의 미소를 짓는다. 산다는 것 또한 그렇게 이전의 것을 버리고 다른 무언가를 받아들이는 과정이 아닐지. 할 수만 있다면 나는 내게 드리워진 어두운 빛깔과 기억을 지우고 싶어진다. 화려한 색을 입은 단추처럼 그렇게 나를 바꾸고 싶은 것이다. 작업을 하는 동안 나는 늘 그렇게 나를 바꾸는 꿈을 꾸곤 한다. 쇼핑몰 사장, 원단 가공업체 사장, 단추 공장 사장…. 꿈은 언제나 단추와 관련되어 있다. 그건 생전에 할아버지가 바라던 꿈이기도 했다. 그러나 할아버지 또한 모르지는 않았을 터였다. 그것이 얼마나 이룰 수 없는 허망한 꿈인지를 말이다. 그 꿈 앞에서 내가 얼마나 많은 눈물을 흘려야 했는가를.

　처음 미영을 보았던 날이 생각난다. 어머나! 아저씨 손톱에 꽃이 피었네. 〈블랙 앤 화이트〉에서 처음으로 그녀가 내게 건넨 말이었다. 할아버지를 공동묘지에 묻고 오는 길이었다. 그날 가을비가 추적추적 내렸다. 어설프게 떼를 입힌 봉분 안으로 붉은 황톳물이 연신 흘러들었다. 어쩌면 할아버지는 당신의 시신이 붉은색으로 착색되는 장면을 영안으로 봤을지 몰랐다. 봉분을 돋우기 무섭게 나는 서둘러 사람들의 세상으로 내려왔다. 가을비에 젖은 도심 위로 화려한 불빛이 무리지어 피어나고 있었다. 창문을 닫고 불을 켜도 어두운 집으로 돌아가고 싶지 않았다. 누군가 그리웠다. 혹여 혼자 남겨진 나를 위해 말을 건네줄 누군가가 필요했다. 얼마쯤 걸었을까. 내가 멈춰선 곳은 〈블랙 앤 화이트〉라는 휘황한 조명이 번쩍이는 간판 앞이었다. 비에 젖어 축 늘어진 나는 흡사 주인에게 버림받고 거리를 배회하는 병든 개와 다름없었을 거였다.

　〈블랙 앤 화이트〉. 인근의 남도라사에 단추를 납품하러 갈 때면 스치듯 지난 기억밖에 없는데 왜 그곳에서 발걸음이 멈췄는지 모른다. 룸에 들어온 그녀는 사뭇 취기가 올라 있었다. 그녀는 내가 남도라사에 단추를 납품한다는 사실을 알고 있었다. 단추 자루를 들고 그곳엘 드나드는 걸 몇 번 봤다는 거였다. 그래 언제고 기회가 되면 예쁜 단추를, 빨주노초파남보 일곱 빛깔의 단추를 얻고 싶었다며 스스럼없이 술잔을 건넸다.

이상하게 그녀의 말이 환심을 사기 위해 하는 말로 들리지 않았다. 나는 담배를 하나 물었다. 그러자 술을 따르던 그녀가 은근슬쩍 내 손을 어루만졌다. 나는 염료가 밴 까만 손톱이 부끄러워 의식적으로 그녀의 손을 밀쳤다. 어머머! 이 손톱 좀 봐. 무슨 남자 손톱이 이렇게 예쁘죠? 꼭 예전에 내가 살던 마을에서 본 무지개를 닮았네…. 혹시 아저씨, 무지리라는 곳에 대해 들어본 적 있나요? 그녀의 질문은 마치 준비를 해둔 아이의 그것처럼 어색했다. 아니 질문이라기보다 한두 번쯤 들어봤을 거라 짐작하고 묻는 말이었다. 그러는 동안에도 그녀의 눈은 여전히 염료가 밴 내 손을 떠나지 않았다. 무지리? 글쎄. 처음 듣는 걸. 나는 담배 연기를 뱉어내며 고개를 저었다. 순간 그녀의 얼굴에 잠시 실망의 빛이 어렸다 사라졌다. 그녀는 탁자 위에 놓인 담배를 집어 들더니 불을 붙이고는 허공을 향해 도너츠를 만들어냈다. 실타래처럼 풀어진 담배연기 사이로 그녀의 실루엣이 흔들렸다. 겨울이면 새까만 탄분 위로 흰 눈발이 날리는 곳이죠. 그뿐인가요. 비 개인 여름에는 언덕을 가로질러 무지개가 걸리곤 하는데 그렇게 아름다울 수 없어요. 그녀의 젖은 눈이 화이트 일색인 천장으로 향했다. 나는 무지리가 그녀의 고향일 거라고 짐작했다.

소쿠리를 바닥에 내려놓는다. 흘러나온 염료로 바닥이 붉게 젖는다. 단추 구멍에서는 비눗방울 같은 얇은 막이 만들어진다. 나는 소쿠리를 가볍게 채준다. 좌르르. 대숲을 흔들며 지나는 차가운 바람소리가 들린다. 서로 이마를 부딪쳐 맑고 경쾌한 소리를 토해내는 단추의 울림은 언제 들어도 매력적이다. 흰색을 입힐 걸. 아니 단조로운 디자인을 감안하면 검정색도 어울렸을 것 같다. 나도 모르게 블랙 앤 화이트라는 말이 튀어나온다. 블랙 앤 화이트. 그곳에서 미영은 웃음을 팔고, 저당 잡힌 꿈도 팔고, 외로움을 팔았다. 불현듯 각혈을 하던 그녀의 모습이 떠오른다. 테이블을 붉게 물들이던 선홍색의 핏물이 어른거린다.

나는 소쿠리를 싱크대로 옮긴다. 붉은 색의 염료는 바닥의 물기와 빠르게 섞인다. 물기를 깨끗이 닦을 것을, 나는 잠시 후회한다. 바닥의 무늬는 흡사 어느 지역의 전도를 펼쳐 놓은 것 같다. 미영이 가고 싶다던 무지리(無地里)의 모습이 이와 비슷하지 않을까. 나비처럼, 흰 꽃비처럼 눈발이 흩날리는 날이면 그녀는 탄광촌을 떠나 먼 곳으로 떠나고 싶다고 했다. 밤이면 불어오는 바람 속에 매몰되어 죽은 광부의 흐느낌이 들려온다고 했다. 나는 이제 눈을 감고도 그곳의 풍경을 훤히 그릴 수 있다. 어느 날엔 꿈속에 새까만 탄가루가 흩날리는 탄광촌의 모습이 출몰하곤 한다. 채탄 작업장에서 그리 멀지 않은 곳에 위치한 그녀의 마을은 전형적인 산촌의 취락을 띄고 있다. 마을 곳곳을 뒤덮고 있는 탄가루만 지워버린다면 충분히 아름다운 풍경이다. 언덕 가운데쯤에 자리한 그녀의 집은 얼기설기 엮어진 허름한 너와집이다. 그리 넓지 않은 집은 채탄

장과 대처로 나가는 길 중간쯤에 자리하고 있어 마을의 이정
표와 같은 구실을 한다. 집 뒤편으로는 막장에서 매몰 사고로
죽은 광부들의 무덤이 비에 젖은 나뭇잎처럼 늘어서 있다. 양
지공동묘지. 그녀 아버지가 누워 있는 곳이다. 묘지의 이름처
럼 광부들은 죽어서나마 볕이 바른 땅에 눕게 되는 것이 운명
인 듯 했다.

아버진 진폐증으로 돌아가셨어요. 병원에서 찍은 엑스레이
사진을 보고 얼마나 놀랬는지 몰라요. 폐에 탄가루가 쌓여 있
었거든요. 탄분이 뿌옇게 바람에 흩날리던 가을 어느 날, 아버
지는 먼 길을 떠났어요. 꽃상여를 태워드리고 싶었는데. 형형
색색의 아름다운 꽃을 달아 마지막 길을 밝혀드리고 싶었는
데….

아버지 이야기를 할 때면 그녀는 소리 없이 울었다. 그녀의
눈물엔 평생을 지하 막장에서 보낸 아버지의 슬픔이 고스란히
녹아 있었다. 그녀는 죽어서도 아버지의 머리 위로는 사시사
철 검은 탄가루가 흩날릴 거라며 쓴웃음을 지었다. 나는 그 말
에 눈물이 날 뻔 했다. 애초부터 그녀 아버지에게 막장은 죽음
의 관이나 다름없었던 게 아닌가 싶었다. 죽어서야 땅위로 올
라올 수 있는 삶. 나는 그 죽음의 운명에 진저리를 치고 말았
다. 무엇보다 어린 딸이 눈에 밟혀 어떻게 먼 길을 떠났을지,
그녀의 아버지를 생각할 때마다 가슴 한 구석이 저려왔다. 가
슴 한 구석에 휑한 바람이 차올라 숨이 막힐 것 같았다.

나는 찜통 안에 남은 찌꺼기를 폐염료통에 붓는다. 후텁지근한 열기가 번져온다. 내 몸도 덩달아 붉게 물들어 버릴 것 같다. 나는 착색이 된 단추를 들고 건조대가 있는 2층으로 올라간다. 등줄기에서 땀이 비 오듯 쏟아진다. 늦가을인데도 실내는 건조를 위해 일정한 난방을 하기 때문에 항시 후텁지근하다. 건조실로 쓰이는 2층은 잡다한 물건들로 가득하다. 원단, 마네킹, 가위, 줄자…. 마치 여느 시대극에 나오는 소품을 전시해둔 것 같다. 벽면에 부착된 선풍기의 코드를 꽂는다. 스위치를 회전 방향으로 돌리고 약이라고 쓰인 단추를 누른다. 비가 오거나 흐린 날은 선풍기를 약하게 틀어놓아야 한다. 그래야 냄새도 가시고 습기도 제거할 수 있다. 건조대의 칸칸마다 형형색색의 단추가 널려 있다. 파란색, 미색, 녹색, 남색, 자색… 마치 여러 종류의 페인트 물감을 흩뿌려 놓은 듯하다. 단추는 건조되기 직전의 빛깔이 제일 예쁘다. 과일이 익기 직전의 때깔이 곱고 싱그러운 것처럼 말이다. 건조 상태로 보아 아래 칸의 단추는 저녁나절에 장식을 달아도 될 것 같다. 나는 잠시 미싱에 앉아 발판을 굴려본다. 발의 느낌이 다소 이물스럽다. 상우 씨, 내 꿈이 뭐였는지 아세요? 난 의상 디자이너가 되고 싶었어요. 사람들에게 화려한 옷을 만들어 줄 수 있는 그런 디자이너 말이에요. 언젠가 작업실에 구경을 와 그녀가 내뱉듯 한 말이다. 그래 미영인 할 수 있을 거야. 미영이가 만든 옷을 입고 언제 무지리에 갈 수 있었으면 좋겠다. 그렇게 말은

했지만 나는 그 꿈이 너무도 먼 곳에 있다는 사실을 잘 알고
있었다.

　집을 나와 미영이 세 들어 산다는 일신여관으로 향한다. 어
제 흩날린 눈발로 거리는 사뭇 지저분하다. 일신여관은 굿모
닝내과와 거래처인 남도라사 중간에 위치하고 있다. 신호기가
고장 났는지 맞은편 신호등이 계속해서 깜박거린다. 평소에는
잘도 눈에 띄던 교통경찰이 보이지 않는다. 차들이 서로 진입
하려고 다투듯 경적음을 울려댄다. 예전에도 신호기가 고장
나는 바람에 이곳에서 임산부가 차에 치이는 사고가 일어났
다. 나도 모르게 자꾸만 굿모닝내과 쪽으로 눈길이 향한다. 매
번 드는 생각이지만 저 병원에만 가면 모든 병이 씻은 듯이 나
을 것 같다. 정말이지 매일 아침이 산뜻할 것 같다. 전화를 하
면 분명 이편을 향해 굿모닝, 이라고 인사를 건넬 것 같다. 내
가 먼저 굿모닝이라고 속삭인다. 그러자 어젯밤 각혈을 하던
그녀의 모습이 눈앞에 어른거린다. 그녀와 함께 조사를 받던
초췌한 노인의 얼굴도 떠오른다. 설마 그런 일은 없었을 거야.
나는 머리를 가로젓고 만다.

　상우야, 이 핼애비가 살아 있을 때 손주 하나 안겨 다오. 어
디선가 할아버지 음성이 들려오는 것 같다. 할아버지는 늘 아
이를 갖는 것은 단추를 염색하는 것과 진배없다고 했다. 색을
안착시키기 위해선 끓는 물과 양질의 분말, 그리고 그것을 빚

어내는 정성이 필요하듯 생명을 잉태하는 것도 그와 마찬가지라고 했다. 할아버지가 살아계셨다면 나와 미영의 관계를 허락했을까. 나는 한동안 횡단보도 앞에서 걸음을 옮기지 못한다.

　점심나절에 나가는 것 같던데. 작은 격자 문 사이로 일신여관 주인의 목소리가 들려온다. 그녀는 미영을 보기 위해 가끔씩 찾아오는 나를 못마땅해 한다. 돈이 될 손님이 아니기 때문일 것이다. 손바닥만한 유리문으로 빼꼼히 이편을 쳐다보는 여자는 흡사 서열에서 밀려 어두컴컴한 동굴 속에 유폐된 늙은 암코양이 같다. 헌데 오늘따라 그녀가 입고 있는 스웨터가 유독 눈길을 끈다. 왠지 스웨터가 익숙하게 느껴진다. 유리문에 가까이 대고 그녀가 입고 있는 옷을 유심히 바라본다. 순간 나는 뒤로 넘어질 뻔했다. 오래 전에 염색을 해 납품했던 단추가 여자의 스웨터에 달려 있는 게 아닌가. 열쇠 모양의 독특한 문양 때문에 작업하는 동안 여러 생각을 하게 했던 단추였다. 표면에 영어로 key라는 철자가 미세하게 새겨져 있었다. 처음 도매시장에서 단추를 떼오며 나는 흰색 염료를 입혀야겠다고 마음먹었다. 왠지 그것에는 어떠한 색도 어떠한 장식도 집어넣어서는 안 될 것 같았다. 그도 그럴 것이 그 무렵은 할아버지가 돌아가신 데다 거래처까지 부도가 나는 바람에 경제적으로 너무도 힘든 시기였다. 잘못 채워진 단추처럼 모든 것이 꼬일 대로 꼬였었다. 기댈 수 있는 누군가가 있었으면 하는 생각이 간절했다. 여관 주인은 물끄러미 나를 바라보더니 이내 유리창을 닫아버린다. 스웨터의 단추가 실루엣처럼 흐려진다. 나는 미영에게 어떤 존재였을까. 아니 나에게 그녀는 어떤 존재였을까. 미영이 들어오면 잠시 제가 왔다갔다고 전해주세요. 나는 눈인사를 건네고는 밖으로 나온다.

금방이라도 눈발이 날릴 것처럼 하늘이 무거워 보인다. 그녀가 살았다던 무지리의 하늘도 이만큼 어둡겠지. 나는 그녀가 밤이면 출근하는 블랙 앤 화이트엘 한번 가볼까 망설인다. 아직 영업이 시작되기에는 이른 시간이다. 휴대폰까지 꺼져 있어 괜스레 걱정이 든다. 불현듯 내가 꿈을 꾸고 있는 것은 아닌지 싶다. 지금 걷고 있는 이 길이 꿈속의 무지리로 향하는 길이라면 좋겠다. 겨울이면 채탄장 너머 흰 눈꽃이 핀다는 그 언덕길 말이다. 그녀는 무지리를 떠나온 이후 소중하게 간직해왔던 꿈이 여름날의 무지개처럼 허망하게 스러져버렸다고 했다. 그 화려하고 빛나던 꿈들을 접어야 했으니 그녀로선 감당하기 벅찬 고통이었을 게다. 술을 마시면 그녀는 곧잘 울었다. 마취에서 깨어나듯 술이 깨면 또 울었다. 그리고 술을 마셨다. 그녀는 술을 마시기 위해 울었고, 울기 위해 술을 마셨다. 때때로 그녀가 우는 모습을 보고 있노라면 이상하게도 버려진 늙은 개의 모습이 떠오른다. 나는 그것이 싫어 제발 취한 상태로는 나를 찾아오지 말라고 버럭 소리를 지르곤 했다. 취한 그녀의 모습은 바로 내 모습에 다름 아니었던 것이다.

언젠가 그녀가 말짱한 정신으로 작업실엘 찾아온 적이 있었다. 전에 없던 일이라 적잖이 낯설었다. 솔직히 당황스러웠다. 그녀는 경찰단속이 있다는 사전 통보를 받았다며 오늘은 사실상 휴일이라고 했다. 그녀는 그냥 단추 염색하는 모습을 보고 싶었다며 스스럼없이 의자에 앉았다. 그러면서 어릴 적 꿈이 의상 디자이너였다는 말을 불쑥 꺼냈다. 그 말을 듣는 순간 가슴 한켠이 싸해지는 느낌이 들었다. 그러고 보니 그녀의 옷 입는 센스가 남다르다는 생각이 들었다. 어쩌면 돈을 벌어 죄다 옷을 사는 지도 몰랐다.

그녀는 건조대에 널린 형형색색의 단추를 보고 입을 다물지 못했다. 이보다 더 많은 색도 만들 수 있어. 여기 있는 분말을 조금씩만 섞어도 수십 가지 색이 나오는 걸. 나는 선반에 놓인 분말통을 가리키며 말했다. 그녀가 가볍게 고개를 끄덕였다. 상우 씬, 매일 매일 새롭게 태어나는 기분이겠어요. 그녀의 눈이 착색이 막 끝난 검정색 단추에 머물렀다. 한동안 단추를 바라보는 눈길이 우물처럼 깊었다. 나는 가만히 그녀의 손을 쥐었다. 부드럽고 따스한 감촉이 손끝을 타고 온몸으로 전해졌다. 갑자기 그녀의 눈에 눈물이 고였다. 왜 그래? 아니에요. 그냥. 그녀가 말없이 내 품에 안겼다. 향긋한 냄새가 번져왔다. 나는 그녀의 어깨를 감싸 안았다. 그녀가 지그시 눈을 감았다. 어린 자식이 눈에 밟혀 차마 먼 길을 떠나지 못했을 그녀 아버지의 슬픔이 밀려왔다. 세상에 혼자 남게 될 손자 때문에 마음 아팠을 할아버지의 슬픔도 느껴졌다. 나는 염색 자루를 풀 듯 그녀의 블라우스를 풀었다. 자꾸 손이 떨렸다. 나는 섬세하지 못한 거친 손이 부끄러웠다. 그녀는 착색을 기다리는 단추처럼 다소곳하게 나를 기다렸다. 그런데 그녀의 몸에 온통 시퍼런 멍이 들어 있었다. 단추 크기만한 멍이 가슴과 허리, 허벅지에까지 이어져 있었다. 흡사 푸른 문신이 온몸을 휘감고 있는 듯 했다. 나는 멍자국 마다 가볍게 입을 맞췄다. 온몸이 청색으로 물드는 것 같은 착각이 들었다.

당신에게서 나는 특유의 냄새가 좋아요. 그녀가 속삭였다. 이 냄샌 어린 시절 마을을 새까맣게 뒤덮던 석탄 냄새와 흡사해요. 어쩌면 아버지의 폐를 찍은 엑스레이 필름에서도 지금의 냄새가 났던 것 같아요. 그녀의 눈이 붉은 빛으로 젖어들었다. 나도 모르게 눈물이 났다. 사람들은 독한 염료 냄새가 난다며 눈살을 찌푸리기 일쑤였는데, 하룻밤 풋사랑을 나누었던 여자들도 징그러운 벌레 취급을 하곤 했는데…. 미영이 냄새도 좋아. 나는 숨을 깊게 들이쉬었다. 이 냄새를 맡고 있으면 마음이 순해지는 것 같아.

날이 샐 무렵 미영은 내게 블라우스 단추를 하나 떼어 주었다. 푸른빛이 맴도는 투명한 단추였다. 표면에 key라고 미세하게 쓰인 열쇠모양의 단추였다. 그냥 상우 씨에게 주고 싶어요. 그녀의 눈빛이 막 착색이 끝난 단추처럼 곱게 빛났다. 그녀가 가고 난 후, 나는 단추를 작업실 뒤편의 화단에 고이 묻었다. 물을 주고 흙을 북돋아주었다. 비로소 오래 전에 꿈꾸어

왔던 마음의 단추를 하나 얻은 것 같은 풍요로움이 밀려왔다.

　나는 한동안 굿모닝내과 앞에 서성이고 있다. 그녀가 꼭 병원에 와 있을 것만 같다. 각혈을 하는 것으로 보아 그녀는 폐렴을 앓고 있는 게 틀림없다. 붉은 피를 쏟아야 하는 그 고통은 생전의 그녀의 아버지가 앓아야 했던 진폐증과 무관하지 않을지도 몰랐다. 불현듯 그녀가 붉은 색으로 착색이 된 하나의 단추 같다는 생각이 든다. 그때 문자 수신음이 울린다. 그녀일지 모른다는 생각에 나는 서둘러 액정화면을 확인한다. 낯선 번호다. 누구일까. 블랙 앤 화이트 사람일지 모른다. 그들은 단속 때문에 수시로 번호를 바꾸거나 정체불명의 번호를 이용했다. 혹여 남도라사의 정 사장일지도 모른다. 돈이 준비됐다고 전화를 주는 것일까. 그러나 그의 번호는 입력이 돼 있어 신호가 울리면 액정에 이름이 뜬다. 호기심과 불안감이 교차한다. 행복단추 김상우 사장님, 염색 단추 두 자루 부탁합니다. 곧 찾아가겠습니다. 장난문자일까. 아니 그러기에는 너무 예의가 바르다. 도대체 누굴까.

　나는 병원 정문 앞에서 길을 잃은 사람처럼 한참을 서성인다. 그러다 계단을 밟아 2층 병원으로 들어간다. 안내 데스크를 보고 있는 여자가 공손히 허리를 굽힌다. 예의 무슨 일로 왔다는 걸 알고 있다는 표정이다. 나도 모르게 얼굴이 달아오른다. 나는 내원한 사람 중에 최 미영이라는 환자가 있었는지

조회를 부탁한다. 여자가 자판을 두드리더니 그런 환자는 없다고 말한다. 그제야 나는 미영의 이름이 본명이 아닐지도 모른다는 생각이 든다. 갑자기 허탈해진다. 그녀와 나를 채우고 있던 단추 하나가 툭 떨어져 나간 느낌이다. 돌아가신 할아버지는 무엇이든 선택을 해야 하는 상황에 직면하게 되면 항상 단추의 본래 의미를 생각하라고 했다. 오래 전 아들과 며느리를 사고로 잃어버리고 어린 손자를 키워야 했던 할아버지는 삶의 상처가 억지로 꿰맞춘다고 해서 봉합되는 게 아니라는 걸 누구보다 잘 알고 있었다. 무언가에 채워 치유될 아픔이 있고, 채워서는 덧날 상처가 있다는 것을 말이다. 더 황당한 것은 단추가 떨어져 나가는 것처럼 돈도 떼이게 되는 수도 있다고 했다.

밖으로 나가려는데 갑자기 어지럼증이 인다. 빠르게 도는 회전문이 되레 이편의 출구를 막아버린 느낌이다. 들어오지 말 것을, 나는 뒤늦은 후회를 한다. 도로는 여전히 꼬리를 문 차량들로 북적인다. 평소에도 혼잡한 네거리가 날씨가 흐려서인지 더 밀리는 것 같다.

블랙 앤 화이트의 화사한 불빛이 자꾸 나를 향해 손짓한다. 나는 미로를 헤매는 실험쥐처럼 한동안 입구를 서성거린다. 그리고 이내 블랙의 세계로 빨려들어 가고 만다. 무슨 일이야? 매니저가 나를 빤히 쳐다본다. 비웃음과 경멸을 머금은 눈초리가 사뭇 매섭다. 그녀는 미영이 나를 만나면서 조금씩 변해

가고 있다고 생각하는 모양이다. 내가 미영에게 허황된 꿈을 부추겨 이곳을 떠나게 하려 한다고 말이다. 그렇잖아도 성매매특별법 때문에 영업이 바닥을 치는 터라 늙은 매니저는 바짝 독이 올라 있다. 내부 인테리어를 바꾸고 전체적으로 리모델링을 했지만 줄어드는 손님을 감당하기에는 역부족이었다.

얼마 후 미영이 사장님이라고 부르는 덩치 큰 사내가 내실에서 나온다. 이 자식이 두 번 다시 오지 말라고 한 말을 잊었나? 그는 다짜고짜 멱살을 잡고 흔들더니 주먹을 휘두른다. 불꽃이 튀고 코끝이 얼얼하다. 나는 중심을 잃고 바닥에 쓰러지고 만다. 바닥 위로 핏물이 흥건히 밴다. 불빛을 받은 핏물이 붉은 염료처럼 반짝인다. 너 같은 놈은 쥐도 새도 모르게 죽여 어디 산에다 묻어 버리면 그만이야. 악에 바친 사내의 발길질이 이어진다. 나는 엎드린 상태로 그의 폭력을 고스란히 받아낸다. 블랙 일색의 바닥이 핏물로 넘쳐흐른다.

그만 둬요, 제발! 다시 손님을 받으면 되잖아. 갑자기 미영의 울부짖는 소리가 들려온다. 어디서 나타났는지 미영이 사내의 팔을 붙잡고 있다. 사장님, 제발 부탁이에요. 2차 나가라면 나갈게요. 그러니 제발 우리 상우 씨를 그만 놔두세요. 그녀의 목소리가 날카로운 공명을 일으키며 실내에 퍼진다. 날선 바람이 휩쓸고 지나는 느낌이다. 그 말 믿어도 돼? 한번만 허튼짓을 했다간 그땐 정말 이 자식 죽여 버릴 줄 알아. 사내가 송곳 같은 눈빛으로 미영을 노려본다. 그녀는 고개를 끄덕이다 말고 흐느낀다. 뭔가 둔탁한 것이 뒤통수를 때리는 느낌이다. 벽면을 장식한 커다란 유리창이 산산이 부서져 내리는 것 같다. 마치 하나의 벽돌을 부수면 또 다른 벽돌이 그 공간을 메우는 테트리스 게임처럼 하나의 유리창이 깨지고 나면 그 보다 더 큰 유리창이 앞을 가로막는다. 미영의 부축을 받으며 나는 간신히 몸을 일으킨다. 한때 염색을 배우며 행복해하던 그녀의 모습이 떠오른다. 소풍을 앞두고 잔뜩 설렌 아이처럼 그녀는 상기된 얼굴로 작업실에 왔었다. 그녀는 생각보다 눈썰미가 좋아 분말과 물의 배율, 색을 혼합하는 방법을 누구보다 쉽게 익혔다. 특유의 미적 감각은 의상 디자이너가 꿈이었다던 그녀의 말을 증명하고도 남았다. 나는 그녀의 손놀림을 지켜보며 언젠가 그녀와 함께 무지리에 갈 수 있으리라는 막연한 기대를 했었다.

아주 잠깐 미영과 내 눈이 부딪친다. 상우씨, 앞으론 이곳에 오지 마. 그녀의 눈에 우울의 그림자가 어린다. 그녀는 무뚝뚝하게 말을 뱉고는 파라다이스 룸으로 들어가 버린다. 일순간 차가운 기운이 어린다. 매니저가 징그러운 벌레를 보듯 나를 바라보며 미간을 찡그린다. 다리가 후들거리고 머리가 깨질 듯이 아프다. 발에 피 묻은 단추가 채인다. 목 언저리가 휑한 것이 멱살을 잡혔을 때 단추가 떨어져나간 모양이다. 문득 미영에게 단추는 한때의 소박한 꿈이었을지 모른다는 생각이 든다. 예전에 나를 스쳐간 여자들이 한순간 화사한 단추 빛깔에 취해 잠시 머물렀던 것처럼 그녀 또한 그들과 별반 다르지 않은지 모른다. 허공에 단추의 미세한 홈과 그녀의 슬픈 눈동자가 겹쳐진다.

나는 밤늦도록 단추에 장식을 단다. 작업대 위에는 건조가 끝난 흰색의 단추가 가득 널려 있다. 미영에게 장식을 다는 법을 가르쳐 주고 싶었는데……. 나는 일을 하다 말고 문득문득 창밖을 바라보며 그녀를 생각한다. 그녀가 금방이라도 문을 열고 들어올 것만 같다. 한동안 흰색의 단추에 눈이 머문다. 작업을 하다보면 매번 가슴에 남는 단추가 있기 마련이다. 이번에도 흰색의 별 모양의 단추가 그랬다. 깊고 맑은 미영의 눈을 보는 것 같아 자꾸 눈에 밟힌다. 나는 흰색 별 모양의 단추를 가만히 쥐어본다. 따스한 온기가 손끝을 타고 온몸으로 전해진다.

난 무지리에 갈 수 없어요. 아니 못 가요. 그건 상우씨가 더 잘 알잖아요……. 흘러가 버린 시간을 채울 수 있는 단추가 있었으면 좋겠어요. 부끄럽고 아픈 기억들은 죄다 말끔히 채워버리게. 블랙 앤 화이트에서 돌아오는 길에 그녀로부터 전화가 왔다. 그녀는 애써 울음을 참고 있었다. 그녀는 무지리는 더 이상 지도에 존재하지 않는다는 말을 덧붙였다. 그곳은 오래 전에 행정구역이 개편되고 대규모 카지노가 들어서는 바람에 신흥 유흥도시로 바뀌어버렸다고 했다. 가슴이 무너질 듯

아파왔다. 나는 그저 말없이 듣고만 있었다. 울지 마. 나는 전화 말미에 그 한마디만을 했을 뿐이다. 그리고 집으로 오는 동안 나는 자꾸 넘어졌다. 돌부리에 걸린 것도 허기진 것도 아닌데 나는 중심을 잃고 넘어졌다. 올 겨울 눈발이 날리는 무지리 언덕을 걸을 수 있으리라는 생각은 나 혼자만의 기대에 지나지 않았던 모양이다. 평생을 지하 막장에서 살았다는, 그래서 죽어서야 햇볕을 볼 수 있었다는 그녀의 아버지 묘를 찾아가 술 한 잔 올리고 싶었는데……. 생각은 끊임없이 꼬리에 꼬리를 물고 이어진다.

무언가 골목을 울리며 사라지는 소리가 들린다. 한동안 쓸쓸한 공명이 귓가를 맴돈다. 나는 잠시 일손을 멈추고 창밖을 쳐다본다. 어느새 눈발이 흩날리고 있다. 울긋불긋한 조명 사이로 아름다운 눈꽃이 피어나고 있다. 그 꽃눈 사이로 미영이 살았다던 무지리 탄광촌이 언뜻언뜻 보이는 것 같다. 여름날 탄분 위로 걸린다던 화려한 무지개도 보인다.

조금 전에 들었던 공명음이 다시 들려온다. 차갑고 둔탁한 울림이 구둣발 소리 같다. 누군가 작업실을 기웃거리는가 싶더니 이내 골목으로 사라진다. 누구일까? 거세게 몰아치는 바람소리 같기도 하다. 누군가 출입문을 향해 조심조심 다가오고 있는 것 같기도 하다. 가로등에 비친 물체의 그림자 위로 눈발이 희끗희끗 날린다. 마침내 검은 물체가 불빛에 드러난다. 순간 나는 내 눈을 의심한다. 어젯밤 경찰서에서 보았던 늙은 노인이 틀림없다. 미영과 성매매를 한 혐의로 조사를 받던, 원단공장에서 일을 한다던 그 초췌한 노인이었다.

날 알아보겠수? 노인이 무안한 표정으로 나를 바라본다. 아니 무슨 일로? 단추를 받으러 왔다우. 오후 나절에 단추 주문을 했던 사람이 바로 나였다오. 노인은 큰 죄를 지은 사람마냥 연신 굽신거린다. 사실은 어제 그 미영이라는 아가씨를 보자 죽은 내 딸이 생각나서 견딜 수가 없었다오. 어쩜 그렇게 닮았는지. 너무 놀라 기절할 뻔 했었소. 아가씨가 추운데서 떨지 말고 잠깐 몸 좀 녹이고 가라는데 나도 모르게 눈물이 나는 거외다. 죽은 내 딸도 옷을 만드는 디자이너가 꿈이었는데……. 여전히 노인에게서는 탄분 냄새가 난다. 밖에 오래 있었던지 사뭇 몸이 얼어 있다. 그의 손에는 때에 전 묵직한 손가방이 들려 있다. 아마 그 안에는 원단이 들어 있을 것이다. 허깨비를 본 기분이다. 아니 돌아가신 내 할아버지가 살아 돌아온 것 같은 착각이 든다. 어쩌면 진폐증으로 죽은 미영의 아버지도 저 노인의 모습과 닮았을지 모른다는 생각이 뒤미처 떠오른다.

나는 잠시 들어와 쉬고 가라며 노인의 팔을 붙잡듯 허공을 휘젓는다. 그러나 이내 노인의 모습은 온데간데없이 사라져버린다. 나는 다시 있는 힘껏 팔을 내뻗는다. 뭐가 끈적끈적한 것이 손에 잡히며 이물감이 느껴진다. 눈을 뜨자 단추가 사방에 흩어져 있고 건조대가 한쪽으로 밀쳐져 있다. 꿈을 꾼 것이다. 목이 마르고 눈이 침침하다. 이제 보니 온몸에 형형색색의

단추가 달라붙어 있다. 단추가 나인지 내가 단추인지 구분이
되지 않는다.

　밖으로 나오자 찬바람이 이마를 훑고 지나간다. 대문을 열
고 선 채로 한동안 어둠의 거리 저편을 바라본다. 꿈속의 노인
은 어디로 떠난 것일까. 옷깃에서 하나의 단추가 떨어져나간
기분이다. 지금껏 나는 누군가의 옷깃을 채우는 단추였던 적
이 있던가. 불현듯 머릿속에 무지리라는 지명이 이명처럼 맴
돈다. 나는 나지막이 무지리라고 읊조린다. 어쩌면 무지리는
이 세상에 존재하지 않는 그 어떤 곳이었는지 모른다. 무지리
(無地里). 그곳은 단지 미영의 상상에서나 존재하는 아득한 공
간이었을 것만 같다. 무심결에 나는 화단 쪽으로 눈길을 돌린
다. 처음 미영의 몸속으로 들어가던 날, 그녀가 내게 주었던
푸른 단추가 떠오른다. 미영의 투명한 눈을 닮았던 그 단추가
말이다. 겨울이 지나고 봄이 오면 그 단추가 묻힌 자리에서도
꽃이 필지도 모르겠다. 눈발은 어느덧 탐스러운 송이눈으로
바뀌어 있다.

무지리의 새

무지리의 새

새벽이었다. 밖은 아직 짙은 어둠에 물들어 있었다. 아랫목은 잘 데워진 욕조의 물처럼 따뜻했다. 이불 밖으로 밀려나온 발끝에선 제법 한기가 느껴진다. 머리끝까지 이불을 끌어당겼지만 이미 달아나버린 잠의 끝자락은 도시 잡힐 것 같지 않았다.

밖은 시골 특유의 소음들로 부산하다. 바람도 덩달아 허공을 구겨버릴 듯 맵게 몰아친다. 나는 그만 잠자리에서 일어나 밖으로 나왔다. 계분(鷄糞) 냄새가 코끝으로 밀려든다. 안개처럼 낮게 드리워진 냄새는 미세한 바람에 이끌려 먼 곳에까지 퍼져나가고 있었다. 숨을 쉴 때마다 분말 같은 입자가 목젖에 걸려들었다.

나는 길을 더듬듯 조심조심 둑 쪽으로 발걸음을 옮긴다. 눈앞을 가로막고 선 산자락에선 희뿌연 물방울 입자가 끊임없이 풀려나오고 있었다. 마을을 에워싼 봉긋한 능선은 마치 부기가 가라앉지 않은 멍울처럼 봉긋했고 붓꽃 모양으로 다소곳이 박힌 지붕들은 가느다랗게 이어진 둑길과 어울려 퇴색해버린 시간을 고스란히 그러안고 있었다. 해묵은 흑백 사진첩을 그대로 펼쳐놓은 듯 했다.

영철이 오랜만이네. 다름이 아니라 자네 형님 묘 이장 문제로 상의할 게 있어서 이렇게 식전부터 전화를 했네. 자네도 들어서 알겠지만 이곳에 머잖아 댐이 들어선다는구만. 군청에선 늦어도 연말까지는 수몰예정지구에 있는 묘들을 다른 곳으로 이주하라는 거야. 바쁜 줄 아네만 언제 한번 시간을 내서 내려왔으면 하네.

어제 아침 출근 직전에 걸려온 전화였다. 장씨 아저씨는 무슨 일이 있어도 이번만큼은 꼭 다녀가라며 신신당부를 했다. 묘 이장 문제라는 말에 나는 구두를 신다 말고 현관에 주저앉았다. 지난여름 묘 문제로 한번 내려왔으면 하는 아저씨 말이 떠올라 새삼 나의 무관심이 부끄럽게 생각되었다. 차일피일 미룬다는 게 벌써 늦가을이 되고 말았던 거였다. 거울 속에 비친 내 모습이 타인처럼 느껴졌다.

형은 늘 다른 세상에 살고 있었다. 시도 때도 없이 혼잣말을 하는 건 형의 트레이드마크였다. 심하게 말을 더듬었기 때문에 누구도 형의 말을 알아듣지 못했다. 내 기억 속의 형은 보이지 않는 대상을 향해 쉴 새 없이 말을 거는 모습으로 남아 있었다. 형의 내면엔 무언가 알 수 없는 대상이 자리하고 있는 듯 했다.

　사람들은 그런 형을 정신분열증환자라고 했다. 동네 꼬마들도 형이 지나가면 약속이라도 한 듯 귓가에 새끼손가락을 대고 동그라미를 그렸다. 아이들의 손놀림은 똬리를 틀고 있던 뱀이 갑작스레 닥친 위험을 알리기 위해 어딘가로 교신을 하는 모습을 닮아 있었다. 조무래기들이 돌멩이를 던지고 침을 뱉는 것은 예사였다. 어느 땐 바짓가랑이를 잡아당기거나 일부러 밀어 넘어뜨리기도 했다. 그런데도 형은 늘 희죽희죽 웃기만 했다. 놀림과 구박을 당하는데도 형의 얼굴엔 언제나 희미한 미소가 어렸다. 흐느적거리는 팔다리는 나비의 날갯짓보다 가볍고 황홀해 보이기까지 했다. 하얗게 침이 번진 입가로 피어나던, 짓밟힌 꽃잎 같던 마른버짐의 흔적을 나는 지금도 또렷하게 기억한다.

　장씨 아저씨는 아직 잠자리에서 일어나지 않은 모양이다. 농장의 숙소로 사용하고 있는 컨테이너 박스에선 여전히 아무런 인기척이 없다. 어쩌면 벌써 일어나 농장 일을 보고 있는지 몰랐다. 먹이를 챙기고 난방 상태를 점검하려면 꼭두새벽부터 부지런히 손을 놀려야 하는 게 농장 일일 것이다.

　나는 어제 늦게 도착한 것이 못내 마음에 걸렸다. 사실은 너무도 오랫동안 들르지 못했던 탓에 아저씨의 얼굴을 보기가 민망했다. 어제만 해도 일찍 내려온다는 것이 그만 회사 일로 발목이 잡히고 말았다. 집안일로 하루 연차를 쓰겠다고 하자

부장은 어이없다는 표정을 지었다. 한동안 내 얼굴을 뚫어지게 쳐다보더니 원고 마감이 코앞인데 연차는 무슨 연차냐며 퉁명스럽게 쏘아붙였다. 그는 마치 내가 징검다리 휴일을 맞아 장거리 여행이라도 떠나는 것으로 단정을 하는 눈치였다. 정 연차를 내려거든 무슨 수를 써서라도 원고를 막고 가라는 말에 나는 밤늦게까지 노트북 앞에 앉아 머리를 쥐어짜야 했다. 억지로 써낸 기사는 기사라기보다 허구에 가까웠다.

농장에선 새벽잠을 깬, 아니 새벽잠을 잃어버린 닭들의 울음소리가 시끄럽게 이어지고 있었다. 더러 홰를 치는 닭들의 푸드덕거리는 소리가 간헐적으로 이어졌다. 다행히 조류독감이 전염되지 않아 살처분사태와 같은 비상상황은 일어나지 않은 모양이었다.

무지리는 예나 지금이나 그대로였다. 내가 중학교 때 이곳을 떠났으니까 만 15년만의 귀향이었다. 물론 그동안 두어 차례 형의 묘에 다녀간 적은 있지만 마을에까지 발을 들여놓은 건 이번이 처음이다. 그때나 지금이나 크게 달라진 것은 없어 보였다. 예전보다 개들이 늘어난 것과 말끔하게 리모델링을 한 주택들이 눈에 띄는 것 외에는 이렇다 할 변화는 없었다. 움직이지 않는 장면과 움직이지 않는 풍경이 드리워져 있을 뿐이었다.

달라진 것이 있다면 마을 중간쯤에 위치한 회관이 아닐까 싶다. 보호수로 지정된 느티나무의 늘어진 가지가 회관을 아늑하게 감싸고 있었다. 당시엔 이장의 집과 마을회관이 유일하게 리모델링을 한 가옥이었다. 마을회관이 동네의 첫인상을 결정한다며 주민들은 만장일치로 증개축을 결의했었다. 마을회관을 새롭게 단장을 하고 나면서부터 부쩍 반상회네 부녀회네 하는 모임도 잦아지기 시작했다. 어른들은 저녁시간을 빼앗긴다는 사실을 알면서도 밥숟가락 놓기 바쁘게 이곳으로 모여들었다. 입가심으로 돌리던 술잔에 날이 새도록 화투패를 두들기던 일도 다반사였다. 안개 자욱한 해거름에 특유의 저음으로 들리던 이장의 스피커 소리에 선잠이 깬 적도 있었다.

둑길 중간쯤에서 나는 잠시 발걸음을 멈췄다. 쇠락한 농가의 빈집처럼 마을회관에선 조금의 온기도 느껴지지 않았다. 오랫동안 지켜온 침묵처럼 낯설고 쓸쓸했다. 한밤중과 새벽녘에 건물의 느낌이 달라 보이는 건 안개의 빛깔 때문이 아닐까. 확실히 해가 뜰 무렵의 안개에선 푸른빛이 감돌았다.

어젯밤 마을 회관 앞을 지나다 나도 모르게 급브레이크를 밟고 말았다. 내가 아닌 다른 누군가의 발이 페달을 밟은 듯했다. 차바퀴를 휘감아오는 저녁 안개에 나는 비명 같은 탄식을 뱉어냈다. 한동안 그 자리를 떠날 수 없었다. 어디선가 명치끝을 저미는 울음소리가 희미하게 들려나왔다. 분명, 익숙한 그 소리는 아버지의 울음이었다. 나는 차안에 아버지가 동승해 있는 듯한 착각에 사로잡혔다. 홀연히 깨어난 아버지의 혼령이 나를 마중 나온 것은 아닐까. 그러나 잠시 후 그 소리는 흔적 없이 사라지고 말았다. 나는 내 귀를 의심했다. 어쩌면 환청이었는지 모른다. 나는 가까스로 운전대를 잡았다. 그러나 어둠의 장막에 묶인 차는 연신 기침 같은 둔탁한 소리를 뱉어내며 간신히 바닥을 기어갈 뿐이었다.

아침 일찍 밭일을 나가는지 머리에 수건을 두르고 바구니를 옆구리에 낀 아주머니들이 보였다. 나는 양손을 바지춤에 넣은 채 둑길을 걸었다. 둑길 위에는 맑은 이슬이 싸리눈처럼 하얗게 내려앉아 있었다. 아래로 흘러가는 물은 아예 흐름을 정지해버린 듯 고요하고 정밀했다. 무겁고 서름한 무엇이 물 속 깊이 자리한 채로 움직이고 있는 모든 것을 통제하고 있다는 느낌이 들었다.

나는 윗주머니에서 담배를 꺼내 불을 붙였다. 까칠한 입술에 감기는 담배의 맛은 텁텁했다. 라이터를 켜자 반달무늬 불꽃이 살아났다. 한 모금 연기를 입 안 가득 들이마시다 말고 나는 흠칫 놀라고 말았다. 작은 물체가 빠른 속도로 내 앞을 가로지르며 사라졌던 것이다. 털이 까칠하고 눈빛이 붉은 짐승이었다. 나는 반사적으로 움직이는 물체에 시선을 고정시켰다. 밋밋한 둑을 가로질러 반대편으로 사라진 것은 다름 아닌 고양이었다. 녀석이 움직일 때마다 핏자국이 선명히 엉긴 가느다란 꼬리가 덜렁거렸다. 오색 구슬 모양의 동그란 두 눈에선 알 수 없는 증오가 흘러나왔다. 붉고 빳빳한 혓바닥이 시뻘건 입 사이를 수시로 드나들었다. 나는 땅바닥에서 돌멩이를

들어 던지는 시늉을 했다. 녀석은 소스라치게 농장 반대편으
로 사라졌다.

　형은 태어날 때부터 정상인이 아니었다. 흔히 말하는 정신
지체아였다. 무엇 하나 제대로 할 수 있는 게 없었다. 굽은 손
으로 겨우 숟가락만 움켜쥘 수 있어 간신히 밥을 먹을 수 있었
다. 그마저도 어린아이처럼 밥알을 흘리기 일쑤여서 밥을 먹
는 데만도 적잖은 시간이 걸렸다. 사람들은 그런 형을 보면서
혀 차는 소리를 해댔다. 그들의 눈빛은 병신이 할 수 있는 건
오로지 밥 축내는 일이지, 라는 조롱이 담겨 있었다.
　아버지는 매일 술로 살았다. 술은 아버지의 삶을 지탱해주
는 유일한 낙이었다. 빈병이 늘어갈수록 아버지의 삶도 피폐
해져갔다. 빈병에 채울 수 있는 건 오로지 상실뿐이었다. 술은
술을 부르고 결국엔 파멸을 부른다는 사실을 아버지는 망각했
다. 아니 모르는 듯 했다. 설령 어린 자식들을 위해서라도 마
음을 독하게 추슬러야 한다는 것을 알고 있다 하더라도 아버
지의 몸은 이미 중독을 넘어 마비의 단계로 접어들고 있었다.
아버지는 술에 철저하게 지배당하고 있었다. 나는 그런 아버
지의 심정을 이해할 수 있었다. 아니 이해해야만 했다. 감당할
수 없는 빚더미와 정신지체아인 아들에 대한 연민이 단 하루
도 알코올의 힘을 빌리지 않고는 버티기 힘들었을 거라는 사
실을.

특수학교를 다니던 형이 학교를 그만두게 된 것은 어머니가 가출을 하고 난 이후라고 했다. 내가 세 살 무렵이었다고 하니 내 기억 속의 어머니는 존재하지 않는다. 어머니는 내 기억 너머에 존재하는 신기루였는지 모른다. 그러나 문득문득 어머니가 그리웠다. 어머니의 냄새와 촉감이 그리웠다. 나는 가끔 내가 태어남으로 인해 경제적으로 어려워진 어머니가 떠나버렸을지 모른다는 생각을 하곤 했다. 아주 가끔 그런 생각이 들 때마다 내 자신이 미워졌다. 어쩌면 어머니는 삶의 무게에 짓눌려 경계선 밖으로 나가버렸는지 몰랐다.

학교를 그만 둔 형은 좀처럼 집밖을 나가지 않았다. 물론 집을 나가야 할 이유도 없었다. 형은 전보다 훨씬 풀이 죽어 있었고 야위어갔다. 형은 형대로 자신의 세계로 침잠해 들어갔다. 아버지는 그런 형을 두고만 볼 수 없다고 생각했던 모양이다. 한번은 읍내 오일장에 갔다 오는 길에 새끼 염소 한 마리를 사가지고 왔다. 털빛이 하얗고 유순한 암염소였다. 미소가 아름다운 녀석이었다. 정말로 내가 보기에 염소의 미소는 맑았다. 사람들은 어떻게 동물이 웃을 수 있냐며 반문할지 모르지만 염소는 분명 웃고 있었다. 형은 염소에게 '희'라는 이름을 지어주었다. 희(喜), 희(希). 염소는 형에게 기쁨이고 희망이었다.

'희'가 들어온 후로 형은 이전과는 많이 달라진 듯 했다. 무엇보다 생기가 돌았다. 풀을 뜯기 위해 하루에 한 번씩 몸을 움직였는데 그 때문인지 상태가 전보다 조금 나아진 것도 같았다. 아버지는 나중에 '희'가 새끼를 배면 형과 나에게 각기 한 마리씩 주겠노라고 했다. 그것은 가족의 울타리가 더 견고해진다는 의미였다. '희'는 형의 정성 탓에 하루가 다르게 몸집이 커져만 갔다. 나중에는 형이 둑길로 풀을 직접 뜯기러 나가기도 했다. 아버지는 풀을 뜯어 담을 수 있도록 작은 망태기를 만들어주었다. 나는 어서어서 '희'가 자라 새끼를 낳길 바랐다.

어느새 둑길 끝에 있는 배고픈 다리에까지 와 있었다. 어느 동네에나 있을 법한, 땅 밑으로 볼록하게 꺼진 다리였다. 파란 이끼가 엉겨 붙은 바닥은 흡사 융단을 깔아놓은 듯 부드러웠다. 이곳에서 대처 가는 길과 둑길로 이어진 길 그리고 마을 초입으로 가는 길이 갈리었다. 나는 이곳에서 오지 않는 어머니를 하염없이 기다렸다. 꼼짝하지 않고 한자리에 앉아 기도를 하면 언젠가 어머니가 돌아올 거라고 믿었다. 그러나 믿음은 매일매일 나를 배반했다. 꿈은 엇갈렸고 나는 지쳐만 갔다.

이윽고 다리 난간 밑으로 흰 사기 빛깔의 고운 햇볕이 번져 나오기 시작한다. 맵싸한 냉기가 사그라지자 아침 특유의 신선함이 밀려온다. 희번하게 번진 햇살이 충혈된 눈처럼 불그스름했다.

"풍덩."

무언가 물속에 떨어지는 소리가 들렸다. 고요를 깨는 낯선 울림과 정적. 소리는 흘러가는 물살에 이내 묻히고 만다. 수면 위로 수십 개의 자잘한 물거품이 일어났다 사라졌다. 그것은 살갗에 돋는 소름 같아 보였다. 나는 난간에 귀를 기울이다 말고 아래쪽으로 눈길을 돌렸다. 그러다 하마터면 소리를 지를 뻔 했다. 낯선 사내가 난간을 붙든 채 물체가 떨어진 수면을 꿰뚫어보고 있었다. 물속으로 몸을 내던지려는 것이 아닐까? 괜스레 불안한 생각이 들었다. 사내는 삼십대 후반쯤으로 보였다. 양 미간에 잡힌 주름으로 보아 어느 정도 생의 고뇌를 아는 나이일 듯싶었다. 미동도 하지 않은 채 한곳만을 응시하는 그에게선 어떤 결기와도 같은 완곡함이 흘러내렸다. 잠시 스친 서름한 눈빛이 유리조각에 반사된 햇빛만큼이나 날카로웠다.

그가 모종의 의식을 행하고 있는지 몰랐다. 일상의 익숙한 것들과 결별을 시도하려는 사람으로 보였다. 사내는 한동안 눈을 감고 무언가를 중얼거렸다. 그것은 주문을 외우는 차원을 넘어 어떤 대상에 대한 간절한 기원으로 보였다. 얼마 후 그는 내가 왔던 둑길을 거슬러 올라갔다.

물 위를 유영하듯 떠내려가고 있는 것은 닭의 사체였다. 보푸라기처럼 거칠게 인 털이 하늘을 향해 삐죽삐죽 솟구쳐 있었다. 숨이 끊어진지 오래된 것 같았다. 어느새 물빛은 붉은색의 물감을 풀어놓은 듯 현란한 빛깔을 드리웠다. 스러져가는 낙조 끝물의 풍경을 닮아 있었다. 어디가 물이고 피인지 경계가 모호했다. 물이 피인지 피가 물인지 가늠하기 어려웠다.

불현듯 물속에 형의 집이 보였다. 아니 형의 그림자가 어른거렸다. 나는 형이 물속에서 잠을 자고 있는 줄 알았다. 그곳을 형이 자신의 방으로 착각하고 있는 줄 알았다. 형의 시신은 물에 분 나머지 주부처럼 퉁퉁 부풀어 있었다. 아버지가 보증사기를 당한 충격으로 돌아가신지 채 한 달이 지나지 않아 형의 주검이 물위로 떠올랐다. 사람들은 냇가에 뿌려진 아버지의 혼이 형을 데리고 갔을 거라고 했다. 지체아인 자식을 두고 저 세상으로 가기에 발걸음이 떨어지지 않아 그와 같은 일을 했을 거라는 얘기였다. 정말 그랬을까. 한편으론 그럴 수도 있겠다 싶었다. 형은 늘 다리 난간을 놀이터삼아 시간을 보냈으니까. 그러나 형의 죽음을 단순한 추락사나 아버지의 혼과 연계된 것으로 몰아가기엔 뭔가 석연찮은 구석이 있었다.

형의 시신이 떠오른 그리 멀지 않은 곳에서 형이 메고 다니던 망태기가 발견되었다. 그곳은 물막이가 있는 곳으로 부근에서 가장 수심이 깊은 지점이었다. 물살이 빨라지며 소용돌이가 굽이쳐 흐르는 곳이라 늘 조심을 해야 했다. 형이 무슨 이유로 그곳까지 갔는지는 아무도 모르는 일이었다. 망태기 안에는 꽤 많은 풀이 들어 있었다. 헌데 둑길 근처에 있어야 할 '희'가 보이지 않았다. 형이 그토록 애지중지하던 기쁨의 대상이 보이지 않았던 것이다. 그즈음 '희'는 새끼를 배도 될 만큼 고른 발육상태를 보이고 있었다. 몸 전체가 완만한 곡선을 이룬데다 엉덩이는 수컷을 받아들일 정도로 튼실하게 살이 올라 있었다. 형이 정성을 쏟은 결과였다.

나는 돌아오지 않는 형과 '희'를 찾으러 아침부터 마을 곳곳을 샅샅이 뒤졌다. 평소 형이 풀을 뜯으러 자주 가던 부엉이 바위 뒷자락에도 몇 번을 가보았고 양수장 수문이 있는 곳도 수차례 들락거렸다. 나는 둑길을 따라 천천히 걸었다. 일렬횡대로 늘어선 포플러 나뭇가지마다 짙은 구름이 걸려 있었고 그 사이로 붉은 노을빛이 정밀하게 쏟아져 내리고 있었다. 금방이라도 형이 '희'를 앞세우고 포플러 둑길을 걸어올 것만 같았다. 나는 형의 이름을 물 위에 써보았다. 물살이 검지를 스치며 빠르게 아래로 흘러내려갔다. 저 멀리 무언가 거무스레한 것이 둥두렷이 떠올랐다 가라앉았다를 반복했다. 익숙한 무언가가 빠르게 눈가를 스치고 지나갔다.

형의 시신은 형체를 알아볼 수 없을 정도로 부풀어 있었다. 미세한 생물들이 어느새 제 집처럼 진을 치고 있었다. 징그럽다기보다 씁쓸한 생각이 들었다. 형도 누군가에게 집이 되어줄 수 있다는 사실이 낯설게 다가왔다. 부릅뜬 형의 두 눈은 동굴처럼 깊게 열려 있었다. 어쩌면 형은 '희'를 타고 머나먼 곳을 향해 걸어가고 있는지 몰랐다. 갑자기 목구멍이 막혀 아무 말도 나오지 않았다.

농장에 돌아와 보니 장씨 아저씨가 아침 밥상을 차려놓고 기다리고 있었다. 흰 쌀밥에서 연신 하얀 김이 올라왔다. 아저씨도 많이 늙었구나. 젊은 시절 의욕적으로 목축사업에 손을 댔다가 구제역 파동으로 모든 것을 잃은 후 아저씨는 한동안 방황을 했었다. 정부 말만 믿고 사육 두수를 늘렸다 낭패를 보게 된 거였다. FTA다 선진농정이다 그럴듯하게 포장을 했지만 높은 사람들이 책상머리에서 그려낸 숫자놀음은 결국 건실한 농가마저 죽음으로 내몰고 말았다. 자식 같은 소들을 땅에 묻으며 아저씨는 땅을 치고 울었다. 소를 따라 자신도 웅덩이 속으로 들어가겠다며 슬피 울었다. 소 눈망울처럼 커다란 아저씨의 두 눈에서 굵은 피눈물이 연신 흘러내렸다.

아침을 먹고 나자 아저씨는 서둘러 형의 묘에 가보자고 했다. 아침 이슬 때문에 산 오르기가 수월치 않을 듯싶었다. 나는 오전에 농장 일을 돕고 오후에 산에 들르고 싶다고 했다. 지금까지 형의 묘를 관리해준 데 대한 고마움의 표시로 일손이나마 거들고 싶었다. 어쩌다 명절 때 선물을 소포로 보낸 적은 있지만 이제껏 일을 거든 적이 없던 터라 늘 미안한 마음이 있던 차였다.

아저씨가 품속에서 뭔가를 꺼냈다. 빨간 줄이 선명한 엽서였다. 연말까지 묘 이장을 하지 않으면 무연고 묘로 인정하고 임의 처리하겠다는 최후계고장이었다. 영원히 형의 흔적을 지워버리겠다는 일종의 마지막 경고였다. 사실 무지리가 수몰된다는 소문은 몇 년 전부터 있어왔던 얘기였다. 그러나 정작 첫 삽을 뜨기까지는 적잖은 시간이 걸렸다. 산등성이 중간에 수 몰선이 그려지고 붉은 깃발이 꽂히고 나서야 물속에 잠기게 된다는 사실이 현실로 다가왔다.

장씨 아저씨와 아버지는 각별한 사이였다. 같은 연배라는 동질감 외에도 이별의 아픔을 공유하고 있었다. 두 분은 누구 보다도 우의가 두터웠고 대소사가 있을 경우엔 자기 일처럼 팔을 걷어붙였다. 연고도 없는 아버지가 그나마 자리를 잡을 수 있었던 것도 장씨 아저씨의 도움이 컸었다. 그런 아저씨에 게도 말 못할 사연이 있었다. 불행하게도 자식이 없었는데 아 저씨 편에 문제가 있어 자식을 못 낳았던 모양이었다. 그 때문 인지 아저씨는 형과 나를 친자식 이상으로 대해주었다.

내가 부득불 일을 돕겠다며 따라 나서자 아저씨는 마지못해 선반에서 장화와 장갑을 내주었다. 계분을 비닐포대에 남아두 면 닭을 회수해간 회사에서 되사가는 모양이었다. 아저씨는 톱밥에 엉긴 계분을 깨끗이 치워야 갓 부화한 병아리를 받을 수 있다고 했다. 갓 부화된 병아리를 공급받아 삼 개월 가량 키운 다음 출하를 했다. 중닭 크기가 돼야 고기 맛도 좋고 면 역도 강해 제값을 받을 수 있었다.

비닐하우스 안은 몇 개의 터널을 잇댄 것처럼 사뭇 넓었다. 리어카 하나가 들어갈 정도의 출입문은 쓰다 버린 카펫과 헌 옷가지들로 단단하게 둘러매어 있었다. 행여 있을지 모르는 야생동물의 침입과 강풍에 대비하기 위해서인 듯했다. 모두 세 개의 동에 병아리를 채우면 얼추 삼만 마리가 들어간다고 했다. 벽면을 따라 굵은 파이프관이 연결되어 있었고 그 관을 따라 손가락 굵기의 가느다란 노즐이 거미줄처럼 뻗어 있었다. 긴 관과 노즐을 통해 먹이와 물이 자동으로 공급되는 것 같았다.

생각과 달리 계분을 치우는 일은 쉽지 않았다. 톱밥에 엉긴 냄새는 참을 만 했다. 그러나 피부에 닿는 촉감이 생각보다 이물스러웠고 가려웠다. 혹시 조류독감에 걸리는 것 아닌가 하는 두려움이 들었다. 아니, 아닐 거야. 나는 서둘러 고개를 저었다. 조류독감보다 구제역보다 무서운 건 농민에 대한 무시와 냉혹한 자본의 논리일 터였다.

"영철이 이런 일 처음 해보지? 아마 냄새가 견디기 힘들 거야. 아무튼 이렇게 도와주니 고마울 뿐이네. 무리하다간 몸살 나기 십상이니 쉬엄쉬엄 하게."

점심을 먹고 나자 몸이 나른해지고 졸음이 밀려왔다. 아저씨는 처음 해보는 일이라 피곤할 거라며 잠시 눈을 붙이라고 했다. 잠자리가 바뀐 탓이리라. 코가 맹맹하고 머릿속이 무거웠다. 농장 일이 의욕만 있다고 되는 게 아닐 성 싶었다. 농사를 짓고 짐승을 키우는 일이 그러할진대 하물며 사람을 키우고 가르치는 일은 말해 무엇 하랴 싶었다. 수백 수천 번의 고난과 시련을 거쳐야 비로소 한 사람의 생이 완성될 터였다.

이런 저런 생각을 하다 깜박 졸았던 모양이다. 얼마쯤 지났을까. 무언가 허물어지는 소리에 나도 모르게 소스라치게 잠에서 깨어났다. 수몰선을 가리키는 붉은 깃발의 펄럭임이었을까. 웅덩이 속으로 떨어지는 산짐승들의 뼈저린 울음이었을까. 잠결이었지만 소리는 멀지 않은 곳에서 바람을 타고 밀려오는 게 분명했다. 무성한 수풀을 거친 손으로 헤집는 소리 같기도 했다. 소리가 나는 쪽으로 귀를 세웠다.

손목시계는 오후 세 시를 가리키고 있었다. 비닐을 통과해 들어온 햇볕의 가시광선이 아프게 눈을 찔렀다. 정체모를 소리는 비닐하우스 안에서 들려오는 것 같았다. 닭을 노리고 침입한 날짐승이 그물에 걸려 푸드덕거리는 소리일지 몰랐다. 나는 천천히 비닐하우스 내부를 둘러보았다. 비닐하우스 표면에 더께로 엉겨 붙은 먼지가 화장독에 걸린 여자의 피부처럼 거칠어 보일 뿐 농상 안은 한 무더기의 햇살과 닭 냄새로 가득 차 있었다. 문득 지붕을 에워싸고 있는 둥근 터널이 거대하고 투명한 무덤처럼 생각되었다. 이곳은 누구의 무덤일까. 쓸쓸하고 고요한 이 무덤의 주인은 누구일까.

밖으로 나오자 둑 아래쪽에서 물소리가 들렸다. 둑 가장자리까지 방방하게 차오른 물살이 쉼 없이 아래로 흘러가고 있었다. 노란 고무장갑을 낀 아저씨가 연장을 씻고 있었다. 왠지 그 모습이 산 생명을 목욕시키고 있는 모습으로 보였다. 아저씨의 투박한 손끝에서 따스한 기운이 조금씩 흘러나오고 있었다. 아저씨는 내가 잠든 사이에 남은 계분을 다 치웠던 모양이었다. 일손을 거든다면서 낮잠을 자버린 내가 너무도 면구스럽게 생각되었다.

야트막한 언덕에 위치한 형의 묘는 조롱박을 엎어놓은 형상이었다. 봉분은 잡풀 하나 없이 깍듯하게 조발이 되어 있었다. 잎들을 벗어버린 나무들은 미세한 바람에도 소스라치게 몸서리를 쳐댔다. 묘 주위로 나뭇잎과 썩은 가지의 잔해가 수북이 쌓여 있었다. 봉분 아래쪽이 조금 가라앉긴 했어도 묘는 그런대로 잘 관리되고 있었다. 주위의 심하게 훼손된 봉분에는 아예 무연고라는 팻말이 부착되어 있었다.

묘마다 이장을 촉구하는 경고판이 세워져 있었다. 하루라도 빨리 죽음의 처소를 옮기라는 의미였다. 그렇지 않으면 모든 것을 묻어버리겠다는 경고였다. 불현듯 무엇이 죽음이고 생명인지 분간이 되지 않았다. 나는 소주잔을 채우고 은박지에 과일을 놓았다. 금방이라도 형이 봉분을 열어젖히고 내 앞에 나타날 것 같았다. 그러나 형은 아무 말도 하지 않았다. 형은 그저 무덤 속에 누워 있을 거였다. 살아 있는 동안에도 형은 매장된 거나 다름없는 삶을 살았다. 이제 오래지 않아 형은 무지리를 떠나게 될 것이다. 이곳의 바람과 햇볕과도 영영 작별하게 될 거였다. 잡목의 틈바구니에서 겨울새 한 마리가 노래를 부르다 하늘로 날아올랐다. 고운 빛깔의 부리에서 튕겨져 나

112

온 소리는 어딘지 모르게 쓸쓸했다. 새의 울음은 익숙한 형의 중얼거림으로 들려왔다. 새는 넓고 넓은 창공을 떠돌다 이곳 산 어귀쯤에 자신의 둥지를 틀지 몰랐다.

생각보다 날씨가 추웠다. 나는 한동안 자리에 선 채 먼 곳을 응시했다. 콤바인 칼날이 훑고 지나간 논바닥마다 기계충 모양의 부스럼딱지가 널려 있고 산언저리 채마밭에는 시퍼런 무청이 군데군데 남아 있었다. 씨앗처럼 박힌 무청은 한겨울 고드름보다 차갑게 느껴졌다. 들판 저편에선 방금 짝짓기를 끝낸 개들이 엉덩이를 맞댄 채 하늘을 향해 알 수 없는 울음을 토해내고 있었다.

아버지. 그곳은 어떤가요? 나는 아버지를 떠올리며 당신의 18번지 "아아 으악새 슬피 우는"으로 시작되는 노래를 나지막이 읊조렸다. 생전의 아버지는 술이 취할 때면 곧잘 그 노래를 불렀다. 아버지의 노래는 처량했다. 아니 고즈넉하고 쓸쓸했다. 어느 땐 지상에서는 들을 수 없는 노래처럼 가없고 그윽했다. 그러나 아버지는 끝까지 노래를 마치지 못했다. "다 필요 없는 것을 그렇게 발버둥치며 살았을까." 아버지는 돌아가시기 전 몇 마디 말을 탄식하듯 중얼거렸다. 잠결이었지만 그 소리는 바위보다도 더 무겁게 내 가슴을 짓눌렀다.

아버지는 현실의 고단함을 잊기 위해 순간순간 당신이 만든 미래에 최면을 걸었던 것 같다. 그러나 아버지의 미래는 끝이 뻔히 보이는 미숙한 마술이나 다름없었을 터였다. 빈손으로 시작한 아버지의 삶은 빈손으로 막을 내렸다. 당신의 삶은 벼랑 끝으로 내몰린 유랑자의 그것과 진배없었다. 등골이 빠지도록 쌔 빠지게 일했지만 늘 남는 게 없었다. 정부시책에 따라 시작한 한우사육이 아버지의 삶을 옥죄고 말았다. 그 즈음 마을 사람들은 너나없이 농협에서 대출을 받아 축사를 짓고 송아지를 사들였다. 평소 안면이 있던 마을 이장이 보증을 한번 서달라며 사나흘 간격으로 집에 찾아왔다. 영농자재를 구입할 때 편리를 봐준 이장의 성의를 모른 척 할 수 없었던지 아버지는 이장의 집요함에 그만 도장을 찍고 말았다.

그러나 얼마 후 구제역 한파로 소값이 똥금이 돼버렸다. 매일매일 죽어나가는 소가 줄을 이었다. 비상상황인데도 정부나 지자체는 구제역 진원지가 어디인지도 파악하지 못하고 허둥댔다. 전시행정에 익숙한 관리들은 서로 남의 탓 공방에만 열을 올렸고 피해를 축소하기 급급했다. 하루아침에 농가들은 빚더미에 올라앉았고 아버지도 빚보증 서슬에 묶이고 말았다. 자고 일어나면 대출문제로 불행한 소식이 줄을 이었다. 엎친데 덮친 격으로 얼마 후 방송에선 미국산 수입쇠고기가 시판된다는 뉴스가 방영되었다.

마을회관에서의 생활은 추위와의 싸움이었다. 난방이 제대로 안된 탓에 겨울이면 칼바람이 유리창 틈새를 파고들었다. 벽면엔 늘 눅눅한 습기가 배었고 사람들의 잦은 출입으로 찌든 냄새가 스멀스멀 피어올랐다. 그곳은 거대한 절망의 수족관이었다. 우리는 배가 뒤집힌 물고기처럼 숨을 헐떡였다. 거품마저 말라버린 그 검은 수족관에서 우리는 생을 연명했다. 쓸쓸하고 씁쓸한 시간이었다.

잠자리에 들면 나는 무언가에 짓눌렸다. 하루하루는 너무도 길고 가혹했다. 무서운 건 사람들의 눈빛이었다. 동정의 시선 저편에 자리한 냉소와 경멸이 싫었다. 사람들은 행여 도움을 구걸하는 손을 뻗칠까 두려워하는 기색이 역력했다. 장씨 아저씨의 도움이 없었다면 우리는 분명 그 겨울의 터널을 아니 그 검은 수족관을 빠져나오지 못했을 것이다. 겨우내 아버지의 꿈은 슬라브지붕 아래에 위태롭게 걸린 고드름처럼 쓸쓸하게 저물어가고 있었다.

겨울의 끝자락이 보이기 시작하던 어느 날, 불행은 강도처럼 찾아왔다. 아버지가 피를 토한 채 바닥에 쓰러져 있었던 것이다. 방구석 저편에 정체불명의 커다란 빈병이 놓여 있었고 핏물과 흰 타액으로 보이는 액체가 뒤범벅이 되어 있었다. 아버지는 거친 호흡을 몰아쉬며 뼈저린 울음을 간신히 뱉어내고 있었다. 코피가 날만큼 코끝이 아렸다. 정체모를 빈병에서 흘러나오는 냄새로 이내 신경이 마비되었다. 어젯밤 뭔가를 쓰던 아버지의 모습이 얼핏 스쳤다. 아버지가 쓴 것은 다름 아닌 유서였던 모양이었다. 윗주머니에서 발견된 편지봉투 안에 정갈하게 쓴 편지가 들어 있었다. 아버지는 장씨 아저씨에게 부탁의 말을 남겼다. 아버지는 굳이 유언이라는 단어를 쓰지는 않았다. 아마도 그것이 당신이 우리에게 해줄 수 있는 마지막 배려일지도 모른다는 생각을 했던 것 같다. 필체 사이로 눈물 자국으로 보이는 흔적이 보였다. 나와 형을 부탁한다는 것과 유해는 화장을 해 냇가에 뿌려달라는 내용이었다.

일이 있어 그만 올라가야 한다는 나를 아저씨는 한사코 붙잡았다. 저녁을 먹고 내일 아침 일찍 가도 되지 않느냐는 거였다. 농장에서 기른 닭으로 백숙까지 해놨는데 안 먹고 가버리면 너무 서운하다는 거였다. 나는 쓸쓸해 보이는 아저씨의 표정에 생각을 바꿨다.

저녁을 먹고 숙소로 돌아오자 피로가 몰려왔다. 숙소는 비닐하우스동 옆에 있는 작은 가건물을 개조한 막사를 사용하고 있었다. 불을 켜자 잿빛의 불빛 잔영이 푸르르 내려앉았다. 어젯밤에는 너무 늦게 도착한 탓에 방 안에 무엇이 있는지조차 몰랐다. 벽면 한쪽에 오래된 냉장고 두 대가 놓여 있었다. 하나는 고장이 났는지 망치며 드라이버 같은 연장들이 빼꼭히 차 있었고 다른 것은 배즙을 담은 팩과 반찬통이 들어 있었다. 나는 배즙을 하나 꺼내 마시고는 자리에 누웠다. 몸이 무겁고 한기가 느껴졌다. 눈을 감았지만 쉬이 잠이 올 것 같지 않았다. 자꾸만 뇌리를 타고 생각이 얽혀들었다. 하나의 생각은 또다른 생각을 낳고 또다른 생각은 또다른 생각을 낳아 어느새 생각의 타래가 무한대로 뻗어나갔다.

형의 묘를 이장하고 나면 이제 무지리는 기억 속의 무덤에서나 존재할지 몰랐다. 나는 늘 이곳으로부터의 떠남을 꿈꾸었었다. 노을이 선홍빛으로 물드는 저물녘이면 나는 빛나는 등지느러미를 가진 한 마리 물고기가 되어 이곳을 떠나는 상상을 하곤 했다. 검은 물풀을 헤치고 먼 곳으로 떠나는 꿈을 꾸었다. 이곳의 보이지 않는 울타리가 싫었다. 연민을 가장한 조소의 시선이 싫었다. 한 번은 큰맘 먹고 읍내에까지 간 적이 있었다. 때마침 장날이 서는 날이었다. 나는 먼 곳으로 떠나 다시는 무지리에 돌아오지 않으리라 마음먹었다. 먼지가 흩날리는 차부를 서성이며 나는 들고나는 차를 하염없이 바라보았다. 막상 무지리를 떠난다는 생각이 들자 알 수 없는 감정이 밀려왔다. 허전함이었을까. 나는 오래도록 차부에 서서 무지리 쪽을 바라보았다. 그러나 이상하게도 발걸음이 떨어지지 않았다. 많은 사람들 틈바구니 속에서 나 혼자만 외톨이라는 사실을 이내 깨닫고 말았다.

그렇게 얼마를 서성였을까. 허공을 부유하는 내 눈에 익숙한 무언가가 들어왔다. 정류장을 가로질러 반대편 건강식품 골목으로 들어서는 '희' 가 눈에 띄었다. 나도 모르게 "희야"라고 소리쳤다. 그러나 반가움도 잠시 '희' 가 누군가의 손에 이끌려가고 있다는 사실을 목도했다. 그 사람은 다름 아닌 이장이었다. 차부 뒤편으로 이어진 건강식품 골목으로 그는 발걸음을 재촉하고 있었다. 나는 급히 달려가 이장이 붙잡고 있는 줄을 낚아챘다. 그리고는 다짜고짜 왜 우리 '희'를 이곳에까지 끌고 왔냐며 따져 물었다. 잠시 주춤하던 이장은 어이가 없다는 표정을 지었다. 얼핏 당혹스러운 빛이 스몄다. 이장은 억센 손으로 줄을 낚아채고는 나를 향해 후레자식이라며 버럭 언성을 높였다. 그리고는 사정없이 내 뺨을 때렸다. 왈칵 설움이 복받쳤지만 조금도 눈물이 나지 않았다.

좀처럼 잠이 오지 않았다. 낮에 토막잠을 잔 때문이기도 하지만 뭔가 어수선한 느낌에 잠을 이룰 수 없었다. 나는 일어나 밖으로 나왔다. 담배를 한 대 물었다. 밖은 어제처럼 밤안개가 내리고 있었다. 한편의 점묘화처럼 낯선 풍경이 어둠에 물들고 있었다. 라이터를 켜자 안개 사이로 희미한 불빛이 드러났다. 나는 담배를 피우기 무섭게 새것을 물고는 가로수를 향해 힘껏 오줌줄기를 밀어냈다. 무색의 물줄기는 포물선을 그리며 아래로 떨어졌다. 안개와 뒤섞인 물줄기가 빠르게 아래로 흘러들었다. 지퍼를 올리자 오소소 한기가 일었다.

나는 뒤를 돌아서려다 말고 순간 흠칫 놀랐다. 저편 너머에 파란 불빛이 이쪽을 뚫어지게 응시하고 있었던 것이다. "이야옹." 불빛의 주인공은 다름 아닌 고양이었다. 자세히 보니 산언저리에도 둑길 근처에도 파란 불빛이 잉얼 거렸다. 도둑고양이들이 분명했다. 필경 닭냄새를 맡았을 터였다. 차가운 바람에 계분 냄새가 연신 실려 있었다.

다시 잠자리에 누웠지만 여전히 잠은 오지 않았다. 귀가 어둠을 향해 길어지고 있다는 착각이 들었다. 나는 이불을 둘둘 말았다. 애벌레가 되는 게 나을지 싶었다. 이불에선 오랫동안 사람의 체취가 닿지 않은 특유의 눅눅함이 묻어났다. 이상하게도 그 냄새가 잠옷처럼 편하게 느껴졌다. 갑자기 목이 칼칼하고 가슴이 답답해졌다. 이마에 땀이 송글송글 맺히는 기분이 들었다. 이대로 박제가 되어버리는 것은 아닐까.

물막이가 있는 지점에서 형은 죽을힘을 다해 이장과 실랑이를 벌이고 있었다. 형은 '희'와 연결된 밧줄을 놓지 않으려 안간힘을 썼다. 그러나 형은 막무가내로 밧줄을 빼앗으려는 이장을 감당할 수 없었다. 형의 팔다리는 금방이라도 조각조각 바스라질 것처럼 위태로워 보였다. 얼마 후 형은 짚단이 무너지듯 물속으로 떨어지고 말았다. 차가운 물보라가 일었다.

형! 나는 다급하게 형을 불렀다. 그러자 무언가 "푸드덕"하는 소리가 귓가를 스쳤다. 나는 반사적으로 자리에서 벌떡 일어났다. 식은땀이 등줄기를 타고 흘렀다. 꿈이었다. 거대한 망치로 뒤통수를 얻어맞은 기분이 들었다. 나는 연거푸 머리를 세차게 흔들었다. 꿈 뒤끝에 울리던 정체불명의 소리가 자꾸만 이명처럼 귓가를 파고들었다. 분명 그 소리는 낮에 들었던 것과 유사했다.

나는 무언가에 이끌리듯 밖으로 나왔다. 아직 짙은 어둠이 사방을 먹먹히 채우고 있었다. 주름 잡힌 치마처럼 어둠은 마을을 겹겹이 에워싸고 있었다. 아침이 밝아오기에는 아직 이른 시간이었다. 귓가를 스쳐간 소리의 정체는 무엇일까. 혹여 이명이 아닌가 싶어 나는 가볍게 귀를 후볐다.

"쓱." 이번에는 뭔가 베이는 소리가 들렸다. 소리는 숙소 건너편 창고에서 흘러나오고 있었다. 나는 소리가 나는 방향으로 조심스레 발걸음을 옮겼다. 얼핏 장씨 아저씨의 목소리도 들리는 것 같았다.

창고 안에선 믿을 수 없는 장면이 펼쳐지고 있었다. 나는 손으로 눈을 비볐다. 닭과 고양이가 싸움을 하고 있었던 것이다. 사방에 피가 튀고 비린내가 진동했다. 닭의 발목에 뭔가 날카로운 것이 묶여 있었다. 그것은 면도날처럼 날카롭고 예리했다. 고양이의 꼬리를 타고 붉은 핏물이 흘러내렸다. 녀석은 칼날에 깊은 상처를 입은 것 같았다. 그러나 놀라운 것은 아침에 다리에서 보았던 서름한 눈빛의 사내가 그곳에 있는 게 아닌가. 사내는 조금의 미동도 없이 닭의 동작을 흥미롭게 주시하고 있었다.

"좀더 자지 않고… 이 친구는 말하지도 듣지도 못해. 자폐증이 심한 지체장애아거든. 처음 봤을 때 마치 자네 형이 살아 돌아온 듯 했으니까. 삼년 전엔가 배고픈 다리 근처에서 배회하는 것을 데리고 왔다네. 도시 삶에 대한 의욕이 없고 밖에 나가기만 하면 동네 아이들한테 놀림이나 당하고 들어오는 거야. 뭔가 이 친구에게 자극이 될 만한 것을 보여줘야겠다고 생각하던 차에 이 싸움을 구상하게 된 거야. 치열하게 자기 자신을 지키지 않고는 그 누구도……."

아저씨는 잠시 생각에 잠긴 듯 골똘히 표정을 지었다. 아저씨는 이런 싸움을 생각하게 된 또다른 이유가 도둑고양이들의 약탈을 방지하기 위해서라고 했다. 전에는 아무리 농장 문을 잘 단속해도 하루 저녁에 수십 마리의 닭이 고양이의 입에 끌려가곤 했다는 것이다. 그러나 닭다리에 칼날을 달아주고 훈련을 시킨 후로는 현저하게 도둑고양이의 출입이 줄었다는 거였다. 물론 그동안 싸움에서 죽어나간 닭들도 부지기수였다고 했다.

그때였다. 닭이 탄력을 이용해 펄쩍 뛰어올랐다. 칼날이 이내 고양이의 목에 꽂혔다. 외마디 비명을 지르며 녀석은 그 자리에 풀썩 주저앉았다. 급소를 찔린 듯했다. 하얀 털이 붉게 물들여졌다. 사내가 호주머니에서 한줌 가득 모이를 꺼내 닭 앞에 뿌려주었다. 아저씨가 잘했다며 사내의 등을 가볍게 두들겼다. 침울하던 사내의 표정이 밝아졌다.

나는 한동안 그 자리에서 움직일 수 없었다. 모이를 주던 사내의 모습은 예전에 형이 풀을 뜯어 '희'에게 주던 것과 닮아 있었다. 떨리는 손이 고와 보였다. 나도 모르게 형이라는 말이 입술 새로 가늘게 새어나왔다.

나는 창고에서 나와 둑길 쪽으로 걸음을 옮겼다. 그리고는 있는 힘껏 형을 불렀다. 농장 주위에 숨어 있던 고양이들이 소리에 놀란 나머지 빈 들판을 향해 내달리는 모습이 보였다. 어

둠이 걷히기 시작하는 들판엔 봄 같은 싱그러움이 감돌기 시
작했다. 저 멀리 하늘 저편으로 한 마리 새가 힘차게 날아오르
는 것이 보였다.

내 마음의 용궁

내 마음의 용궁

"오랜만에 바다에 나와 보니 어떠냐?"

아버지의 표정이 어둡다.

"……바람이 차네요."

나는 무심하게 말을 받고는 부러 시선을 피한다. 애당초 섬에 들어온 건 아버지 때문이 아니었다. 나는 아버지의 뒷모습을 보다 말고 어두워지는 검은 바다로 눈을 돌린다. 강미영. 먼 바다에 이른 지금, 나는 비로소 그녀의 죽음을 실감한다. 지금쯤 미영의 영혼은 어느 심해의 어두운 골짜기를 떠돌고 있을지 모른다. 그녀를 생각하자 가슴에 돌덩이가 얹힌 것처럼 답답해진다. 나는 울렁거리는 속을 진정시키려 선실 난간에 기댄 채 연신 심호흡을 한다.

이물 끝에서 미끼를 다듬고 있는 종수의 모습이 보인다. 집어등 불빛이 그의 등위로 하얗게 부서진다. 종수가 돌연 배 난간을 붙잡고 일어서더니 먼 바다를 향해 눈을 돌린다. 종수가 어깨에 걸친 갑바의 끈을 거칠게 젖힌다. 회를 치고 남은 생선의 껍질 같은 얇은 갑바가 훌러덩 흘러내린다. 이내 거뭇한 사타구니가 드러나며 갈치 토막 같은 검은 살덩이에서 희뿌연 물줄기가 뿜어져 나온다. 오줌줄기는 흰 포물선을 그리며 검푸른 파도 속으로 흘러든다. 미영의 몸속을 드나들었을 저 검은 살덩이. 나도 모르게 칼을 움켜쥔다. 갈치의 살을 발라내듯 그의 검은 살덩이를 회치고 싶어진다.

그러나, 나는 세차게 고개를 돌려버린다. 그리고는 저 멀리 하나의 점으로 사라져가는 풍도(風島)를 바라본다. 〈용궁 가는 길〉이 유독 도드라져 보인다. 음력 2월이면 바닷길이 열린 탓에 붙여진 이름이다. 거무스름한 물의 띠가 고등어의 등처럼 푸르다. 그 너머로 점점이 떠있는 수백 개의 부표가 보인다. 네모 반듯한 게 흡사 각설탕의 모양을 닮아 있다. 일과를 마친 아낙들이 거북바위 근처에 모여 어구를 손질하고 있다. 소호를 설치하고 남은 주낙이 바위 이곳저곳에 널려 있는 게 주꾸미가 별로 잡히지 않는 모양이다.

종수가 바다를 향해 미끼를 내던진다. 나는 기포처럼 피어오르는 물이랑을 바라보며 은갈치 무리와의 한판을 떠올린다. 검은 바다 한가운데 드리워진 낚싯대의 잔영이 눈앞에 흔들린다. 어느새 주위는 온통 칠흑이다. 바다도 잠을 잔다는 말이 이제야 실감난다. 하늘에 별이라도 떠 있으면 좋으련만. 나는 허공을 향해 눈을 돌린다. 종수는 여전히 미끼를 손질하고 있다. 차가운 집어등 불빛이 그의 등 뒤로 흘러내린다. 나도 모르게 쓴웃음이 나온다.

한때 가슴에 날렵한 칼을 품고 살았던 적이 있다. 섬에서 뭍으로 나온 이후 나는 독이 바짝 오른 은갈치처럼 도심의 바다를 떠돌았다. 아니 배회했다. 나는 그곳에서 먼저 물어야 사는 법을 배웠다. 첫발을 내디딘 사설금융이란 업체에서 나는 매일매일 삶과 죽음의 경계를 넘나들었다. 만만한 먹이라 여겨지는 치들은 단번에 물어뜯어야 내가 살 수 있었다. 어설프게 손을 댔다간 자칫 돈도 떼이고 이편이 먹히기 십상이었다. 뭔가 돈 냄새가 난다 싶으면 앞 뒤 재지 말고 일단 물어야 했다. 먼저 무는 쪽이 십중팔구 돈줄을 쥐게 마련이었다.

그러나 세상이란 묘해서 꼭 그런 것만은 아니었다. 개중에는 뭐 먹을 게 있다고 나를 향해 달려드는 미련한 곰치 같은 녀석들도 있었으니 말이다. 그들의 눈에 비친 나는 아주 매력적인 먹이로 보였었나 보다. 그러나 대개의 경우 그런 치들은 무늬만 그럴싸했지 잔챙이에 불과했다. 그들은 냄새나는 돈에는 언제나 미끼가 감추어져 있다는 너무도 평범한 그 바닥의 생리를 알지 못했다. 그들은 주먹만 내세울 뿐 그 이면에 숨겨진 칼의 비정함을 알지 못했다. 아니 알려 하지 않았다. 그럴 때마다 나는 먹이가 아니라 미끼라는 것을, 단지 냄새만 그럴 듯하게 피워내는 잔챙이라는 사실을 은근슬쩍 보여주는 것으

126

로 놈들의 이빨을 피하곤 했다. 낮이면 물었다가도 밤이면 물리는 게 그 바닥의 생리였다. 물고 물리며 나는 그렇게 한동안 도심의 바다를 배회했다.

그러나 미끼를 가장한 어설픈 낚시꾼은 오래지 않아 정체가 탄로 나고 말았다. 냄새와 감만으로는 언제까지 저편이 먹이인지 칼날을 품은 미끼인지 구별할 수 없었다. 그러다 결국 나는 진짜 꾼에 걸려들고 말았다. 그들은 다리를 부러뜨려 쥐도 새도 모르게 바다 한가운데에 매장시켜버리겠다고 협박했다. 무서웠다. 그들의 협박엔 서늘한 죽음의 소리가 배어 있었다. 생선이 회쳐질 때 나는 특유의 그 소리와 비슷했다. 나는 그 바닥을 소리 소문 없이 떠나기로 결심했다. 아니 떠나야 했다. 그 때 불현듯 유선형의 긴 몸뚱이를 휘저으며 심해를 휘젓고 다니는 은갈치의 모습이 떠올랐다. 아니 풍도의 모습이 눈앞에 그려졌다. 왠지 몰라도 그곳에서는 진짜 생을 낚는 낚시꾼이 될 수 있을 것 같았다.

종수가 미끼가 들어 있는 박스의 뚜껑을 연다. 뱃전이 특유의 비린내로 가득하다. 두 개의 박스에는 내장과 속살이 뒤섞인 잡어와 갈치 잔챙이인 풀치가 들어 있다. 모두 미끼용이다. 겨울철엔 빙어나 미꾸라지, 크릴새우를 쓰기도 하지만 이도 저도 마땅치 않으면 잡어의 살점을 쓰기도 한다. 바다에서 생선의 살은 모두 훌륭한 미끼가 된다. 은갈치를 낚는 데는 뭐니 뭐니 해도 녀석들의 새끼인 풀치만큼 좋은 게 없다. 같은 어종의 살만큼 미각을 사로잡는 미끼가 없다.

종수도 이젠 어엿한 풍도 사람인 게야. 어디선가 아버지의 목소리가 들려오는 것 같다. 이번에 종수가 미영이와 살림을 냈구나. 잘 됐지 뭐냐. 둘 다 외로운 사람들인데…. 섬을 떠난 지 채 3개월이 지나지 않아 나는 두 사람의 결혼 소식을 들었다. 전화 저편 아버지의 목소리는 조금 들떠 있었다. 비로소 쓸 만한 사내 하나를 섬에 묶어두게 되었다는 안도의 한숨으로 들렸다. 가슴이 아려왔다. 나는 아버지의 전화를 끊고 밤늦도록 술을 마셨다. 나는 술을 마시며 그게 아닌데… 그게 아닌데… 라고 되뇌었다.

나는 처음부터 은갈치처럼 유난히 거칠어 보이던 종수가 싫었다. 다짜고짜 채낚기 어선을 타겠다며 호기를 부리는 모습이 뭔가 말 못할 사연이 있어 보였다. 하긴 섬사람들 또한 그가 뭍에서 몹쓸 죄를 짓고 도망 온 사람이라고 생각하는 눈치였다. 대부분 며칠을 못 버티고 떠날 거라 지레짐작을 했다. 고깃배는 아무나 타는 게 아니었다. 더욱이 그믐에 출어를 해야 하는 채낚기 어선은 어지간한 배짱이 아니고서는 엄두를 내기 어려웠다.

미영이 그 사람을 좋아하던가요? 나는 부러 태연한 척 아버지에게 물었다. 나는 분명 종수를 그 사람이라고 했다. 차마 그의 이름까지 들먹이며 미영과의 관계를 확인하고 싶지는 않았다. 글쎄다. 가타부타 말이 없더구나. 아무래도 여자 혼자

몸으로 섬에서 살기는 힘들겠지. 더구나 몸도 성치 않은데….
아버지는 뒷말을 흐렸다. 나도 모르게 눈물이 나왔다. 나를 지
탱하고 있던 마음속의 닻 하나가 속절없이 뽑히는 듯한 허망
함이 밀려왔다.

드디어 어군탐지기에 은갈치 무리가 잡힌 모양이다. 아버
지가 기관실에서 탐지기 화면을 보며 수신호를 보낸다. 바람
을 따라 역한 술 냄새가 밀려온다. 아버지는 이제 술이 없이는
단 하루도 견딜 수 없나 보다. 젊은 시절의 아버지는 곧잘 항
구의 여자들과 하룻밤 만리장성을 쌓곤 했다. 여자들의 출렁
이는 배 위에서도 당신은 늘 독한 술을 마시며 쾌락의 바다를
항해했었다. 다른 건 몰라도 아버지를 스쳐간 여자들은 그 역
한 술 냄새만큼은 기억하고 있을지 모른다.

나는 아버지의 수신을 받아 검은 수면 위로 시선을 옮긴다.
집어등 불빛이 검은 바다 위로 살처럼 꽂힌다. 바다는 흰 꽃상
여를 펼쳐놓은 듯 화사하다. 배 양쪽으로 수십 개의 낚싯대가
드리워진다. 초리줄을 따라 수백 개의 바늘이 살포시 수면 위
에 꽂힌다. 머잖아 녀석들은 기세 좋게 바늘을 낚아 챌 것이
다. 야행성 어종은 대개 초저녁에 잠을 자다가 새벽이면 먹이
를 잡아먹기 위해 물위로 떠오르곤 한다.

갑자기 원줄이 당겨지며 초리줄이 팽팽해진다. 줄에서 녀석
들의 그악스런 이빨의 힘이 느껴진다. 필경 녀석들의 주둥이

가 바늘에 꿰인 듯하다. 나는 낚싯대를 바라보며 잠시 심호흡을 한다. 그리고는 서서히 그러나 단호하게 낚싯대를 들어올린다. 갈치가 올라오기 시작한다. 집어등 불빛이 녀석들의 머리 위로 포말처럼 쏟아진다. 줄레줄레 딸려 올라오는 모습이 그야말로 장관이다. 갈치가 갈치 꼬리를 물고 올라온다는 말이 실감이 난다.

선우야! 이빨! 다급하게 외치는 아버지의 소리가 귓가를 스치는가 싶더니 이내 아리고 시린 느낌이 뼛속으로 스며든다. 손등 위로 기타줄 모양의 가느다란 줄이 맺힌다. 그러게 이빨을 조심해야 한다고 않더냐? 아버지의 얼굴에 못내 안쓰러운 빛이 어린다. 갈치를 다룰 땐 절대 머리를 잡아서는 안 된다는 말이 뒤미처 떠오른다. 녀석들의 입이 칼의 날처럼 생겼다 해서 칼치라는 이름이 붙여진 건 아마 그 때문인 모양이다.

나는 피가 흐르는 손을 한동안 바닷물에 담근 채 그대로 내버려둔다. 차갑고 아린 기운이 뼛속까지 스며든다. 미세한 떨림이 심장에까지 전해진다. 머잖아 피 냄새를 맡은 바다의 약탈자들이 이곳을 향해 줄달음쳐 올 것이다. 피비린내는 그렇듯 언제나 죽음을 부른다.

섬을 떠나 있는 동안 아버지는 가끔씩 전화를 걸어와 신신당부를 했다. 세상 도처에 드리워져 있는 보이지 않는 이빨을 조심하라고, 사람들은 대부분 그 이빨이 자신을 향하고 있다는 사실을 모른다면서 말이다. 당신도 한때는 누군가에게 갈치 같은 존재였으면서 그런 말을 하다니…. 나는 피식 웃음이 나왔다. 당신의 눈에는 내가 세상 물정도 모르는 잔챙이쯤으로 보였었나 보다. 그러나 내게도 누군가를 생채기 낼 수 있는 강한 이빨이 있었다. 피를 보게 하는 이빨 말이다.

아버지는 원래 풍도(風島)와 인근 섬을 운행하는 여객선의 선장이었다. 내가 초등학교를 졸업할 무렵 원인을 알 수 없는 불이 나는 바람에 여객선이 전소되고 말았다. 그 사고로 아버지는 적지 않은 빚더미를 안은 채 바다를 떠나야만 했다. 그때 아버지는 폐선과 다름없는 신세였다. 아버지는 매일 술에 절어 살았다. 아버지에게 바다와 격리된 삶은 곧 생의 침몰을 의미했다. 그런 아버지가 돌연 채낚기배를 타겠다고 나선 건 얼마 지나지 않아서였다. 태풍으로 바다농사를 망쳐버린 섬사람들이 너도나도 배를 처분하고 도시로 나가던 때라 배 값이 바닥을 치던 무렵이었다. 아버지는 대처로 나가는 친구에게서 풍도호를 헐값에 인수했다. 그날의 모습을 나는 지금도 잊지 못한다. 다시 배를 갖게 된 아버지는 여느 유람선의 선장보다 의기양양해 보였다. 당신에게 배는 존재 그 자체였을 것이다.

잡아 올린 갈치는 곧바로 얼음이 채워진 물칸으로 옮겨진다. 물칸은 성어인 은갈치와 씨알이 잔 풀치를 넣는 칸이 구분돼 있다. 성질이 급한 녀석들은 바늘을 떼어내기 무섭게 은빛의 배를 드러내고 만다. 물칸을 가늠해보니 오늘은 갈치보다 풀치가 더 많이 올라온 것 같다. 뱃사람들은 기껏해야 양식장

사료나 미끼로밖에 쓸 수 없는 풀치를 달가워하지 않는다. 운송료나 보관료만 축낼 뿐이라는 것이다. 그러나 진짜 생선을 먹을 줄 아는 사람들은 풀치만 찾는다. 뼈째 씹어 먹는 맛이 은갈치나 조기, 대하에 비할 바가 아니라는 것이다.

내일 새벽을 기해 먼 바다에서부터 비가 내린다고 하더니 물빛이 예사롭지 않다. 철썩이는 파도소리가 무겁고 쓸쓸하다. "휘익-""휘익-" 흡사 풍도 아낙네들이 물질을 하다 말고 수면으로 고개를 내밀어 힘껏 숨을 내뱉는 소리 같기도 하다. "휘익-""휘익-" 처음 그 소리를 들었을 때 나는 아주머니들이 바다에서 나오자마자 뭔가 신호를 전달하기 위해 휘파람을 부는 줄 알았다. 날카로움과 부드러움이 뒤섞인 소리가 한동안 뇌리에 박혀 떠나지 않았다. 언제부턴가 나는 그 소리에 어떤 알 수 없는 비애 같은 것이 배어 있다는 생각을 했다. 가시처럼 내 안에 박힌 소리는 문득문득 아프게 나를 찔러왔다.

미영은 배가 묶이는 날이면 기다렸다는 듯 풀치를 다듬곤 했다. 은빛 비늘을 긁어내고 애호박을 큼지막하게 썰어 잘박하게 끓여낸 풀치지짐은 술안주로는 그만이었다. 입안 가득 풀치 토막을 씹으며 술 한잔 걸치고 나면 내 마음은 어느 결에 풍도(風島)를 떠나가고 있었다. 그녀의 바다에, 아니 그녀의 섬에 정박하기엔 나의 몸은 빈 부레만큼이나 허랑하고 가벼웠다.

나는 건듯 불어오는 바람에도 수시로 흔들렸고, 풍도를 스쳐 지나는 이름 모를 배들의 쓸쓸한 뱃고동 소리에도 새벽까지 잠을 이루지 못했다. 나는 바다가 싫었다. 아니 아버지의 운명을 닮을 것 같아 두려웠다. 그믐이면 갈치의 무리를 쫓아 검은 바다를 떠돌아야 하는 아버지의 바람 같은 삶이 싫었다. 기약도 없이 떠나버린 어머니를 기다리며 술에 취한 채 비린내 나는 항구를 서성이던 아버지가 싫었다.

그러나, 미영은 그런 나의 아버지를 이해한다고 했다. 자신도 문득문득 취하고 싶을 때가 있다면서 말이다. 그러면서 무언가에 미끼가 되어본 사람은 취하지 않고는 견딜 수 없는 시간이 있기 마련이라며 희미하게 웃었다. 그러나 내게 아버지의 존재는 궁벽한 섬, 풍도 그 이상도 이하도 아니었다. 밤하늘에 무수히 떠 있는 별처럼 그저 그런 한미한 섬에 불과했다. 음력 2월이면 바닷길이 열리는 이유로 붙여진 〈신비의 섬〉이라는 수사는 외지인이 만늘어낸 환상일 뿐, 이곳 사림들에겐 한낱 남루한 섬에 지나지 않았다.

섬을 떠나던 날은 태풍이 몰려오기 직전의 바다처럼 고요하고 을씨년스러웠다. 허방을 짚듯 절뚝거리며 배웅을 나온 미영은 뭍에 볼일이 있어 잠시 나갔다 오겠다는 내 말을 믿지 않는 눈치였다. 공활한 눈빛은 이미 이별을 예감하고 있었다. 그녀는 갈치잡이배가 풍랑으로 좌초되어 부모님을 잃었을 때도, 뭍으로 수학여행을 갔다가 교통사고로 한쪽 다리를 잃는 사고를 당했을 때도 울지 않았었다. 한동안 침묵이 흘렀다. 그녀는 나를 묶어둘 수도 있을 무언가를 끝내 말하지 않았다. 그녀의 쓸쓸한 눈빛은 내 아이를 가졌노라고 말하고 있다는 것을 나는 직감했다. 그러나 그녀는 그것으로 나를 묶어둘 수 없다는 사실을 알았던 모양이다. 굳게 다문 입술은 흡사 가뭇없이 이어진 수평선처럼 어둡고 무거워 보였다.

채낚기줄을 손보던 종수가 자꾸 우리 쪽을 힐끔거렸다. 해풍에 그을린 검은 피부가 메마른 생선의 껍질처럼 푸석해 보였다. 그는 미영과 나를 번갈아 보았다. 그의 눈빛은 어느 편이 낚시꾼이고 미끼인지를 가늠하는 것 같았다. 물론 종수 또한 내가 섬을 떠나려 한다는 사실을 눈치 채고 있는 듯했다. 그는 쥐고 있던 손칼을 놀려 얽힌 초리줄을 자르고 새 줄을 이었다. 칼은 낭창한 은갈치의 등줄기처럼 시퍼렇게 날이 서 있었다. 그는 갑자기 일을 하다 말고 미끼로 쓰일 잡어를 들어 올리더니 칼로 토막을 쳐서는 바다를 향해 내던졌다. 붉은 핏물이 밀려온 파도에 이내 흔적 없이 지워져버렸다.

힘들면 못하겠다고 해. 매표소 일은 노인들이 봐도 되니까. 나는 어색함을 지우려 미영에게 말을 건넸다. 아니에요. 그녀의 목소리가 미세하게 떨렸다. 이따금씩 파란 쪽빛의 파도가 발 언저리까지 밀려와 하얗게 부서졌다. 선창을 기웃거리는 늙은 개처럼 하염없이 이곳을 걷고 싶다는 생각이 불현듯 스쳤다. 막 해가 지기 시작하는 바다 위로 붉은 노을이 내려앉고 있었다. 그녀의 몸속으로 들어가던 때 보았던 것과 같은 선홍색 핏빛이었다. 차라리 제발 떠나지 말아달라고 애원이라도 해주었으면 싶었다. 그러나 그녀는 여전히 아무 말도 하지 않았다. 얼마쯤 시간이 흘렀을까. 그녀는 간이 매표소로 쓰고 있는 콘테이너 박스 안으로 들어가 묵묵히 여객선 표를 정리하기 시작했다.

풍도는 아침저녁으로 여객선이 두 번 왕복하는 작은 섬이었다. 휴가철이나 명절을 제외하면 들고나는 사람은 고작 손으로 꼽을 정도였다. 여객선이 떠나고 나면 기다란 항적만이 바다에 남을 뿐이었다. 희미하게 사라져가는 검푸른 물살을 보고 있노라면 자칫 외로움에 질식해 죽어버릴 것 같은 두려움이 밀려오곤 했다.

처음 부녀회에서는 사람을 구할 때까지 며칠만 매표소 일을 봐달라고 했었다. 미영도 수일 내로 일이 끝날 거라 믿었던 모양이다. 그러나 한번 손을 대고 나자 매표소 일은 온전히 그녀의 차지가 되고 말았다. 남자들은 하루하루 뱃일로 바빴고 여자들은 그물을 깁거나 외지인을 상대로 민박을 쳐야 했다. 폐선처럼 뒷방으로 물러난 노인들은 대부분 치매를 앓고 있었다. 사람들은 다들 무언가에 얽매여 있으면서도 정작 섬 밖으로 한 발짝씩 발을 빼놓고 있었다. 그들은 온전히 섬을 위해 닻처럼 박혀 있을 누군가가 필요했던 것 같았다. 어쩌면 그들은 완벽하게 그녀를 섬에 묶어두기 위해 공모를 했는지 몰랐다.

빈 바늘에 미끼를 꿰고 초리줄을 늘어뜨리자 시간은 언제인가 싶게 새벽 네 시를 넘어서고 있었다. 바다에서의 시간은 쾌속정의 날렵한 속도에 비할 바가 아니다. 어느 결에 멀미 증세가 가라앉아 있다. 되레 허기가 느껴진다. 나는 한동안 난간에 기댄 채 어둠의 바다를 바라본다. 불현듯 기다림은 무엇에 비할 수 없는 고통이라는 생각이 든다. 미영도 그믐이면 출항하는 갈치잡이배를 바라보며 나를 기다렸을까. 흘러가는 시간에 초연해지기 위해 아니 시간이 지나도 아무런 소식도 없는 매정한 나를 잊기 위해 줄창 먼 바다만을 바라보았을지 모른다.

"참이슬 한잔 적셔야지."

아버지가 종수에게 회를 치라고 손짓한다. 집어등 불빛 아래 아버지의 표정이 쓸쓸하다. 지난여름 갑자기 뇌졸중으로 쓰러진 뒤 아버지는 빠르게 늙어가고 있다. 호기롭게 밤바다를 누비던 뱃사람 특유의 야성은 더 이상 느껴지지 않는다. 아버지는 시시각각 다가오는 죽음이라는 바늘에 꿰여버린 미끼나 다름없을 것이다. 머잖아 풍도의 노인들과 마찬가지로 버려진 폐선처럼 뒷방에 홀로 남을 것이다.

"죄 풀치만 가득하구나. 잔챙이들까지 깡그리 훑어버리니 씨가 마를 수밖에."

아버지의 얼굴에 회한의 그림자가 어린다. 종수가 어구 박스에서 칼을 꺼낸다. 불빛에 번쩍이는 날을 보는 그의 눈빛이 여느 때와 달리 부드럽다. 잡어를 토막 내 바다로 던질 때와는 사뭇 다르다. 실하게 보이는 갈치 한 마리가 그의 손에 딸려 나온다. 갈치는 살과 껍질사이가 얇기 때문에 다른 생선을 다룰 때보다 손놀림이 섬세해야 한다. 다행히 거친 손과 달리 종수의 칼질은 유려하다. 칼질에 따라 손등에 난 흉터가 일정한 간격을 두고 움직인다. 흡사 미싱 바늘이 지나간 자국 같다. 칼질을 하다말고 돌연 그의 눈이 어둠의 바다로 향한다.

"종수야, 이제 그만 마음을 잡아라. 어차피 먼 곳으로 떠난 사람이 아니더냐."

아버지가 종수의 잔에 술을 채운다. 나는 패트병을 되받아 아버지의 잔을 채운다. 종수의 눈에 얼핏 물기가 맺힌다. 뱃전을 넘어온 파도의 물방울이려니 싶었는데, 그에게도 여린 구석이 있었나 보다. 내게 미영의 죽음을 전할 때만 해도 그는 담담했었다. 아니 그는 미영의 죽음과 관련하여 어떠한 말도 하지 않았다. 시간을 내 한번 섬에 늘르라는 말을 했을 뿐이었다. 여간해서는 감정을 드러내지 않는 그였지만 그 날의 목소리에선 평소와는 다른 느낌이 묻어났다. 그것은 흡사 태풍이 불어오기 직전의 팽팽하면서도 정밀한 고요 같은 것이었다.

그날 통화에서 나는 미영의 신상에 뭔가 변화가 있다는 걸 직감했다. 미영이가… 그는 무슨 말을 하려다 말고 입을 다물었다. 나 또한 속내를 들키지 않으려 애써 입술을 깨물었다. 고맙게도 그는 이편보다 먼저 수화기를 내려놓는 것으로 우리들 사이의 어색함을 잘라주었다. 종수와 전화를 끊고 나자 어디선가 "휘익-" 하는 소리가 들려왔다. "휘익-" 풍도의 아낙들이 물질을 하다, 수면으로 떠올라 내뱉는 소리가 왜 그 순간에 들렸는지 모른다. 소리는 한동안 이명처럼 귓가를 맴돌았다.

사람들은 틀림없이 미영이 거북바위에서 실족을 했을 거라고 입을 모았다. 먼 바다를 하염없이 바라보는 미영의 모습에서 다들 종수가 탄 갈치잡이배의 무사귀환을 비는 것으로 생각했던 모양이다. 실종된 지 이틀 만에 미영의 시신이 해안으로 떠밀려 왔다고 한다. 아버지는 섬사람들과 달리 미영이 스스로 생의 줄을 끊어버린 것이라고 단정했다. 종수와 결혼한 지 얼마 되지 않아 미영은 유산을 했던 모양이다. 그 뒤로 곧잘 우울증 증세를 보였는데 나중에는 좀체 누구와도 말을 섞으려 하지 않았다는 것이다. 차라리 그대로 놔둘 걸 괜스레 종수와 살림을 나게 했다며 아버지는 한숨을 쉬었다.

나는 거푸 잔을 들이킨다. 종수는 고개를 숙인 채 아무 말이 없다. 배는 물위를 떠내려가는 나뭇잎처럼 가볍게 흔들렸다. 거북바위에서 먼 바다를 바라보며 미영과 나누었던 이야기들이 파도처럼 밀려온다.

갈치의 은회색은 매니큐어 재료로 쓰인데. 언제 뭍에 나가면 은회색 매니큐어를 사다 줄게. 미영인 손톱이 예뻐 잘 어울릴 거야. 오빠, 난 그런 것 필요 없어. 그냥 오빠만 내 곁에 있어 주면 돼. 정말이야…

나는 술잔을 종수에게 건넨다. 그는 무덤덤하게 잔을 받아

들고는 애써 내 눈을 피한다. 나는 술을 따르면서 당신도 미영이 보고 싶지, 라고 말을 하려다 만다. 그제 섬으로 돌아와 종수를 봤을 때의 모습이 떠오른다. 그를 보자마자 나는 다짜고짜 멱살을 잡았다. 갈치 회를 치듯 그의 몸을 갈기갈기 찢어주고 싶었다. 미영이 이렇게 될 때까지 당신은 뭘 했냐며 버럭 소리를 질렀다. 그러나 예전과 달리 그에게선 아무런 완력도 느껴지지 않았다. 그는 아무런 저항도 하지 않았다. 갑자기 그의 눈가에 맑은 물기가 고이기 시작했다.

이봐 선우, 난 말이여… 그의 입술이 부르르 떨렸다. 미영의 마음 한 자락 갖지 못한 난 허깨비였다네. 이곳에 와 처음으로 정을 준 사람이었는데….

부르튼 그의 입술이 흡사 바늘에 꿰인 갈치의 아가미처럼 달싹거렸다. 그 말이 가슴에 날아와 비수처럼 꽂혔다. 그도 외로운 사람이구나. 아니 그도 쓸쓸한 미끼였구나. 난 그가 미영을 함부로 낚아챈 비열한 꾼이라고 생각했는데…. 그의 멱살을 쥔 내 손이 부끄러웠다. 어쩌면 밀입국자인 그가 풍도에 뿌리를 내린다는 건 그믐의 바다를 표류하는 것만큼이나 힘든 일이었을지 모른다. 사람들은 모처럼 가난하고 한미한 섬에 흘러든 젊은 종수를 묶어두려고만 했다. 어쩌면 그에게 미영을 짝지어주는 일은 배가 닻을 내리는 의미 그 이상도 이하도 아니었을 터였다.

아버지는 어느 결에 곯아떨어져 있다. 마개가 풀린 패트 병이 이리저리 나뒹군다. 그 서슬에 검은 바다를 떠도는 아버지와 종수 그리고 내 모습이 겹쳐진다. 더 이상 갈치무리는 탐지기에 잡히지 않는다. 물때가 바뀌는지 배는 연신 널뛰기를 한다. 바람에 물기가 묻어난다. 파도도 사뭇 거칠어진 느낌이다. 나는 선반에서 담요를 내려 아버지를 덮어준다. 아버지는 더 이상 갈치 무리가 나타나지 않는다는 사실을 알고 있었던 게다. 당신에게는 이제 바다의 속살을 가늠하는 감각 외에는 남은 것이 없을 것이다. 이상하게도 그것은 기력과는 무관하게 시간이 지날수록 더 또렷해지는 모양인가 보았다. 그러나 언젠가 그것이 바람에 흩어지는 휘파람소리처럼 "휘익-"하고 가뭇없이 사라질 때 아버지 또한 풍도의 여느 노인들과 마찬가지로 〈용궁 가는 길〉로 들어설 것이다. 아버지의 용궁은 어디일까.

짐작컨대 아버지가 여태 바다를 떠나지 못하는 건 어머니 때문일 것이다. 그러나 나는 어머니가 결코 돌아오지 않으리라는 것을 안다. 어머니는 뱃사람의 아내가 될 수 없었다. 아니 되어서는 안 되었다. 어머니는 남자가 배를 탄다는 것이 무엇을 의미하는지 알지 못한 채 무작정 아버지를 따라 풍도에 들어왔던 모양이었다. 사시사철 바다를 떠돌아야 하는 가난한 마도로스를 기다리는 일은 스무 살의 어머니로선 감당하기 힘든 고통이었을 터였다. 궁벽한 섬에 갇히고서야 어머니는 풍도의 실체를 알았던 것이다.

결국 내가 네 살 되던 해 어머니는 섬을 떠나고 말았다. 정확히 말하면 도망쳤다는 표현이 맞을 것이다. 애당초 어머니는 아버지를 따라 풍도에 들어오는 무모한 선택을 하지 말았어야 했다. 언제 돌아올지 모르는 아버지를 기다리는 것은 스스로 미끼가 되는 일이나 매한가지였다. 그러나 우습게도 시간이 흘러 미끼가 되어버린 쪽은 아버지였다. 어머니가 떠나버리고 난 후 아버지의 삶은 뒤죽박죽이 되고 말았다. 어쩌면 야성을 잃어버린 갈치의 그것과 진배없었을 것이다. 아버지는 허구한 날 술병을 끼고 텅 빈 부레처럼 허랑하게 바다 위를 떠돌았다. 아버지는 점차 풍도가 되어가고 있었던 것이다.

어구를 손보고 있는 줄 알았는데 종수도 선실 난간에 기댄 채 졸고 있다. 헝클어진 머리카락이 바람에 흩날린다. 아무래도 채낚기작업은 이쯤에서 접어야 할 것 같다. 서둘러 물량장에 접안을 하는 게 나을지 싶다. 나는 선실로 들어가 키를 잡는다. 아버지는 왜 나를 다시 배에 태운 것일까? 그것도 미영의 유해를 바다에 뿌린 지 채 이틀이 지나지 않아 종수와 함께…. 아버지는 오래 전부터 우리들 세 사람의 관계를 알고 있었는지 모른다. 아니 알고 있었을 것이다. 바다를 가늠하는 특유의 감각으로 우리들의 내면을 읽고 있었을 것이다. 갑자기 얼굴이 화끈거린다.

나는 패트병을 들어 단숨에 소주를 들이킨다. 비릿한 액체가 목구멍을 타고 뱃속으로 스며든다. 알싸한 기운이 몸 구석구석에까지 퍼지자 비늘이 돋는 것처럼 소름이 끼친다. 언젠가 미영은 술을 마시지 않고는 도시 견딜 수 없는 삶이 있다는 것을 이해한다고 했다. 섬에 돌아오고 나서야 나는 그 말의 의미를 어렴풋이 이해할 수 있었다. 어머니의 환영을 좇으며 평생 검은 바다를 떠돌았던 아버지 또한 취하지 않고는 온전히 그믐 같은 시간을 건너오지 못했을 거였다. 아버지는 초리줄 바늘에 걸려 쉼 없이 올라오는 은빛의 갈치를 바라보며 언젠가는 어머니도 당신이 쳐놓은 시간이라는 그물 안으로 다시 돌아올 거라 믿었을 것이다. 그러나 아버지의 그물에 걸려들었던 건 시시각각 다가오는 죽음이라는 그림자와 지난 시절의 회한이 아니었을까.

목 언저리가 뻐근하고 찬 기운이 느껴진다. 깜빡 잠이 들었던 모양이다. 머리가 깨질 듯이 아프고 눈이 침침하다. 아버지는 여전히 선실 벽면에 기댄 채 잠이 들어 있다. 간헐적으로 들려오는 코고는 소리가 아니라면 시신으로 보일 정도다. 배가 흔들릴 때마다 빈 패트 병이 춤을 춘다. 아버지의 허랑한 삶처럼 그것은 좀체 중심을 잡지 못한다. 웬일인지 종수의 모습도 보이지 않는다. 엔진소리가 들리지 않는 것이 배도 어느 결에 작동을 멈추어 버린 모양이다. 갑자기 두려운 생각이 든다. 닻을 내리지 않았는데도 더러 배가 바다 한가운데에서 멈춰버릴 때가 있다.

주위를 둘러보니 〈용궁가는 길〉 길목 언저리다. 물의 띠가 사뭇 검푸르다. 나는 연료 게이지와 좌표를 확인한다. 모두다 정상이다. 고개를 선체 밖으로 내밀어 선체 주위와 수면 언저리를 둘러본다. 예상했던 대로 주꾸미를 잡기 위해 섬사람들이 쳐놓은 소호 줄에 닻이 걸려 있다.

빗줄기가 조금씩 굵어진다. 마음이 급해지고 불안하다. 어찌된 영문인지 풀치가 들어 있던 물칸이 텅 비어 있다. 바로 옆의 물칸에는 은갈치가 죄다 회쳐진 채로 어지럽게 널려 있다. 흡사 갈기갈기 찢긴 헝겊조각을 널어놓은 듯하다. 울컥 멀미가 동하려고 한다. 종수가 누워 있던 자리엔 온통 붉게 엉겨 붙은 은갈치 비늘이 널려 있다. 이물 난간에 수직으로 꽂힌 그의 손칼이 보인다. 주위에 핏물이 고여 있다. 그는 어디로 간 것일까. 나는 다시 한 번 선실과 갑판을 훑어본다.

그 때, 어디선가 날카로운 휘파람 같은 소리가 바람에 실려온다. "휘익—" "휘익—" 나는 이물 쪽을 향해 귀를 기울인다. 휘파람 소리에 거친 종수의 목소리가 실려 있는 듯하다. 난 말이여 기적을 믿는다네. 미영인 분명 용궁 어딘가에 살아 있을 거야. 바다 너머의 세상에선 그녀도 나도 더 이상 풀치 같은 미끼로는 태어나지 않았으면 싶어. 날이 선 칼에서 그의 목소리가 배어 나오는 것 같다. "종수 형—" 나도 모르게 형이라는 말이 목구멍을 타고 넘어온다.

날이 새기에는 아직 이른 시간이다. 패트 병 위로 빗방울이

톡톡 튀어 오른다. 나는 난간에 꽂혀 있는 종수의 주먹칼을 뽑아든다. 그리고는 날에 묻은 핏물을 소매 깃으로 말끔히 닦아낸다. 투박한 칼은 종수의 손을 닮아 있다. 패트병 안으로 칼을 밀어 넣고는 마개를 덮는다. 칼날을 품은 패트 병은 흡사 뼈만 앙상하게 남은 잔챙이 풀치 같다.

나는 이물 끝에 서서 바다를 향해 힘껏 패트병을 내던진다. 일엽편주(一葉片舟). 그것은 푸르게 엉긴 물의 띠를 향해 떠밀려가기 시작한다. 순간 일렁이던 파도도 순정한 사내의 마음을 품기라도 하듯 이내 잦아드는 느낌이다. 나도 모르게 눈물이 흐른다. 들이치는 빗물에 눈물이 뒤섞인다. 나는 아버지를 흔들어 깨운다. 그러나 하얗게 풀린 아버지의 눈은 저편의 먼 곳을 응시한 채 미동도 하지 않는다. 눈빛은 공활하고 쓸쓸하다.

“풍덩.”

그때, 풀치 한 마리가 이물에서 아래로 떨어져 내린다. 어슴푸레한 물빛 너머로 풀치가 사라진다. 나는 한동안 녀석이 사라져버린 바다를 바라본다. 와락 외로움이 밀려든다. “휘익-” “휘익-” 어디선가 조금 전에 들었던 휘파람 소리가 들려온다. 소리는 귓가를 물들이고 이내 쓸쓸히 허공으로 사라진다. 그것은 물질을 하다 말고 수면 위로 솟구쳐 올라 가쁘게 뱉어내는 섬 아낙들의 숨소리를 닮은 것 같다. 삶과 죽음의 아슬아슬한 경계를 가로지르며 들려오는 숨비소리. 나는 가볍게 숨을 들이마셨다가 뱉어낸다.

이제 미영을 잊어야 할 것 같다. 어쩌면 어머니에 대한 기다림으로 스스로를 옥죄는 삶을 살았던 아버지도, 질식할 것 같은 수평선을 바라보며 매일 같이 나를 기다렸을 미영이도, 갈치잡이배를 타지 않으면 안 되는 그믐의 생을 살아야 했던 종수도 기실 무언가의 미끼였는지 모른다. 아니 스스로가 살기 위해 기꺼이 그 미끼가 되었는지 모른다. 삶과 죽음의 아슬아슬한 경계 위에서 그렇게 거칠고도 부드러운 숨비소리를 연신 뱉어내면서 말이다.

나는 다시 시동을 건다. 그러나 배는 뒤채일 뿐 앞으로 나아가지 못한다. 바람결에 거북바위가 우는 듯한 환청이 들려온다. 검은 바다 위로 어스름한 새벽빛이 밀려오기 시작한다.

복지관 아이

복지관 아이

“선생님, 부탁이 있어요.”

관장실에서 강의 확인서를 받고 나오던 상현은 익숙한 목소리에 뒤를 돌아보았다. 현우가 신발을 바닥에 콕콕 찍으며 수줍게 미소를 짓고 있었다. 노란 가방을 들쳐 멘 모습이 작은 풍뎅이를 떠올리게 했다.

“무슨 부탁?”

“우리 집에 같이 갈 수 있어요?”

수업시간 내내 한 번도 눈길을 마주치지 않던 녀석이었다. 상현은 갑작스런 현우의 태도가 당황스럽기도 하고 한편으론 궁금하기도 했다.

“집에 무슨 일이라도 있니?”

“아니요. 그냥 혼자 가기 싫어서요.”

“……”

또래들보다 한 뼘 가량이나 키가 작은 현우는 첫눈에도 발육부진이 의심스러울 정도로 체구가 왜소한 아이였다. 수업시간이면 눈길을 마주치지 않으려 창밖으로 고개를 돌리는 통에 상현으로선 상대하기가 적잖이 껄끄러웠다.

"그럼 내일부터는 꼭 받아쓰기 숙제를 해 와야 하는데. 알았지."

"네."

초등학교 삼학년인데도 현우는 아직 한글을 깨치지 못했다. 자신의 이름 석 자는 고사하고 받침이 없는 간단한 글자도 쓸 줄 몰랐다. 사실 이곳 복지관에 나오는 아이들 절반가량이 현우처럼 까막눈이었다. 스무 명 가까이 되는 아이들 중에 기본적인 자기 이름도 쓰지 못하는 아이들이 열 명이 넘었다. 이러면 안 되겠다 싶어 상현은 처음 몇 번인가 숙제를 내주었다. 그러나 아이들은 대답만 그럴 듯하게 할 뿐 노동 밀을 듣지 않았다. 아무래도 상현이 정식 교사 신분이 아닌 복지관에 파견 나온 외부강사이기 때문에 애들이 말을 흘려듣지 않나 싶었다.

우리 복지관엔 유독 가정 형편이 어려운 아이들이 많거든요. 경제가 어려워지면 가장 먼저 타격을 받는 게 아이들이잖아요. 아시겠지만 애들이 뭔 죄가 있겠어요? 다들 부모 잘 못 만난 때문이지.

복지관 관장은 첫 대면부터 지역실정을 들먹거렸다. 한마디로 복지관 사정이 여의치 않다는 말이었다. 그러나 열악하다는 게 예산이 부족하다는 것인지 아니면 복지관에 들락거리는 아이들 수준이 낮다는 것인지 상현은 정확히 가늠할 수 없었다. 두 가지 모두 여의치 않다는 것일 터인데 후자에 더 방점이 찍혀 있는 듯 했다. 그녀는 그런 아이들을 위해 자신이 지역사회에 적지 않은 공헌을 하고 있다는 사실에 적잖은 자부심을 가지고 있었다. 그러면서 자신이 이처럼 나름의 철학을 갖고 복지관 운영을 할 수 있는 건 국회의원인 오빠가 음으로 양으로 도와주기 때문이라는 말도 넌지시 덧붙였다. 그녀의 오빠는 지역구에서 내리 3선을 한 여당의 실세 의원이었다. 상현은 그녀가 복지관 운영보다 정치적인 야심이 만만치 않음을 짐작할 수 있었다.

상현이 이곳 두일 복지관에 미디어 강사로 파견을 나온 지도 벌써 보름여가 지나고 있었다. 십여 년간 몸담고 있던 신문사를 나와 처음으로 하게 된 일이 복지관 미디어 강의였다. 언론재단에서 각급학교와 사회복지센터 등에 전직 언론인을 파견해 신문제작이나 미디어에 관한 교육을 제공하는 사업이었다. 물론 비용은 언론재단에서 부담을 했다. 미디어에 대한 관심이 날로 증대되는 터라 강사 지원을 요청하는 기관이 점차 늘어나는 추세여서 손쉽게 일거리를 찾을 수 있었다.

물론 상현은 처음부터 미디어 강사를 할 생각은 없었다. 신문사를 나온 뒤로는 정말이지 이쪽 계통으로는 두 번 다시 발걸음을 돌리고 싶지 않았다. 정말이지 신문이라는 말만 들어도 신물이 났다. 지방 중소도시에 물경 열 개가 넘는 일간지가 발행되는 현실은 기자라는 직업에 회의를 갖게 했다. 시내에서 김기자, 하고 부르면 열에 다섯은 고개를 돌린다는 우스갯소리가 나올 정도로 기자들이 넘쳐났다. 사실 정론직필이라는 언론 본연의 임무는 번지르한 구호에 지나지 않았다. 상현이 몸담고 있던 신문사도 예외는 아니었다. 건설사가 모기업인 탓에 신문사의 운영이 거의 방패막이 수준으로 전락해 버린 지 오래였다. 기사를 잘 쓰는 것보다 광고 수주를 얼마나 많이 하고 회사와 관련된 민원을 얼마나 깔끔히 처리하는가가 기자의 능력으로 치부되었다. 마치 박씨를 물어다 준 흥부네 제비처럼 때에 맞춰 광고를 물어다주어야 하고 어느 땐 뒷골목 주먹패 못지않은 민원 해결사가 되어야 했다. 융통성이라고는 털끝만큼도 없는 상현으로선 어느 것 하나 만만치 않았다. 얼마 후 신문사는 경영상 이유로 구조조정을 난행했고 불행 중 다행으로 해고자 명단에 상현이 포함된 것이었다. 울고 싶던 차에 뺨을 맞은 것처럼 상현은 속이 후련했다.

실직을 한 뒤로 상현은 두문불출했다. 쉬는 게 지겨워질 즈음에 이르러서야 지역 미디어센터로부터 전화가 걸려왔다. 기자경력을 살려 복지관에서 미디어 강의를 해보지 않겠냐는 제의였다. 상현은 처음엔 정중히 거절을 했다. 언론이나 미디어와 관련된 일은 두 번 다시 하고 싶지 않았다. 표면적으로는 미디어 관련 일에 대한 회의 때문이기도 했지만 한편으론 명색이 기자출신이 복지관에서 코흘리개들이나 상대로 뭔가를 가르친다는 사실이 영 내키지 않았다.

그렇게 상현은 아무 일도 하지 않고 빈둥빈둥 시간을 죽였다. 강물에 떠내려가는 나뭇잎처럼 스스로를 방기했다. 늪에 빠진 것처럼 모든 일상이 깊은 나락으로 떨어져버린 듯 알 수 없는 무력감에 시달려야 했다. 그러나 현실이 녹록치 않다는 것을 깨닫는 데는 그리 많은 시간이 걸리지 않았다. 자존심만으로 버티기에 현실의 상황은 그리 간단치 않았다. 게으름보다 무력감보다 무서운 게 현실적인 욕망이었다. 먹고 싸고 자는 일상의 모든 것이 돈으로 계수되었다. 거기에 통장의 잔금은 이미 바닥이 난지 오래였고 마이너스 원리금 상환이 코앞에 닥쳐오고 있었다. 시시각각 다가오는 사방의 덫에 자칫 알몸으로 포위될 수 있다는 중압감은 해고의 고통보다 더 가혹하게 상현의 두 어깨를 짓눌렀다. 다른 무엇보다 일을 하지 않으면 당장 밥을 굶어야 한다는 처지가 생소하고 낯설었다. 돈이 없으면 죽을 수도 있는 게 아니 죽을 수밖에 없는 게 바로 눈앞에 펼쳐진 냉엄한 현실이었다.

별수 없이 상현은 미디어센터에 전화를 걸어 강의를 다시 맡을 수 있는지 문의를 해야 했다. 물론 사정이 어려운 복지관 아이들을 감안해서 미디어 관련 외에도 학교 수업 부분에까지 신경을 쓰겠다는 뜻도 덧붙였다. 미디어센터 직원은 접수가 끝나 결정을 번복하기는 어렵지만 이편의 뜻이 그러하다면 한

번 강의를 마련하도록 하겠다며 다소 대대한 반응을 보였다. 그러면서 한 시간 이내로 수업계획서와 자기소개서를 피디에프 파일로 보내달라고 했다. 상현은 끈이 떨어져 버린 해고기자의 현주소를 비로소 실감했다. 현직을 떠난 사람은 영혼이 없는 생명체로 취급당하는 것 같아 적잖이 불편했다.

두일지구는 새로 개발된 신도심답게 고층의 빌딩과 아파트 단지가 밀집한 지역이었다. 학군이 좋고 주변에 편의시설이 잘 갖춰져 있어 대다수 시민들이 선호하는 주거지였다. 새학기가 시작되면 각지에서 몰려든 전입인구로 매번 전세물량이 동이 나곤 했다.

그러나 도심의 뒤편 월야동은 사정이 달랐다. 그곳은 두일지구 주민들이 같은 행정구역으로 편입돼 있다는 사실 자체마저 혐오스럽게 생각하는 달동네가 부스럼딱지처럼 엉겨 있었다. 두일지구 주민들은 사소한 일로라도 이 달동네와 한데 엮이는 것을 싫어했다. 어떤 이들은 월야동과 이웃하고 있다는 사실 자체에 대해서도 극단적인 반감을 드러냈다. 한마디로 월야동은 도심 속의 섬과 같은 곳이었다. 그곳에선 아직까지 스물 두개 구멍이 뚫린 연탄을 난방으로 사용하고 있었고 상하수도가 제대로 갖춰져 있지 않은 골목엔 사시사철 오물이 넘쳐났다. 낮이면 영양실조에 걸린 털 빠진 개들이 휑한 눈으로 골목을 어슬렁거렸는데 녀석들은 낯선 이들을 보고도 짖지 않았다. 외지인을 멀뚱히 쳐다보는 녀석들의 눈은 흡사 죽은 이의 영혼이 담겨 있는 듯 귀기가 어려 있었다.

당초 시당국은 도심환경구조개선 사업 명목으로 이곳에 대규모 아파트단지를 지을 계획이었다. 재개발이 되면 모두 번듯한 아파트를 가질 수 있다며 사탕발림을 했다. 정치인들도 예외는 아니었다. 뉴타운이라는 구호를 내걸었고 주민들은 황금알을 낳는 거위로 생각을 했다. 아닌 게 아니라 뉴타운을 외친 후보마다 금뱃지를 달았다. 그러나 몇 년 후 상황이 급변하고 말았다. 경제난이 심화되고 건설경기가 바닥을 치면서 재개발은 벽에 부딪치고 말았다. 주민들의 반발로 당초 계획했던 택지 수용이 원활하게 이루어지지 않으면서 재개발은 반쪽짜리로 전락하고 말았다. 원주민들은 살고 있는 집을 뺏기듯 내주고 받은 보상비로는 어디에서도 집 한 칸 얻을 수 없다는 사실을 훤히 알게 되었다. 허름하고 비좁은 집일지언정 차라리 이곳에 남아 있는 것이 종내 알거지로 전락하는 것보다 몇 배는 낫다고 생각했던 것이다. 정치권과 당국은 주민들의 반발을 무마하기 위해 교묘하게 법을 개정하려는 움직임을 보였다. 월야동과 인접한 두일지구에 복지관과 여타 편의시설을 건립해 원주민들의 환심을 사려고 했던 것이다. 그러나 하루 벌어 먹고살기 바쁜 달동네 사람들에게 복지관은 그다지 구미가 당기는 미끼는 아니었다. 그나마 다행인 것은 복지관에서 개설한 방과 후 학습프로그램이 아이들을 돌볼 수 없는 가정에서는 어느 정도 도움이 되었다.

"선생님, 정말 글을 못 읽으면 아나운서가 될 수 없나요?"

"당연하지. 그러니까 현우야 오늘부터라도 글 읽는 연습을 해야 돼. 조금만 하면 금방 책을 읽을 수 있고 네 이름도 쓸 수 있어."

현우 녀석이 쭈뼛거렸다. 하마터면 상현은 아나운서가 될 수 없는 더 많은 이유를 설명하려다 말았다. 잘 닦인 유리구슬처럼 반짝이는 현우의 눈이 금세 흐릿해졌다. 상현은 가슴 한 구석이 뻐근해지며 뭔가 무너져 내리는 통증이 느껴졌다. 불현 듯 눈앞에 어릴 적 텔레비전에 나오는 게 소원이라던 죽은 동생이 살아와 있는 듯한 착각이 들었다.

이제 보니 현우는 죽은 동생 정호를 많이 닮아 있었다. 전체적인 이미지도 그렇거니와 습관적으로 침을 흘리는 게 그랬다. 처음 봤을 때부터 현우가 낯설지 않았다. 무엇보다 얼굴에 드리워진 음영이 어린아이의 것이라고는 믿기지 않을 만큼 깊었다. 어른의 세계를 일찍 알아버린 아이들에게서나 보이는 불신의 표정이 그랬다. 아마 녀석은 외부 강사인 상현도 자신을 달동네 아이로 취급할지 모른다는 지레짐작에 서둘러 방어막을 치는 것인지 몰랐다. 상현은 고작 열 살 밖에 되지 않은 아이가 타인에 대해 그런 적의의 감정을 드러낼 수 있다는 사실이 믿기지 않았다.

열 살을 넘기지 못하고 불의의 사고로 세상을 떠난 동생은 상현에게 아픈 상처로 각인되어 있었다. 동생 정호는 흔히 말하는 정신지체아였다. 상현은 동생이 잠시 하늘에서 지상으로 소풍을 온 천사였는지 모른다는 생각을 했다. 요즘 들어 부쩍 상현은 문득문득 떠오르는 동생의 모습에 눈앞이 뿌옇게 흐려지곤 한다. 정호를 생각하면 가슴에 커다란 돌덩이가 얹혀 있는 것처럼 답답해진다. 동생이 이 세상에서 했던 말은 고작 몇 개의 단어뿐이었다. 한 마디의 말을 하기 위해 가쁜 숨을 몰아쉬며 온몸을 비틀어야 했던 고통은 천형에 다름 아니었을 것이다. 내면에 저장된 무수히 많은 말은 입으로 흘러나온 거품처럼 이내 사라지고 말았다.

정호가 가장 아끼던 장난감기차는 아직도 상현의 방에 고스란히 보관되어 있다. 학교 갈 나이가 되었지만 온종일 달동네의 비좁은 방에 틀어박혀 있어야 하는 동생을 위해 아버지가 사준 거였다. 배터리를 장착한 기차는 당시로선 꽤나 비싼 장난감이었다. 지체아를 위한 특수학교가 집에서 멀리 떨어져 있는데다 경제적 여력이 없는 아버지로선 고급 장난감을 사주는 것으로 일말의 위안을 삼으려 했을 것이다. 땀 냄새와 먼지투성이로 뒤범벅 된 작업복에서 기차를 꺼내던 아버지의 모습을 상현은 또렷이 기억하고 있다. 선물은 고급 포장지에 포장되어 있었고 나비 모양의 라벨이 달려 있었다. 외곽으로 도심의 모형과 기차역이 정교하게 배치된 플레이 세트였다. 기차가 정류장을 지날 때마다 기적소리가 자동으로 울려 퍼졌다. 선물을 받아 든 정호는 마치 기관사가 된 것처럼 좋아했다. 그날 밤 장난감기차를 안고 잠이 든 정호는 푸른 기적 소리를 들으며 하늘나라 여행을 다녀왔는지 모른다.

두일지구를 벗어나자 저편에 허름한 좌판처럼 쓸쓸한 달동네의 풍경이 한눈에 들어온다. 뒤편으로 깎다만 산의 절개지가 벌겋게 드러나 있다. 군데군데 개발예정택지지구라는 붉은 깃발이 불어오는 바람에 흔들렸다. 연탄을 실은 타이탄이 택지지구라는 입간판을 지나 달동네 골목 어귀로 향하고 있었다. 불과 몇 백 미터도 안 되는 거리를 두고 신도심과 달동네가 어깨를 이웃하고 있었다. 가을과 겨울이 바로 이웃해 있고, 산부인과 병원과 장례식장이 가까운 곳에 있듯이 말이다.

현우는 자꾸만 뒤를 돌아보며 상현이 잘 따라오고 있는지를 확인하곤 했다. 그때마다 가냘픈 어깨 위에 내걸린 풍넹이 같은 가방이 가볍게 흔들렸다. 상현은 그것이 젊은 탁발승의 빈 바랑처럼 느껴져 자꾸 그 가방으로 눈길이 갔다. 마치 내려놓을 수 없는 거대한 짐을 지고 알 수 없는 어딘가를 향해 가고 있는 자신의 모습이 현우의 그것에 겹쳐져 떠오르는 듯 했다.

당신의 그 어줍지 않은 태도에 이젠 진절머리가 나. 당신네 신문사의 방침대로 돈이 되는 영업활동을 좀 하란 말이야. 세상을 좀 영리하게 살 수 없어? 죽었다는 당신 동생처럼 그렇게 미련하게 자신의 틀 속에 갇혀 있지 말고.

가정법원을 나오기 무섭게 아내는 상현을 째려보았다. 그러면서 이혼 서류를 자신이 직접 구청에 접수하겠다며 봉투를 낚아챘다. 그녀는 단호함이 무엇인가를 보여주려 작심을 한 듯 했다. 상현은 석류 알처럼 붉게 무르익어가는 늦가을의 햇살을 바라보며 연신 담배를 피웠다. 허공으로 흩어진 연기가 사슬처럼 이내 상현을 에워싸고 들었다. 무슨 말인가를 하고 싶었지만 도시 입이 떨어지지 않았다. 사라져버린 파일처럼 모든 말들이 머릿속에서 하얗게 지워져버린 느낌이었다.

그때 노란 택시가 승강장에 도착했다. 아내는 서둘러 차에 올라 신경질적으로 차문을 닫았다. 아내의 바바리 깃이 문 틈새로 살짝 삐져나온 게 보였다. 그러나 택시는 아랑곳하지 않고 꽁무니를 빼듯 쏜살같이 사라졌다. 늦가을의 황량한 도로 위로 노란 은행잎이 흩날렸다. 나이 지긋한 운전자는 이혼법정에서 나온 손님이 무엇을 원하는 가를 정확히 알고 있었다.

상현은 비로소 아내에게서도 버림을 받았다는 사실을 실감했다. 알 수 없는 허허로움이 밀려왔다. 직장에서 해고통보를 받은 지 보름이 안 돼 벌어진 일이라 적잖이 당황스러웠다. 그러나 한편으론 누군가에게 버려지는 게 새삼 낯선 일은 아니라며 스스로를 위로했다. 이제 남겨진 건 마이너스통장과 감당하기 벅찬 대출금 그리고 자신에게 말년을 의탁해야 하는 늙은 아버지가 있을 뿐이었다. 그것들은 모두 보기 흉한 부스럼딱지처럼 오래도록 자신을 괴롭힐 거였다.

현우의 집은 산 87번지에서도 한참을 걸어 올라가야 했다. 개별 호수를 제대로 부여받지 못한 허름한 가옥들이 늦가을 바람에 뒤채이고 있었다. 사람들은 이곳을 산 87번지라고 뭉뚱그려서 불렀다. 불과 몇 년 전만 해도 달동네라고 불렸지만 인근에 두일지구가 개발된 이후로는 번지를 붙여 부르는 것 같았다. 새로 취임한 민선 단체장이 달동네 명칭이 이곳 주민들에게 적잖이 소외의식을 부추긴다며 자제를 당부하면서부터였다. 그 단체장은 지난 선거 때 소외계층 출신 시민운동가로 나서 이곳 주민들로부터 몰표를 받다시피 했다. 그러나 취임 이후 주거환경사업 명분으로 달동네 철거를 추진하면서 주민들과 척지고 말았다. 학생 때는 열렬한 투사였지만 정치권으로 발을 들여놓은 뒤로는 원칙과 법을 주장하는 보수의 원조로 변신했다. 이념의 세탁인가. 아니면 출신의 세탁인가. 상현은 그를 보면서 권력과 자본은 DNA도 바꿀 수 있는 무서운 힘을 지녔다는 생각을 하곤 했다.

상현은 현우의 뒤를 따라 가파른 골목을 올랐다. 조그만 구멍가게 앞에 코흘리개 아이들이 낡고 오래된 기종의 오락기 앞에서 레버를 움직이고 있었다. 아이들은 모니터에 펼쳐지는 상상의 세계에 몰입하는 것으로 잠시 달동네를 떠나고 싶어 하는지 몰랐다. 그러나 이곳을 벗어나기에 그 모니터의 공간은 턱없이 작고 초라해 보였다.

가게 앞에 펼쳐진 좌판에는 꼭지가 말라비틀어진 수박과 때깔이 싯누런 참외가 놓여 있었다. 상현의 뱃속에서 꼬르륵 소리가 났다. 어지럼증이 멀미처럼 뱃속에서 치받고 올라왔다. 이상하게도 구멍가게 앞을 지날 때면 배가 고프고 식욕이 동했다. 이 같은 증세는 초등학교 때부터 있어 왔던 것 같다. 상현은 학교가 파하고 나면 곧장 집으로 돌아가지 않고 구멍가게 앞을 서성였다. 집에 돌아가 봤자 반겨주는 이가 없었다. 어머니가 없는 집은 버려진 폐가나 다름없었다. 먼 곳으로 일을 나간 아버지는 거의 늦은 밤이 되어서야 돌아왔고 어느 때는 돌아오지 않는 날도 있었다. 그곳에서 안락이니 그리움이니 하는 말은 사치 그 자체였다. 지체아인 동생은 빈집에 감금되어 있다시피 했고 집안은 늘 우울의 그림자에 덮여 있었다. 혼자 있는 동생이 걱정이 되었지만 쉽사리 발길이 떨어지지 않았다. 그보다는 구멍가게좌판에 오밀조밀하게 진열된 형형색색의 과자가 먹고 싶었다. 그 주변을 서성이다 보면 어느덧 저녁이 가까워지곤 했다. 아이들은 어느 틈에 집으로 돌아가고 상현은 매번 혼자 남겨지기 일쑤였다. 오락기의 화면을 들여다보며 상상의 나래를 펴는 것도 허기를 달래주진 못 했다. 친구 녀석들 꽁무니를 따라다니며 가방을 들어주거나 숙제를 대신 해주는 것으로 과자를 얻어먹는 일도 점심때나 가능했다. 해가 뉘엿뉘엿 서산으로 넘어가고 나면 외로움보다 더한 배고픔이 와락 밀려왔다. 그 시간은 구멍가게 주인이 서둘러 문방구를 정리하고 밖에 진열한 오락기를 들여놓을 때였다.

더러 가게를 정리하기 앞서 잠시 화장실에 갔다 오기도 했다. 상현은 절호의 순간을 놓치지 않았다. 과자나 쥐포 따위를 잽싸게 옷섶에 감추고는 골목을 내달렸다. 겁이 났지만 훔치고 싶은 유혹을 떨칠 만큼은 아니었다. 혀끝에 감기는 주전부리 특유의 맛은 포만감을 넘어 안락을 주었다. 게임기 화면에 펼쳐진 상상의 공간을 탐험하거나 악당을 향해 자동소총을 발사하는 것과는 비교가 되지 않았다. 다행히 운이 좋았던지 손놀림이 정교했던지 상현은 단 한 번도 발각이 되지 않았다.

"우리 동네 주인은요, 사시라서 잘 못 봐요. 그리고 틈만 나면 졸거든요. 한 번도 들키지 않았어요."

마치 현우는 상현의 마음을 알고 있다는 투로 말했다. 상현은 잠시 멈칫했다. 그래도 남의 것을 훔쳐서는 안 된단다, 라는 말을 하려다 말았다.

"선생님, 저기가 우리집이에요."

현우가 손을 들어 저편을 가리킨다. 상현은 잠시 걸음을 멈추고 녀석이 가리키는 허름한 가옥을 바라보았다. 칠이 벗겨져 너덜너덜한 파란색의 대문 너머로 곧 쓰러질 것처럼 위태로운 가옥이 자리하고 있었다. 근데 녀석이 방금 뭐라 했더라…. 상현의 머릿속에 조금 전 현우의 입에서 나온 선생님이라는 호칭이 소용돌이쳤다. 상현은 앞서 걸어가는 현우의 뒷모습을 물끄러미 바라보았다. 마치 초등학교 담임의 자격으로 녀석의 집을 가정방문하고 있다는 착각이 들었다.

그런데 녀석은 무슨 이유로 자신을 집에까지 데리고 온 걸까? 상현은 현우의 등에 걸린 풍뎅이 모양의 가방을 보며 곰곰이 생각했다. 현우가 복지관에서 혼자 집에 가기 싫다는 말을 했을 때 그 이유를 묻지 않은 게 조금 후회가 되었다. 집에 가기 싫어하는 아이들은 역설적으로 집을 그리워했다. 상현도 오래 전부터 달동네에 가보고 싶다는 생각을 했던 것 같다. 다시는 오지 않겠노라고, 달동네 방향으로는 눈도 돌리지 않겠노라 속다짐하며 떠난 지 벌써 이십 년 가까운 시간이 흘렀다. 정말 시간은 모든 것을 무화시키는 것일까. 상현은 잠시 눈을 감았다 떴다. 가방을 짊어진 현우의 모습이 바랑을 짊어진 자신으로 대체되는 듯했다.

구멍가게를 끼고 오른쪽으로 돌자 기다란 관을 잇댄 듯한 좁은 골목이 이어졌다. 바닥에 타다 남은 연탄재, 과자 봉지, 찌그러진 캔이 어지럽게 널려 있었다. 그것은 세월의 흐름과 무관하게 궁핍의 그림자를 드리우고 있었다. 얼핏 현우의 얼굴에 밴, 낯선 이를 바라보는 표정을 닮은 것도 같았다. 상현은 녀석의 얼굴을 힐끔 보다 말고 이내 걸음을 옮겼다. 골목은 끝으로 갈수록 점점 좁아졌다. 현우의 걸음은 점점 느려졌다. 골목 막바지에 칠이 벗겨지고 귀퉁이가 찌그러진 대문이 보였다. 울퉁불퉁한 콘크리트 기둥에 불안스레 내걸린 대문은 전형적인 달동네의 풍경을 연출했다.

"아빠는 오늘 집에 안 들어오실 거예요. 아마 열 밤이 지나도……."

녀석은 묻지도 않은 말을 했다.

"아빠 어디 가셨니?"

"공사장에요. 한번 씩 일을 나가면 집에 잘 안 들어와요."

현우가 빙긋 웃으며 아무렇지 않게 대답했다. 녀석에겐 매양 되풀이되는 일상의 일로 보인 듯 했다. 마음이 적잖이 불편했다. 상현은 엄마도 어디 다니시니, 하고 물으려다 그만 입을 다물었다. 아빠 이야기를 먼저 하는 것이 대략 녀석의 상황이 어떤지 짐작이 갔다. 그때, 볼 품 없이 깡마른 개 한마리가 현우에게 다가와 꼬리를 치며 앞발을 치켜들었다. 그런데 이상하게도 상현을 향해서는 조금도 경계하는 빛을 보이지 않았다. 오히려 코를 날름거리며 상현의 바짓가랑이를 물고 늘어졌다. 낯선 이들의 방문이 뜸한 이곳에선 개들이 본능적인 경계심마저 응고되어버린 듯 했다.

녀석을 따라 들어간 집은 집이라기보다 헤진 거대한 박스에 가까웠다. 낡고 허름한 집은 햇볕 한 줌 들어오지 않을 만큼 어둡고 비좁았다. 예의 달동네 집이 그러려니 싶어도 알 수 없는 분노 같은 게 상현의 가슴 언저리에서 치밀어 올랐다. 여기에서는 거주한다는 말 자체가 사치나 다름없었다. 최소한 볕과 바람은 통하게 해주어야 하는 것 아닌가 싶었다. 방바닥은 얼음장을 깔아놓은 것처럼 냉기가 흘렀다. 방이랄 것도 없는 공간엔 비키니 옷장과 앉은뱅이책상, 낡은 텔레비전이 버려진

폐품처럼 팽개쳐져 있었다. "엄마는 아주 오래 전에 집을 나갔어요." 방안 이곳저곳을 둘러보는 상현에게 현우가 묻지도 않은 말을 했다. 상현이 예상했던 대로였다.

수업을 하면서 느꼈을지 모르지만 이곳 복지관 아이들은 대부분 편부, 편모 가정에서 자란 애들이에요. 근데 문제는 애들보다 부모들한테 문제가 더 많다는 거지요. 어떤 엄마들은 대낮부터 화투를 치거나 술에 취해 있는 경우가 적지 않아요. 그 중엔 외간남자랑 눈이 맞아 아예 집을 나가 버린 사람들도 있으니까요.

복지관 관장은 달동네 학부모들을 싸잡아 비난했다. 불쑥 내뱉은 말이라기보다는 이곳 아이들의 환경적 특성을 참고하라는 뜻에서 하는 말인데 듣기가 불편했다. 머리로는 이해가 되지만 가슴으로는 쉬이 받아들여지지 않았다. 관장의 말은 그런 부모 밑에서 자란 아이들은 십중팔구 문제아가 될 소지가 많으니 신경을 써달라는 의미로 들렸다. 상현은 어린 시절 초등학교 담임이 달동네 부모님들에 대해 입에 담을 수 없는 막말을 하던 기억이 떠올라 씁쓸했다. 결손 가정을 모든 문제의 원인으로 보는 시각은 예나 지금이나 변함이 없었다. 상현은 복지관 관장에게 꼭 그렇지만은 않다는 말을 하려다 그만두었다. 두일 복지관이 전국 평가에서 교육 부문 최우수로 선정되었다는 관장의 말이 뒤이어 이어졌던 것이다. 그녀는 이번에 실시하는 교육은 언론환경의 사각지대에 방치되어 있는

달동네 아이들에게 신문이나 방송과 같은 매체에 관한 교육을
제공하는데 일차적인 목적이 있다고 했다. 그러면서 미디어교
육을 받은 아이들로 하여금 세상이 기회와 꿈이 가득한 따뜻
한 사회라는 열린 시각을 갖도록 하는 데 있다고 덧붙였다. 그
녀의 말은 언론을 상대로 인터뷰를 하고 있는 듯한 착각을 불
러일으켰다. 상현은 그저 가볍게 고개를 끄덕였다. 그녀는 지
역구 출신 국회의원 여동생이라는 사실을 정확히 인식하고 있
었다. 낙하산 출신답게 그녀는 적잖은 직원을 낙하산으로 앉
혔지만 별다른 제재는 받지 않았다. 모두 실세 정치인을 오빠
로 둔 배경 때문일 터였다.

　"…선생님, 사실은 나 책 읽을 수 있는데……."

　녀석이 앉은뱅이책상 앞에 앉아 책을 집어 들고는 미소를
지어 보였다.

　"뭐? 정말 책을 읽을 줄 안다고?"

　상현은 귀를 의심했다. 방금 현우의 말이 믿어지지 않았다.
녀석이 자신을 상대로 장난을 치고 있지 않나 싶었다. 현우는
또박또박 책을 읽어나가기 시작했다. 마치 텔레비전에 나오는
아나운서를 흉내라도 내듯 나름대로 문장에 강약을 조절했다.
어떤 부분에서는 미세하게 자신의 감정을 싣기도 했다. 상현
은 현우의 얼굴을 뚫어지게 쳐다보았다. 녀석은 여태 글을 모
르는 게 아니라 안 읽은 거였다.

　"제 꿈은 아나운서가 되는 거예요. 그래서 우리가 사는 달동

네와 같은 문제를 뉴스로 만들어 사람들에게 알리고 싶어요. 언젠가 수업시간 발표 때 그 말을 했더니 아이들이 배꼽을 잡고 웃는 거예요. 넌 책도 못 읽는 달동네 아이인데 어떻게 아나운서가 될 수 있느냐면서요."

상현은 벽에 기댄 채 현우의 미래를 떠올렸다. 뉴스 데스크에 앉아 사회적으로 이슈가 되는 문제를 심층 보도하는 앵커의 모습이 그려졌다. 창백하고 질그릇처럼 약해보이는 아이지만 내면엔 튼실하고 잎이 무성한 나무가 자라고 있었다. 녀석의 추억을 지치게 해서는 안 될 것 같았다. 어쩌면 현우는 자신의 이야기를 들어줄 누군가가 절실히 필요했는지 모른다. 얼마나 외로웠으면 엉뚱한 방법으로 자신을 숨겨왔을까 싶어 마음 한구석이 저려왔다. 아무도 없는 썰렁한 방에서 녀석은 먼 훗날 아나운서가 된 자신의 모습을 떠올리며 소리 내어 책을 읽어나갔을 것이다.

예상했던 대로 연탄불은 꺼져 있었다. 거푸집을 들어내자 다 타버린 연탄이 연한 주황빛으로 응고되어 있었다. 특유의 시큰한 냄새가 물큰하니 코를 찔렀다. 상현은 부엌문을 활짝 열어젖혔다. 창틀에 켜켜이 쌓인 먼지가 부스스 일었다. 비좁은 부엌을 차지하고 있는 큼지막한 찬장 뒤편으로 희미한 빛이 새어들었다. 도선생이 드나드는 구멍인 것 같았다. 그 틈으로나마 빛이 새어드는 게 다행이지 싶었다.

"아빠가 연탄불이 꺼지면 그대로 두라고 했어요."

묻지도 않은 말을 현우가 꺼냈다. 화재나 가스 중독을 염려한 때문일 거였다. 아무리 그래도 그렇지. 상현은 한숨이 나왔다. 그러나 현우 아버지 편에서 보면 충분히 이해하고도 남았다. 새벽 인력시장으로 향하는 현우 아버지의 머릿속에는 늘 혼자 남겨진 아들에 대한 걱정일 터였다.

창고에는 연탄이 달랑 한 장 남아 있었다. 그나마 밑둥이 조금 깨져 있었다. 흡사 이 지상에 남은 마지막 연탄처럼 보였다. 번개탄은 어디에도 없었다. 현우에게 물어봐도 녀석은 잘 모른다고만 했다. 별수 없이 밖에 나가 번개탄을 사와야 할 것 같았다. 상현은 현우에게 앉은뱅이책상에 앉아 진짜 아나운서와 똑같이 책 읽는 연습을 하라는 말을 하고는 밖으로 나왔다.

오늘도 아버지는 집에 안 들어올 거예요. 아침에 일어났는데 앉은뱅이책상 위에 만 원이 놓여 있었어요. 그런 날은 아버지가 저녁에 들어오지 않거든요. 난 그 돈으로 자장면도 시먹고 학교 준비물도 사요. 달동네 아이라고 놀리는 애들한테는 과자도 사주고 그래요…. 그런데 아버지가 일주일이 지나고 열 밤이 지나도 안 올 때가 있어요. 그럴 땐요, 응… 가게에서 몰래 과자를 훔쳐 먹기도 해요.

조금 전 폭이 좁은 상자 같은 골목을 걸어오며 현우는 자랑처럼 말했다. 훔쳐 먹는다는 말을 하면서도 녀석은 조금의 죄책감도 없어 보였다. 상현은 놀랍다기보다 오히려 덤덤했다. 마치 예전 자신의 모습을 보고 있다는 착각이 들었다. 아버지가 놓고 간 지폐는 매번 흔적 없이 사라져버리기 일쑤였다. 벌레가 야금야금 배추를 먹어치우듯 말이다. 배고픔보다 참기 힘든 건 누군가를 기다리는 일이었다. 고립되었다는 느낌이 무서웠다. 그러나 정작 무서운 건 집집마다 달려 있는 문들이 잠겨 있다는 사실이었다. 문들은 쉬이 열리지 않았다. 사람들은 모두 빗장을 걸고 있었다.

상현은 현우를 생각하자 갑자기 연탄불에 덴 것처럼 가슴이 뜨거워졌다. 경계의 시선을 거둬버린 녀석의 얼굴은 천진한 어린아이의 모습이었다. 무엇 때문에 녀석은 아나운서가 되겠다고 결심했을까. 집을 나간 엄마가 어디에선가 텔레비전에 나온 자신의 모습을 볼지 모른다는 막연한 기대 때문일지 몰랐다.

상현은 번개탄을 사기 위해 빠른 걸음으로 골목을 휘돌아 나갔다. 겨울이 오려면 아직 멀었는데도 코끝이 얼얼하니 한기가 느껴진다. 저 멀리 언덕 아래로 두일지구의 도심이 한눈에 들어온다. 대형 쇼핑몰과 아파트 단지 그리고 상가건물이 어깨를 마주하며 이곳 달동네를 굽어보고 있었다. 어두워져오는 하늘을 배경으로 도심의 불빛이 무리지어 피어나고 있었다. 어디에서 흘러나왔는지 도로엔 크고 작은 차들로 발 디딜 틈이 없다. 달콤한 불빛이 펼쳐진 하늘은 거대한 캔버스를 방불케 했다. 불과 한 블록을 사이에 두고 저편은 전혀 다른 세상이 펼쳐져 있다. 흡사 제 스스로 움직이며 팽창하는 단세포

생물 같다. 상현은 한동안 걸음을 멈추고 도심의 하늘을 바라보았다. 번화가의 네온사인이 전하는 말에 귀를 기울인다.

당신과 사는 동안 십 년은 더 늙어버린 것 같아. 가끔 사고로 죽었다던 당신 동생이 부러울 때가 있어. 구질구질한 삶을 더 이상 살지 않아도 되니 말이야.

이혼 서류를 내밀던 아내의 목소리가 상현의 귓가로 흘러들었다. 한때는 서로를 소울메이트라고 생각했던 적이 있었다. 영혼의 친구? 한마디로 웃기는 말이다. 섹스 파트너 그 이상도 이하도 아니었던 것 같다. 아내와의 결혼은 서로 다른 배경이 낳은 호기심의 결과에 지나지 않았다. 아내는 하늘의 별처럼 빛나는 삶을 원했었다. 아니 별이 되길 원했다. 아내가 정말로 별이 되고 싶었다면 별을 딸 수 있는 사다리가 있는 남자를 만났어야 했다. 죽은 동생의 이야기까지 들먹이며 한사코 이별을 원하던 아내를 상현은 더 이상 붙잡을 수 없었나. 다른 건 몰라도 정호에 대한 모욕만큼은 절대로 받아들일 수 없었다. 정호는 상현에게 가장 빛나는 별이었다. 달동네의 파편으로 이루어진 가장 순수한 별.

상현은 가던 길을 멈추고 하늘을 올려다보았다. 정호가 있는 하늘나라는 너무도 멀고 아득해 보였다. 역시나 별은 멀리 떨어져 있어야 존재가 빛나는 법이었다. 상현은 정호가 다닌 적이 있던 특수학교 교정 앞에서 잠시 발걸음을 멈추었다. 체육관 맞은편에 놓여 있는 지구본이 눈에 들어왔다. 어쩌면 정호는 먼 행성에서 온 이름 없는 별이었는지 모른다. 동생은 매일 이곳에 와 지구본에 매달려 밤하늘을 올려다보곤 했다. 이곳 어딘가에 정호의 흔적이 남아있을 것만 같다. 불현듯 어둠 너머로 정호의 눈빛이 별처럼 빛났다.

정호의 시신은 새까맣게 불에 타 알아보기 힘들었다. 그러나 눈빛은 살아 있을 때처럼 또록하게 빛났다. 조사를 나온 경찰은 그런 시신은 난생 처음 본다며 혀를 내둘렀다. 정호의 가슴에는 다 타버리고 흉측한 잔해만 남은 장난감기차가 안겨 있었다. 정호가 뜨거운 불길 속에서도 끝까지 장난감기차를 앉고 꿈꾸었던 것은 무엇일까. 어디선가 기적소리가 울리는 것 같다. 달동네 플랫폼을 떠나 별이 반짝이는 곳으로 떠나는 기차가 눈앞에 그려졌다.

사고 전날 밤, 상현은 늦은 시간까지 찰흙을 주물렀다. 학교에 제출할 만들기 숙제를 하고 있었다. 건설현장에 나간 아버지는 야근 작업이 있는지 늦게까지 돌아오지 않았다. 얼마나 지났을까. 웬일인지 방바닥이 얼음장처럼 차가웠다. 깜빡 잊고 연탄불을 갈지 않았던 게 생각이 났다. 헌데 방에 있어야 할 동생이 보이지 않았다. 방바닥엔 온통 검은 찰흙이 어지럽게 널려 있었다. 동생을 찾기 위해 밖으로 나오자 연탄창고에서 뭔가 부스럭거리는 소리가 들렸다. 설마 그 안에 동생이 있을까 싶었다. 어둠 속에서 희디흰 무의 속살처럼 빛나는 손은 동생의 것이 분명했다. 정호는 깨진 연탄을 가슴에 품은 채로 연신 검은 찰흙을 붙이고 있었다. 동생의 행동은 너무도 낯설었다. 아마 상현이 깜빡 잠든 사이 꺼진 연탄불을 갈려고 했던 모양이었다. 공교롭게도 화재는 그 이튿날 점심나절에 발생했다. 학교에서 돌아온 상현의 눈앞에 펼쳐진 풍경은 참담 그 자체였다. 낡고 허술한 집은 흔적도 없이 잿더미로 변해 있었고 비좁은 골목은 희뿌연 연기로 가득했다. 가파른 골목으로 이어진 소방 호스를 타고 검은 물이 연신 흘러내렸다. 상현이 집 안으로 들어가려는 걸 붕괴 위험이 있다며 사람들이 막아섰다. 잿더미로 변한 죽음의 공간 앞에서 상현은 눈물도 나오지 않았다. 달동네 사람들은 독한 것이 동생이 불에 타 죽었는데도 눈물 한 방울 흘리지 않는다며 수군거렸다. 취재를 나온 신문사, 방송국 기자들은 어른들의 부주의로 지체장애아가 불에 타 죽었다는 멘트를 여과 없이 내보냈다. 상현의 눈에 그것은 하나의 희극처럼 보였다.

구멍가게는 특유의 골목 냄새로 물큰했다. 상현은 번개탄을 사가야 한다는 생각을 잠시 잊고 있었다. 두일지구의 화려한 불빛에 넋을 잃은 탓도 있지만 동생의 기억이 자꾸만 발걸음을 붙잡았다. 오락기 앞에 쪼그리고 앉아 있던 한무리의 아이들 모습은 보이지 않았다. 문방구는 썰물이 빠져나간 바다처럼 황량했다. 아이들은 어디로 갔을까. 상현의 머릿속에 코흘리개 아이들의 초롱한 눈망울이 떠올랐다. 뒤이어 정호의 눈빛도 그리고 현우의 눈빛도 겹쳐 떠올랐다.

꼬르륵. 잠잠하던 뱃속에서 다시 허기를 알리는 소리가 들려왔다. 상현은 서둘러 구멍가게 안에 들어가 번개탄을 하나 샀다. 족히 일흔은 넘어 보이는 주인은 돋보기를 치켜 올리고는 상현을 뜨악하게 쳐다보았다. 호기심과 경계심이 깃든 눈빛이었다. 거스름돈을 받고 밖으로 나오다 말고 상현은 백색의 형광등이 비추는 좌판을 훑어보았다. 조명 때문인지 조금 전에 보았던 때와 달리 수박의 때깔이 좋아 보였다. 늦가을까지 하우스 수박이 출하된다는 사실이 신기했다. 수박은 금방 밭에서 따온 것처럼 하나같이 싱싱해 보였다. 혀끝에 군침이 돌았다. 갑작스레 배가 고파왔다. 어쩌면 몸이 특정한 경험에 대해 기억을 하고 있다는 뜻인지 몰랐다. 상현은 몸을 낮추고 가게 주위를 살폈다. 예전의 경험으로 보아 구멍가게 주인은 누운 자세로 텔레비전을 보고 있거나 화투 패를 떼며 하루를 마감하는 점을 치고 있을 거였다.

우리 동네 주인은요, 사시라서 눈이 잘 안보여요. 그리고 틈만 나면 졸거든요. 한 번도 들키지 않았어요.

현우의 목소리가 속삭이듯 귓가로 흘러들었다. 상현은 감쪽같이 수박 하나를 품에 안았다. 가슴에 안기는 묵직한 느낌이 처음 아내를 안았을 때와 같은 풍만함이 밀려왔다. 사시나무 떨리듯 가슴이 저려왔다. 돌덩이를 든 것처럼 무거웠다. 그러나 발걸음을 옮기는 순간 그만 수박을 떨어뜨리고 말았다. "쩍"하는 소리와 함께 수박이 두 동강이 나버렸다. 상현은 서둘러 붉은 속이 훤히 드러나 보이는 수박을 옷섶에 감추고는 현우의 집을 향해 뛰었다. 단내 때문인지 허기가 동했다. 상현은 한입 가득 수박을 베어 물었다. 단맛이 혀끝에 감겨들었다. 혓바닥이 사르르 녹아버릴 만큼 황홀한 맛이었다. 어둠속에서 수박의 속살은 붉은 빛으로 타올랐다. 잘 익은 속살과 점점이 박힌 까만 씨는 이제 막 불이 옮겨 붙기 시작한 연탄의 그것과 흡사했다.

멀리 저편의 불빛이 보였다. 두일지구는 조금 전보다 더 휘황한 불을 밝히고 있었다. 그 곳에서 이곳 달동네를 바라보면 아마도 반짝이는 반딧불을 연상할지 모른다. 신도심 네거리에 자리한 별 모양의 두일 복지관도 보였다. 세련된 외관과 내부의 독특한 디자인 때문에 복지관은 두일지구의 새로운 명물이 되었다. 상시 운영되는 갤러리에는 매월 유명 인사들의 작품이 내걸리고 틈틈이 특강이 신행되있다. 관징은 복지관을 지역 최고의 문화공간으로 육성한 공로를 인정받아 대통령상을 수상하고 연임까지 보장받은 모양이었다. 멀리서 바라보니 복지관은 맑고 투명한 별로 보였다. 상현은 오늘 따라 유독 동생이 보고 싶어진다. 살아 있다면 지금쯤 정호는 말문이 틔었을지 모른다. 이 세상에선 섞여들지 못했던 동생의 말들. 그 말이 멀고 먼 나라에선 누군가의 마음을 어루만져주는 반짝이는 별이 되었으면 좋겠다. 불현듯 상현은 꿈속에서나마 동생의 장난감 기차에 동승해 먼 곳으로 여행을 떠나고 싶어진다. 금방이라도 동생의 기차가, 찰흙으로 빚은 그 검은 기차가 이곳 도심 어딘가로 진입해올 것만 같다.

어디서 나타났는지 해질 무렵에 보았던 개 한마리가 상현을 멀뚱하니 바라보고 있다. 녀석은 하늘을 쳐다보며 소리 없이 짖는다. 마치 사람의 울음 같다. 상현은 애써 녀석의 눈빛을 피한다.

낭만적 연애와 가혹한 진실

낭만적 연애와 가혹한 진실

피고소인 김진수가 수사실 안으로 들어온다. 호송 요원이 의례적인 경례를 하고 밖으로 나간다. 짧은 머리에 부리부리한 눈매가 사뭇 고집스러워 보인다. 김진수는 오늘도 성폭행 혐의를 부인할 것이다. 아니 섹스를 부인할 것이다. 그는 성폭행 대신에 매번 섹스라고 고쳐 말했다. 성폭행과 섹스의 차이가 유죄와 무죄만큼이나 간극이 크다는 것을 익히 알고 있다는 반증이었다. 그는 검찰에 송치돼 조사를 받기 시작한 이후 줄곧 결백을 주장했다. 고소인 장순영과는 강압적인 성관계를 갖지 않았다고, 그건 명백한 화간이었노라고 억울함을 호소했다.

오늘도 어김없이 방어막을 칠 게 분명한 김진수를 생각하자 와락 짜증이 난다. 정 계장은 김진수에 관한 인적상황을 빠르게 훑어본다. 36세. 휴대폰 대리점 운영. 주민번호 720504-1721000 현재로선 김진수가 거짓말을 하고 있다는 심증은 가지만 확실한 물증이 없다. 누군가 그랬다. 물증이 없는 심증은 앙꼬 없는 찐빵이라고.

갑자기 뒷목이 뻐근해지는 느낌이다. 골치가 지끈거리고 눈도 침침하다. 오늘은 반드시 자백을 받아내고 말 것이다. 정 계장은 두 주먹을 불끈 쥔다. 피고인의 가증스러운 입이 영양 만점인 콩밥으로 미어터지게 되는 날을 기필코 보게 되리라.

압류과에서 수사실로 올 때만 해도 몇 개월만 버티면 다른 과로 옮기겠지 싶었다. 정 계장은 이곳을 잠시 쉬었다가는 간이역 정도로 생각했다. 오만 잡범들을 상대하는 게 말처럼 쉬운 일이 아니다. 하루에도 몇 번씩 사건 조서를 훑어보는 일은 정말이지 이젠 신물이 난다. 담당 검사는 일주일이 멀다하고 새로운 사건을 맡겼다. 수사해야 할 사건은 산더미인데 시간은 촉박하고 피의자들은 너나없이 거짓 진술을 해대기 일쑤였다. 예상했던 대로 검찰 수사관이라는 직잭은 그다시 구미가 당기는 보직은 아니다. 하루 종일 교묘하게 머리를 굴리는 피의자를 상대한다는 게 말처럼 쉽지 않았다. 조사실에 갇혀 있는 것도 답답한데 감시카메라가 일거수일투족을 들여다보고 있다고 생각하면 절로 숨이 막힌다.

담배 한 대 피우겠소? 정 계장이 김진수에게 묻는다. 피의자를 배려해서 담배를 권하는 것은 아니다. 흡연이 금지되어 있지만 어디까지나 수사를 원활하게 진행하기 위한 일종의 윤활유와 같은 조치일 뿐이다. 처음부터 긴장을 한 상태로는 답변의 진위여부를 판별하기가 쉽지 않다. "생각 없습니다." 김진수는 짧게 대답한다. 그 말속에는 자신은 결코 죄가 없다는, 아니 파렴치한 성폭행범이 아니라는 뜻의 항의가 담겨 있다.

정 계장은 김진수의 심리상태를 다운시켜야 할 필요성을 느낀다. 적개심이나 불안정한 상태로는 수사를 원활하게 진행할 수가 없다. 어떤 피의자들은 수사의 맹점을 교묘하게 이용해 빠져나갈 궁리만 한다. 그래봤자 부처님 손바닥 위다. 아무리 짱구를 굴려도 언젠가는 혐의가 드러나기 마련이다. 처음부터 순순히 자백을 해버리면 수사하는 이쪽도 맥이 풀린다. 밀고 당기는 맛이 있어야 꼭 범죄를 입증하고야 말겠다는 의지가 생긴다. "점심은 무얼 드셨나요?" 정 계장은 다시 일상적인 말로 대화를 시도한다. 김진수가 어이없다는 듯 코웃음을 친다. 이편의 속내를 훤히 꿰고 있으니 괜한 수작을 하지 말라는 뜻이다.

김진수와 관련된 사건은 자못 특이하다. 허리 아래 송사치고는 조금 너저분한 감도 없지 않다. 정 계장은 대략적인 사건 개요를 빠르게 훑어본다. 고소장에 적시된 김진수의 혐의 내용은 한편의 포르노를 떠올리게 한다. 읽기도 전에 정 계장은 허리 아래로 미묘한 기운을 느낀다.

지난 달 23일 22시 피고소인 김진수는 전방에서 소대장으로 근무하고 있는 친구 조영민이 휴가를 나오자 함께 나이트클럽에 놀러갔다가 거기에서 만난 고소인 장순영과 술을 마시다,

178

친구인 조영민이 장순영과 원나잇 스탠드를 할 수 있도록 자리를 피해주었는데 익일 03 시 친구인 조영민의 전화를 받고 두 사람이 묵고 있는 모텔로 찾아가 친구 조영민이 방을 빠져나간 뒤 잠들어 있던 장순영을 성폭행 한 혐의… 고소인의 일관된 진술과 증거물로 미루어 김진수가 장순영을 성폭행 한 사실이 명백해 보이나 피고소인은 혐의 사실을 부인하고 있음.

조서의 내용대로라면 조영민과 장순영은 화간인 반면 장순영과 김진수는 강간에 해당한다. 조영민은 무죄이고 김진수는 강간범으로 구속이 불가피하다. 정 계장은 무심결에 쓴웃음이 나온다. 매번 이런 사건을 접할 때마다 개인들의 허리 아래 송사에까지 법의 잣대를 들이대는 것이 과연 온당한 처사인가 싶은 것이다. 사람들의 본능은 법적인 장치와는 무관한 지극히 사적인 영역이라는 걸 웬만큼 법을 공부한 사람이라면 다 알 터이다. 삽입을 했습니까? 피스톤 운동은 몇 번이나 했나요? 이 같은 질문은 이편에서도 묻기가 낯 뜨겁다. 도대체 섹스를 하면서 몇 번이나 허리를 움직였는지, 아니 돌렸는지, 그리고 상대의 반응은 어떠했는지를 낱낱이 기억하고 있을 사람이 어디 있겠는가 싶다.

"시간 없으니 얼른 얼른 합시다."

김진수가 노골적으로 불만을 드러낸다. 조서를 읽고 잠시 성적 상상에 빠진 정 계장의 허를 찌른 것이다. 정 계장은 김진수의 얼굴을 빤히 쳐다본다. 뻔뻔해도 유분수지라는 말이 목에서 넘어오는 걸 애써 참는다. 김진수는 수사가 진행된 이후 줄기차게 범행을 부인했다. 그러나 현장에서 수거한 콘돔에서 정액이 검출되자 그는 장순영이 자고 있는 모습을 보며 자위행위를 했을 뿐이라고 발뺌을 했다. 그러면서 자위행위가 어떻게 범죄가 되느냐며 되레 정 계장에게 따지듯 물었다. 그러나 정 계장은 이제까지의 수사 경험으로 보아 정황상 김진수가 장순영의 의사에 반하는 성행위를 했다고 확신한다. 피의자의 정액이 묻은 콘돔보다 더 명백한 증거가 어디 있겠는가.

아내는 오늘 법원에 들렀을까. 이혼서류를 접수하겠다고 큰소리를 쳤지만 말처럼 쉽지는 않을 것이다. 아내를 생각하자 정 계장은 혈압이 치솟는다. 교통사고로 하반신을 쓸 수 없게 된 이후 아내의 집착은 날로 심해지고 있다. 정 계장은 그것이 성적인 욕구에 비해 몸이 따라주지 않은 데서 오는 좌절 때문이라고 짐작한다. 물론 소변이나 대변 같은 기본적인 생리 문제도 아내를 힘들게 할 것이다. 요즘 들어 아내는 가정부로 일하는 할머니에게서마저도 질투를 느끼는 것 같다. 탄력이라고는 전혀 느껴지지 않는 할머니의 엉덩이를 보고도 할망구가 주책도 없이 설레발레 엉덩이를 흔든다고 신경질을 부린다. 여자는 칠십, 팔십이 넘어도 여자라는 말이 괜히 나온 게 아닌 듯싶다.

정 계장은 잠시 창가에 놓인 관상용 화분으로 눈을 돌린다. 신경초라고 불리는 솔방울 모양의 붉은 꽃이 자신을 향해 수줍게 미소를 짓고 있다. 정 계장이 검사실 수사관으로 발령받은 날 그녀가 보내준 화분이다. 정현미. 그녀는 농원을 하는 고객의 가게에서 직접 골랐다며 특유의 콧소리로 축하를 건넸다. 휴대폰 너머로 색기 가득한 그녀의 미소가 흘러오는 것 같았다. 왜 하필 검사실이야. 총무과나 집행과도 있잖아. 그녀는 제법 정 계장의 업무에 대해 아는 체를 했다. 피의자나 피고소인을 상대로 조사를 하거나 아니면 기소중지자를 검가하기 위해 잠복근무를 밥 먹듯 해야 하는 정 계장이 딱해 보였던 모양이다. 현미는 신경초와 친해지는 연습을 하다 보면 금방 시간이 갈 거라며 배시시 웃음을 흘렸다. 그러면서 신경초가 외로움을 많이 타는 식물이지만 관심을 쏟은 만큼 배신을 하지 않는 속성을 지니고 있다는 말을 덧붙였다.

현미를 만나면 오랜 친구를 만나는 것처럼 편안하다. 정 계장은 그것이 바로 섹스의 힘이라는 사실을 모르지 않는다. 삼십대 후반의 그녀는 남편과 이혼을 하고 보험 외판을 한다. 그녀는 잠자리를 대가로 계약을 딸 수 있다면 그것도 상품을 파는 하나의 방법이라고 생각하는 여자였다. 적어도 보험을 계약한 고객에게 사은품을 주는 것처럼 섹스 또한 일종의 답례라고 생각했다. 그녀는 남자를 알았다. 정확히 말하면 남자의 몸에 대해 알았다. 마음과 달리 섹스가 가능하며 순간의 쾌락을 위해서라면 어떠한 요구조건도 들어줄 수 있는 생물이 남자라는 것을 말이다.

그녀와 잠자리를 한 후로 정 계장은 새로운 인생을 사는 재미에 빠져들었다. 탱탱하고 매끄러운 그녀의 몸을 생각하는 것만으로도 회가 동했다. 그동안 정 계장이 아내와 이혼을 생각하지 않은 것은 아니었다. 하루에도 몇 번씩 도장을 찍을까 말까를 고민했다. 그러나 현미를 만난 이후로는 자연스럽게 갈등이 정리되었다. 양자택일이 아닌 양자를 다 수용하는 쪽으로 말이다. 현미에게서는 몸이 주는 즐거움을 취하고 아내에게서는 돈의 위세를 이용하면 되었다. 현실적으로 아내와 결별을 했을 때 포기해야 할 것들이 너무 많았다. 고급 아파트, 외제자가용, 사고보상금…. 무엇보다 아내가 물려받게 될 처가의 재산이 눈앞에서 허랑하게 사라진다는 것을 병신처럼 두고 볼 수는 없다. 생각하면 쉽게 도장을 찍을 수 없었다. 처가에서도 교묘하게 줄타기를 한다는 것을 정계장은 알고 있다. 잊을 만하면 아내가 물려받을 재산의 규모에 대해 은근슬쩍 흘렸다.

공교롭게도 그 즈음에 현미를 만나게 되었다. 우리 다음부터는 섹스 파트너로 만나는 게 어때요? 서로에게 좋은 거래가 될 것 같은데. 이혼을 하고 오랫동안 혼자 살았던 때문일까. 아니면 단순히 보험을 계약해준 것에 대한 답례 차원의 생각일까. 그녀는 예상과 달리 너무도 쉽게 몸을 열었다. 아니 몸을 열기 위해 준비를 하고 있었다. 정 계장은 그렇게 빨리 그녀와 섹스를 하게 되리라고는 생각하지 못했다. 그녀는 이혼한 남편의 사기 사건에 연루돼 조사를 받았고 때마침 정 계장이 그 사건을 맡았었다. 전 남편이 그녀 명의로 사업을 하다 부도를 내고 잠적하는 바람에 사기공범으로 고소를 당한 거였다. 수사관님 저 이혼녀에요. 조사를 하기에 앞서 인적사항을 묻는 말에 그녀가 불쑥 내던진 말이었다. 예상치 못한 대답에 정 계장은 어안이 벙벙했다. 굳이 이혼녀라는 말을 할 필요가 있을까 싶었다. 정 계장은 자판을 두드리다 말고 언젠가 그녀와 섹스를 하게 될지 모른다는 생각이 들었다.

예상보다 기회는 빨리 찾아왔다. 그날 조사는 퇴근 시간이 임박해서야 끝이 났다. 정 계장은 그녀를 돌려보내고 서랍 속에서 포르노 씨디를 꺼내 양복 안주머니에 넣고 밖으로 나왔다. 집으로 돌아오면 서재에 처박혀 낯선 남녀가 벌이는 성행위를 보는 것이 유일한 낙이었다. 그것은 방과 후 하나의 일과가 되다시피 했다. 게임에 중독되는 것보다 야한 동영상을 즐기는 편이 훨씬 나았다. 길어야 한 시간 남짓하지만 감동은 열 배 스무 배가 넘었다. 낯선 타인들의 섹스를 보는 건 한두 첩 보약을 먹는 것에 비할 바가 아니었다. 저절로 피가 돌고 성욕이 부풀어 올랐다. 조사실에서 나와 일층 민원실을 나서는데 접수창구에 있는 담당직원 최가 씽긋 미소를 날렸다. 그와는 좋은 시디가 있으면 언제든 서로 돌려보는 사이였다. 정 계장이 시디를 건네자 최는 다른 씨디를 양복 주머니에 찔러주었다.

정 계장은 휘파람을 불며 청사 밖을 나왔다. 어느새 무료하고 쓸쓸한 어둠이 내려와 있었다. 법률회관 건물을 지나 인도로 걸어가는데 누군가 부르는 소리가 들렸다. 조금 귀에 익숙한 목소리였다. 밤거리에서 들려오는 낯선 여자의 코맹맹이소리는 순간적으로 많은 것을 생각하게 했다. 자세히 보니 조금 전에 조사를 받았던, 자신을 당당하게 이혼녀라고 말하던 정현미였다. 이렇게 만난 것도 인연인데 저 술 한잔 사주실래요? 그녀는 정 계장 곁으로 다가와서는 다짜고짜 팔짱을 꼈다. 당돌함이 지나친 것인지 꽃뱀의 본능을 너무도 쉽게 드러내는 것인지 분간하기 어려웠다. 정 계장은 누가 볼까 두려워 서둘러 팔을 뿌리쳤다. 그러나 그녀는 이내 정 계장의 팔을 다시 붙잡았다. 정 계장의 머릿속으로 이래서는 안 된다는 생각과 이런다고 뭐 큰일이라도 나겠나 싶은 생각이 교묘하게 스쳤다. 단호하게 거절을 하지 못하고 쭈뼛거리자 그녀가 한쪽 눈을 깜박이며 서비스 잘 해 줄게, 라고 은밀하게 속삭였다. 정 계장은 갑자기 다리가 풀리는 느낌이었다. 집에서 휠체어에 앉아 자신이 퇴근하기만을 기다리고 있을 아내의 얼굴이 떠올랐다 사라졌다. 정 계장은 이게 꿈인가 생시인가 싶어 자신의 볼을 살짝 꼬집었다. 미끼를 던지지도 않았는데 알아서 고기가 걸려주다니. 그나마 이런 맛에 수사관을 하는지 몰랐다. 걸음을 옮기는데 가운데가 자꾸 바지춤에 슬려 팽팽히 부풀어 올랐다.

김진수의 표정에는 아무런 변화가 없다. 이전 조사 때와 달리 일말의 변화가 있다면 스킨십에 관한 부분이다. 그는 모텔에 들어간 이후의 일련의 행위에 대해서는 인정을 했다. 샤워를 하고 애무를 하고 키스까지는 했다는 거였다. 그러나 결코 강압적인 성관계는 하지 않았노라고 강력히 부인했다. 자신은 자위를 했을 뿐이지 결단코 성기 삽입은 하지 않았다는 것이다. 그는 삽입여부에 따라 구속 여부가 결정된다는 것과 나중에 고소인과 화해를 하게 되더라도 위자료 부분에 있어서도 적지 않은 차이가 난다는 사실을 이미 알고 있는 듯했다.

물론 조서에 드러난 고소인 장순영의 행적에 의심스러운 구석이 없는 것은 아니다. 처음 조서를 읽을 때 뭔가 석연치 않은 느낌이 들었었다. 장순영이 왜 혼자 나이트에 술을 마시러 갔으며 김진수의 친구 조영민과 섹스를 끝내자마자 바로 잠이 들었는가 하는 점이다. 그리고 설령 잠결이있을지언정 정말로 두 남자를 구별하지 못했을까 라는 것은 여전히 의문으로 남는다. 그러나 설령 장순영이 어떠한 의도가 있어 그런 상황을 연출했다 해도 현재로선 이를 뒷받침할 증거가 없다. 또한 그러한 의도를 문제 삼아 강간피해자를 처벌하기도 어려운 상황이다. 조서에 그와 같은 내용이 생략된 걸 보면 이전의 조사 과정에서 당시 장순영의 태도가 이렇다 할 변수가 되지 않았다는 것을 짐작케 한다. 더구나 장순영은 김진수의 친구 조영민에 대해서는 고소하지 않은 상태다. 적어도 그와는 화간이었다고 말한다. 함께 모텔에 들어간 것도 그와 잠을 잔 것도 모두 인정을 한다. 참고인 자격으로 조사를 받았던 조영민 또한 장순영과 같은 주장을 되풀이 하고 있다. 자신은 장순영과 한차례 섹스를 한 뒤 다음 날 부대복귀를 위해 서둘러 밖으로 나왔다는 것이다. 그리고 자신은 친구 김진수가 도착한 이후의 상황에 대해서는 정말이지 알지 못한다고 했다. 이처럼 참고인과 고소인은 일관된 진술을 한다. 여러 정황으로 보아 그날 김진수가 친구 조영민의 전화를 받고 모텔에 가 자고 있던 장순영을 범한 것은 사실로 추정된다.

갑자기 김진수가 눈을 감는다. 아마 마인드콘트롤를 하려는 모양이다. 생각보다 주도면밀한 사람인 것 같다. 경험상 이런 부류의 피의자를 어떻게 다루어야 하는지 정계장은 알고 있다. 이런 치들은 가급적 사건과 관련된 질문보다 부수적 질문을 던지는 게 좋다. 미끼를 던져 스스로 통제력을 상실하게끔 유도를 해야 한다. 물론 머리 회전이 빠른 피의자들은 아예 묵비권을 행사하기도 한다. 그들은 어떤 질문이 자신에게 유리하고 불리한지 정확하게 알고 있다. 이런 부류는 대체로 사기 사건에 연루된 경우가 많다. 친지나 친구에게 돈을 빌리고는 하나같이 채무 사실 자체를 부인한다. 그나마 일말의 양심이 있는 치들은 채무 사실 자체는 인정하더라도 당장은 돈이 없어 못 갚는다며 발뺌을 해버린다. 수중에 돈이 없어 나중에 갚겠다면 어쩔 도리가 없다. 정 계장은 이런 피의자를 조사할 때면 차라리 동물을 대상으로 임상 실험을 하는 편이 나을 거라는 생각이 들 때가 있다. 동물은 한두 가지 변수를 제외하고는 주어진 환경과 자극에 일정한 반응을 보이기 때문이다. 한 가지 또 있다. 동영상에서 전개되는 스토리도 유사한 패턴을 지니고 있다. 다음엔 동물이 불붙는 장면을 구운 씨디를 보면 어떨까 싶은 생각이 든다.

"그 날 날씨가 어땠나요?"

"생각이 나지 않습니다."

"나이트클럽엘 간 특별한 이유가 있나요?"

"친구가 휴가를 나와서 회포를 풀려고 갔습니다."

"장순영이라는 여자는 그곳에서 처음 봤지요?"

"예."

"소위 말하는 부킹이라는 걸 한 거네요?"

"그 여자가 먼저 우리 쪽에 와서는 힙석을 해도 되냐고 물었습니다. 내 친구의 인상이 좋아 보인다면서요."

답변을 하는 김진수의 얼굴엔 조금의 변화도 없다. 호흡 또한 바람에 일렁이는 호수의 잔물결처럼 규칙적이다. 폐쇄회로 카메라에도 김진수의 밋밋한 표정이 그대로 찍힐 것이다. 정 계장은 그가 교묘하게 얼굴 음영을 조절하고 있다는 것을 안다. 김진수는 꽤나 주도면밀한 포커페이스임은 틀림없다. 그는 사건 당일의 행적은 인정하되 정작 성폭행 사실에 대해서는 완강하게 부인하고 있다.

그렇다면 누가 거짓말을 하는 것일까. 정황상 장순영이 피해자라는 사실은 명백한데 말이다. 한 가지 의문은 그녀가 조영민과의 섹스는 전혀 문제 삼지 않고 있다는 점이다. 처음 만난 남녀가 서로 호감이 있어 소위 원나잇을 했다는 데 뭐가 문제냐는 입장이다. 그렇지만 김진수와의 성관계는 전혀 동의한 바 없으니 자신은 명백하게 강간을 당했다는 것이다. 더욱이 잠결이었던 터라 자신은 조영민이 다시 한 번 몸속으로 들어오는 줄로 알았다는 거였다.

정말이지 이젠 허리 아래 송사 문제는 신물이 난다. 더욱이 모 여자 탤런트가 간통혐의로 피소된 후 남성 위주의 간통 문제에 대해 시대착오적이라는 여론마저 일고 있는 상황이다. 결혼한 지 10년이 넘도록 남편과 거의 관계를 맺지 않았는데 누가 그 탤런트에게 돌을 던질 수 있겠냐는 거였다. 여자도 남자와 똑같이 본능이 있고 남편을 거부할 수 있다는 인식이 퍼져가고 있는 마당에 말이다. 불현듯 정계장의 머릿속에 오래전의 풍경이 선명하게 떠오른다. 눈꺼풀이 가볍게 떨린다. 냉정을 유지하려 애쓰지만 현기증이 나는지 자꾸만 어지럽다.

선잠을 깬 사내아이가 감나무 아래에서 울고 있다. 뒤밥처럼 새하얀 감꽃이 허공을 수놓던 날이었다. 아이의 손에 한 줌 가득 흰 감꽃이 쥐어져 있다. 바람이 불 때마다 감꽃이 후두둑 떨어졌다. 아버지와 심하게 싸우고 집을 나간 어머니는 일주일이 넘도록 돌아오지 않았다. 택시기사였던 아버지에게 다른 여자가 생긴 탓이었다. 처음에 아버지는 극구 부인했다. 택시 승객일 뿐 여자와는 아무런 사이가 아니라고 강변했다. 어머니는 아버지의 몸에서 나는 냄새로 여자가 있다는 사실을 알아챘다. 어머니가 집을 나간 후 아이는 밤이면 거리를 배회하는 도둑고양이의 귀기스러운 울음소리를 들으며 잠들어야 했다. 냄새나는 밥, 메마른 반찬, 온기 없는 방은 어머니의 부재를 드러내는 증거물이었다. 아버지는 점점 술과 도박에 빠져들었다. 낯선 여자가 집에 오는 날이면 아버지는 이유 없이 매를 때렸다. 아이의 등판은 굵고 깊은 금들이 늘어가기 시작했다. 아버지의 여자들은 수시로 바뀌었다. 아이는 이 모든 상황이 어머니의 가출 때문이라고 생각했다. 새하얀 감꽃이 눈꽃처럼 흩날리던 밤 아이는 마침내 집을 나오고야 말았다. 아버지가 없는 세상으로 떠나고 싶었다. 아니 어머니에 대한 기억도 완전히 지워버리고 싶었나.

정계장은 자신도 모르게 세차게 도리질를 한다. 감시카메라에 비친 자신은 어쩌면 권태와 섹스에 찌든 비루한 사내의 모습일 것이다. 눈앞의 김진수가 호기심에 찬 눈빛으로 쳐다본다. 정계장은 그의 얼굴에서 자신을 발견한 것처럼 당혹스럽다. 김진수는 콧구멍에서 삐져나온 몇 가닥의 솜털로 인중 언저리가 거뭇하다. 전체적인 생김새가 적잖이 여자를 밝힐 상이다.

혹여 돈 문제가 개입되어 있는 것은 아닐까. 불현듯 정 계장의 머릿속에 일말의 의문이 든다. 며칠 전 법원에서 영장을 발부 받아 실시한 세 사람의 계좌조회 결과를 다시 훑어본다. 조영민은 이미 입대하기 전에 거액의 신용불량자로 등록이 돼 있고 장순영 역시도 몇 개의 금융기관에 상당한 금액이 연체중이다. 그런데 예상과 달리 김진수는 금전관계에 있어서는 이렇다 할 문제는 없어 보인다. 달라진게 있다면 요즘들어 휴대폰 대리점 운영이 잘 안 되는지 점포를 내놓았다는 점이었다.

여러 상황을 종합해 보건대 김진수가 성폭행을 했다는 심증이 거의 굳어지고 있다. 무엇보다 수거한 콘돔에서 검출된 그의 정액이 이를 뒷받침하지 않는가. 이 증거 하나만으로도 김진수는 유죄 판결을 받을 가능성이 높다. 그러나 워낙 성기삽입에 대해서 완강하게 부인을 하기 때문에 거짓말 탐지 실험을 의뢰해야 할 것 같다. 정 계장은 뻔히 보이는 결과를 두고 벌이는 진실 게임이 흡사 한편의 조악한 코미디를 보는 듯하다. 되레 자신이 김진수로부터 거짓말 탐지 실험을 받고 있다는 느낌이 드는 것이다. 정 계장은 잠시 김진수의 얼굴을 외면한다. 그의 얼굴에는 당신이 이즈음에 아내 몰래 다른 여자와 정사를 나누고 있다는 사실을 알고 있다는 투의 표정이 어려 있다. 정 계장은 빠르게 고개를 흔든다. 생각해보니 아내도 매일처럼 한밤중에야 들어오는 자신의 모습에서 뭔가 심상찮은 변화를 감지했을지 몰랐다. 남편이 바람을 피운다는 심증은 있는데 확실한 물증을 잡지 못한 아내는 괜스레 파출부 할머니에게 화를 내는 것으로 분을 삭이는 눈치였다. 할머니가 자신을 대신해 남편의 양복과 넥타이를 챙겨주는 것이 일상이 되었는데도 요즘 들어 부쩍 꼬투리를 잡았다. 할머니는 그런 아내의 히스테리를 담담히 받아들이는 눈치였다. 여자로서의 생명이 끝나버린 아내에 대한 연민보다 파출부 일을 계속해야 하는 처지 때문일 터였다.

확실히 아내는 예전처럼 하루 종일 휠체어에 앉아 자신이 돌아오기만을 기다리는 어리석은 일은 하지 않았다. 퇴근하는 정 계장의 머리부터 발끝까지 빠르게 훑어보는 눈빛은 흡사 고성능 줌 카메라 렌즈를 떠올리게 하기 충분했다. 행여 옷에서 뭔가 단서를 잡을 게 있는지 모른다고 생각했는지 의식적으로 코를 킁킁거렸다. 정 계장은 오죽 답답하면 그럴까 싶어 처음엔 그러려니 하고 대수롭지 않게 넘겼다. 물론 아내가 코를 벌름거릴 때마다 정 계장 또한 반복해서 날숨을 쉬어야 했다. 아내에게서는 언제나 희미한 구린내가 났다. 일하는 할머니가 매일 목욕을 시켜주지만 한번 몸에 밴 냄새는 쉽사리 가시지 않았다.

정 계장은 반사적으로 고개를 젓는다. 순간 달아오른 정현미의 풍만한 가슴이 실루엣처럼 어른거린다. 그녀의 뜨거운 몸속으로 들어가고 싶다. 그녀는 정계장이 이상적으로 찾던 최고의 섹스파트너였다. 미모를 갖춘 삼십대 후반의 이혼녀. 어린 여자들은 조금만 잘해주면 미래를 생각하려 들고 가정이 있는 여자는 아무리 이편에서 조심을 해도 늘 불안했다. 그에 비하면 현미는 뒤탈을 신경 쓰지 않아도 될 뿐 아니라 농밀한 섹스 경험까지 갖춘 꽤 쓸 만한 명기였다.

정 계장님, 이참에 부인과 이혼하고 저랑 살지 않을래요? 지난 주말 정 계장은 야간당직을 선다는 핑계로 저녁에 현미를 만났다. 그녀는 자꾸 고객들이 보험 가입을 미끼로 성관계를 요구한다며 심각한 표정으로 말했다. 그 전에는 실적 때문에 별 수 없이 그 방법을 썼지만 지금은 아니라는 거였다. 지금은 정 계장 당신을 사랑한다고 했다. 그녀의 눈가에 이슬이 맺혔다. 정 계장은 난데없는 그녀의 고백에 자신도 모르게 화가 치밀었다. 그녀와 결혼하고 싶지도 않지만 그렇다고 그녀가 다른 남자와 섹스 하는 것을 모른 체 할 수도 없었다. 적어도 그녀의 허리 아래는 자신에게 권리가 있다고 생각했다. 그러면서 엔조이를 벗어난 그 이상을 생각하는 그녀에게 일말의 배신감마저 느껴졌다.

정 계장은 연신 술을 마셨다. 비정상적인 관계일수록 상대에게 더 집착한다는 말은 자신에게도 예외는 아닌 것 같았다. 부인과는 잠자리도 못한다고 했잖아요. 정 계장님 그냥 나랑 살아요. 알몸의 그녀가 기다리기라도 한 것처럼 두 다리로 그의 몸을 꼰 채 속삭였다. 그녀의 말이 날선 비수처럼 정 계장의 귓속으로 흘러들었다. 감히 살림을 합치자는 말을 하네…. 만약 거절을 하면 그녀는 몸을 돌릴 게 뻔했다. 그래, 아내와 헤어질

게. 절정이 임박해진 상황에서 정 계장은 그녀의 말을 거절할 수 없었다. 그러나 속으로 결코 아내와 헤어지는 일은 없을 거라고 되뇌었다. 적어도 아내가 스스로 결별을 요구하기 전까지는 무늬일망정 부부관계를 유지해야 했다. 이제 와서 모든 것을 포기할 수는 없었다. 정말이지 다 된 밥에 재를 뿌릴 수는 없었다. 확실한 답을 주지 않으면 더 이상 내 몸 안으로 들어오지 말아요. 정현미의 단호한 듯 은밀한 속삭임은 고문에 가까웠다. 사정이 임박한 순간에 거부하기 어려운 거래를 강요했다. 그래. 알았어, 당장 아내와 헤어질게. 내가 사랑하는 사람은 정현미 당신뿐이야. 그녀가 몸을 빼려는 순간 정 계장은 허랑한 약속을 기어이 내뱉고 말았다. 전류에 감전된 듯한 짜릿한 쾌감이 온몸을 훑고 지나갔다. 정 계장은 샤워를 하면서 더 이상 현미를 만나서는 안 되겠다는 생각을 했다. 본색을 드러낸다는 것은 본격적으로 거래를 하겠다는 의미였다.

또다시 김진수가 지그시 눈을 감는다. 무슨 생각을 하려는 것일까. 분명 심리적으로 갈등하고 있다는 건데…. 정 계장은 그가 그만 자백을 하고 고소인과 화해를 하는 편이 좋을 것 같다는 말을 하려다 입을 다문다. 눈을 뜨고 자신을 쳐다보는 눈빛이 여전히 차갑고 날카롭다. 그러면 그렇지. 지금까지의 김진수 자세로 보아 포기할 리가 만무했다. 순순히 혐의를 인정한다 해도 피해자가 고소를 취하한다는 보장도 없고 김진수

입장에서도 위자료 문제가 걸려 있어 이러지도 저러지도 못하는 상황일 터였다. 그럼에도 김진수는 여전히 긴장의 끈을 놓지 않고 있다. 집중력이 떨어지면 자신이 지게 된다는 걸 본능적으로 알고 있는 것이다.

"애무를 했나요?"

"예."

"장순영이 반항을 했습니까?"

"아니오."

"성기 삽입을 했습니까?"

"아니오."

"장순영이 보는 앞에서 자위행위를 했습니까?"

"아니오."

"콘돔은 친구 조영민이 준 게 맞나요?"

"아니오."

"그날 여관에서 잠을 잤나요?"

"아니오."

김진수는 애무와 관련된 질문 외에는 모두 "아니오"라고 대답했다. 그는 자신의 무죄를 확신하고 있었다. 아니 무죄를 만들어가고 있었다. 녀석은 틀림없이 실전에 대비한 모의 조사를 받은 듯했다. 난감하다. 김진수의 대답에서 조금도 거짓의 단서를 찾을 수 없으니 말이다. 정 계장은 온몸에서 힘이 빠져나가는 것처럼 허탈했다. 이럴 때 피의자의 마음을 찍어낼 수 있는 영상 판독기가 있었으면 얼마나 좋을까 싶다. 아무래도 거짓말탐지기실에 의뢰를 해 질문지 답변에 대한 진실성 여부를 가려야 할 것 같다.

도대체 무엇을 믿어야 하는가. 고소인 장순영과 참고인 조영민은 일관된 진술을 하고 피의자 또한 나름대로 알리바이를 대고 있다. 조사를 하면 할수록 피의자는 혐의를 벗어나고 있는 상황이다. 그렇다면 당시의 정황과 정액이 묻은 콘돔의 진실은 무엇인가. 한편으로 정 계장은 강간이라면 어떻게 콘돔까지 착용할 시간적, 심적 여유가 있었을까 싶은 의문이 든다. 또한 김진수의 말대로 콘돔에 묻은 정액이 자위에 의한 것일 수도 있겠다 싶다. 남자들 중에는 의외로 성적 취향이 유별난 이들이 있지 않은가. 직접적인 성관계보다 자위를 더 선호하는 이들도 있다. 김진수가 끝까지 범행을 부인한다면 현재로선 무죄판결이 나올 확률이 높다. 그렇디면 실적을 위해 짜 맞추기 수사를 했다는 비난을 면하기 어려울 것이다.

혹여 고소인과 참고인 쪽에서 위증을 하고 있는지도 모르겠다. 그러나 참고인 조영민은 전방에서 군복무 중인 현역 군인이다. 그가 합의하에 성관계를 가진 마당에 무엇이 아쉬워 위증을 하겠는가 싶다. 설령 위증을 한다 한들 이편에서 밝혀내는 것도 쉽지 않다. 그렇다고 장순영을 의심하자니 돌아가는 상황이 녹록치 않다. 그녀는 피해자 조사를 받으면서 성적수치심을 느꼈다며 인권위에 진정까지 넣은 상태다. 여성 관련

단체에서도 여차하면 공권력에 의한 인격살인이라며 들고 일어날 기세다. 다시 장순영을 부르는 건 정말이지 신중을 기해야 한다. 그녀가 온전히 김진수의 처벌만을 원하는 것인지 아니면 화해 여지는 있는 것인지 현재로선 단언하기 어렵다. 수사 초기 그녀는 그쪽에서 잘못을 인정하고 진심으로 사과하면 받아들일 용의가 있다고 했다. 가장 좋은 해결책은 장순영이 원하는 대로 김진수가 강간을 인정하고 화해를 하는 것이다. 문제는 위자료가 어느 선에서 정해지냐는 것인데 김진수의 경제적 상황으로 보아 합의가 원만히 이루어질 수 있을지 의문이다.

아내가 외도를 눈치 채기 시작한 건 정 계장이 일반 검사실로 발령을 받은 뒤부터다. 정확히 말하면 정현미가 신경초를 준 날부터였을 것이다. 그녀는 관능적이고 대담했다. 그녀에게는 살아 움직이는 무언가가 있었다. 그날 이후 정계장은 하루도 거르지 않고 정현미를 만났다. 신경초를 어루만지듯 그녀의 몸을 탐했다. 그녀를 만지면 모든 세포가 살아나는 것처럼 정계장은 존재의 의미를 느낀다. 모종의 거래가 이루어지기 전까지는 만남에 아무런 방해가 없었다. 섹스의 욕망은 생각보다 무서웠다. 의지나 체념으로 다스려질 성질의 것이 아니었다. 그녀 또한 언제쯤 아내와 이혼할 것인지에 대해서도 묻지 않았다. 정계장은 그녀가 이혼과 관련한 애기는 다 잊어

196

버린 모양이라고 생각했다. 정계장은 일말의 걱정이 모두 사라진 것 같아 홀가분했다. 정계장은 신혼 때처럼 아내를 가볍게 포옹해주기도 했고 파출부 할머니에게는 새롭게 시작한 아들의 통신사업에 대해 이것저것 묻기도 했다. 두 사람에게 필요 이상의 관심을 보였던 건 지난 몇 달간의 행적이 들통 날까 두려웠기 때문일 것이다.

그러나 거짓말이 탄로 나는 데는 그리 많은 시간이 걸리지 않았다. 지난 며칠 사이에 미세한 변화가 있었다. 정계장은 그것을 감으로 느낄 수 있었다. 변화란 눈에 보이는 것 이상의 의미를 담고 있는 법이다. 정계장은 퇴근하기 무섭게 집으로 직행했다. 아내는 잔뜩 술에 취해 있었다. 평소에는 건강 문제로 술은 입에도 대지 않던 아내라 그 모습이 적잖이 생경했다. 술 냄새 때문인지 아내에게서는 더 이상 역겨운 냄새는 나지 않았다. 눈자위가 붉게 충혈 된 눈은 의심을 가득 담고 있었다. 무언가를 확신하는 눈빛이었다. 아내의 마비 증상은 의심과 비례했다. 몸이 굳어갈수록 아내는 사소한 일에도 예민하게 반응하고 집착했다. 파출부 할머니는 정계장 보기가 민망했던지 주방 쪽으로 가버린다. 불빛에 드러난 할머니의 얼굴은 온통 검버섯에 가려 있다. 며칠 사이에 부쩍 늙어버린 얼굴이다. 아들이 하는 통신사업이 힘든 모양이다.

"누구랑 있다가 이제 오는 거야?"

아내가 내처 물었다. 바싹 오른 분노를 억지로 다스리고 있는 게 느껴졌다. 째려보는 눈빛엔 금방이라도 휠체어에서 일어나 이편으로 달려들 것 같은 증오가 깃들어 있었다.

"운동하다 왔어."

정계장은 태연히 말했다. 아내의 입술에 조롱의 미소가 감긴다. 이럴 때 도피중인 기소중지자를 검거하기 위해 잠복근무하다 늦었다, 피의자를 조사하느라 늦었다 등등의 말은 오히려 의심만 더 키울 뿐이다. 아내의 다리 아래로 오줌줄기가 흘러내린다. 신경이 손상된 탓에 질축소수술을 해도 별 수 없는 모양이다. 물줄기가 거실바닥에 흥건히 밴다.

"당신 여자 생긴 것 다 알아."

아내의 얼굴에 뭔가 비밀을 알아낸 사람 특유의 회심의 미소가 어린다. 핏기 잃은 입술이 가늘게 떨렸다. 어느새 지린내가 진동한다. 웬일로 기저귀를 차지 않았을까. 아내는 아예 치부를 드러내기로 작정한 모양이다. 필경 심상찮은 변화가 있다는 반증일 게다.

아내가 품속에서 어두운 갈색 톤의 만년필을 꺼낸다. 발기한 성기처럼 매끄럽고 단단해 보인다. 정 계장은 가슴 한켠이 철렁 내려앉는다. 그것은 만년필 모양의 소형 녹음기였다. 정계장이 지금껏 수사관으로 근무하면서 현장 물증을 확보하기 위해 사용했던 것과 같은 기종이다. 아내의 눈빛에서 특유의 냉정함이 읽혀진다. 아내가 떨리는 손으로 버튼을 누른다.

그래. 알았어, 당장 아내와 헤어질게. 내가 사랑하는 사람은 당신뿐이야.

　며칠 전 모텔에서 현미와 나누던 이야기가 재생된다. 마치 모든 것이 만년필 속에 내장되어 있다가 까만색 잉크가 되어 술술 흘러나오는 것 같다. 아내가 무섭다. 아내의 집요함과 집착이 두렵다. 주방에 있던 파출부 할머니가 이내 자리를 피한다. 그녀의 표정은 모든 것을 알고 있다는 투다. 모든 것이 거짓말투성이다. 사랑은 없다. 단지 다른 감정의 형태로 존재할 뿐이다.

　공익요원에게 피의자 김진수를 인계하고 정 계장은 밖으로 나와 담배를 하나 빼문다. 공기가 몹시 후덥지근하다. 거짓말을 상대로 싸워야 하는 수사관이라는 직책이 너무나 버겁다. 심장의 두근거리는 소리가 들린다. 정 계장의 머릿속에 만년필에서 흘러나오던 자신의 말이 반복해서 들려온다. 환칭치고는 가혹한 고문이다. 아내는 통신사업을 한다는 파출부 할머니의 아들에게 녹음을 의뢰했는지 모른다. 매일 아침 파출부 할머니가 자신의 양복을 챙겨주었던 것은 기실 녹음을 하기 위한 일련의 작업이었을 것이다. 요즘 들어 사업이 안 풀려 부도 위기에 있다는 할머니의 아들은 아내의 제의를 쉽사리 뿌리치지 못했을지 모른다.

　아직 퇴근을 하려면 시간 반이 넘게 남아 있다. 지능적인 피의자와 한바탕 씨름을 하고 나면 세상이 온통 허위와 가짜에 포위되어 있다는 생각이 든다. 정 계장은 어디 사우나에라도 가 뜨거운 물에 몸을 흠뻑 담그고 싶다. 아니 현미의 품에 안겨 질펀한 정사를 치르고 싶다. 인기척이 없는 좁고 기다란 복도를 훑어본다. 사람들은 거짓말을 하기 위해 이곳으로 왔다가 거짓말을 하기 위해 밖으로 나간다. 금지된 사랑을 한 대가로 왔다가 다시 금지된 사랑을 하기 위해 나간다.

아내는 오전에 전화를 걸어와서는 내일 이혼서류를 접수하겠다며 서둘러 위자료나 준비하라고 통보하듯 말했다. 그러면서 자신을 사랑하지 않는 것보다 거짓말을 한 게 더 나쁘다고 했다. 미워지면 잠시 떨어져 있어도 되고 사랑이 없으면 그동안 살아온 정으로 살면 되는데 거짓말은 결코 용서할 수 없다는 거였다. 정계장은 허탈한 웃음이 나왔다. 어쩌면 자신도 이곳을 드나들었던 다른 피의자들과 별반 다르지 않다는 생각이 든다. 현미를 만나면서 아내에 대한 일말의 죄책감이 없었던 건 아니지만 그것은 어쩔 수 없이 아내가 감당해야 할 짐 같은 것이라고 여겼을 뿐이다. 그리고 자신은 현미의 몸을 사랑했지 마음까지 사랑한 적은 없었다. 언젠가 정현미가 그런 말을 했다. 여자는 사랑할 대상이 아니라 기억하고 경계해야 할 대상이라고.

처음 어머니는 아버지에게 사실을 이야기해달라고 애원했다. 어머니의 마지막 바람은 아버지의 진실이었다. 아버지는 이 세상에 진실은 없다고 믿는 쪽이었다. 꽉 막힌 상자 같은 집에서 한 여자만 사랑하고 사는 건 고문이라고 했다. 그저 당신은 평생 연애만 하며 세상을 떠도는 게 꿈이라고 했다. 택시 운전을 하게 된 건 전적으로 그 때문이라는 것이다.

갑자기 휴대폰에 메시지가 왔다는 신호음이 울린다. 요즘 들어 퇴근 무렵이면 늘 현미로부터 문자가 오는데, 아마 저녁에 만나자는 내용일 것이다. 정 계장은 액정 아래에 있는 확인 버튼을 누른다. 예상과 달리 메시지 한 개와 또 다른 영상 한 개가 도착해 있다. 서둘러 엽서 모양의 버튼을 누른다. 자기야, 보고 싶어… 정말 아내하고 이혼할 거지? 만약 약속을 지키지 않으면 혼인빙자로 고소할 거야. 현미가 보낸 문자다. 문자 마지막에 붉은 색의 하트와 날카로운 가위 문양이 부착되어 있다. 만약 아내와 이혼하지 않으면 성기를 잘라버리겠다는 뜻인가. 협박인지 농담인지 알 수 없다. 설마 모텔에서 했던 말을 그녀가 곧이곧대로 믿는 건 아니겠지. 그녀도 보험이 인생을 모두 책임져주지 않는다는 것을 누구보다 알고 있지 않는가. 사랑은 무슨 놈의 얼어 죽을 사랑. 정 계장은 무슨 개소리 하냐며 답장을 보내려다 그만 둔다. 뭔가 께름칙한 느낌을 지울 수 없다.

영상 메일의 확인버튼을 누른다. 발신번호가 낯설다. 누가 보낸 걸까. 휴대폰에 내장된 디지털 카메라로 촬영을 한 것 같다. 화면에 난데없이 발가벗은 남녀가 섹스를 하는 동영상이 펼쳐진다. 두 사람은 깊숙이 얽혀 있다. 절정에 다다른 듯 여

자의 신음소리는 거의 울음에 가깝다. 남자의 움직임에 따라
원형의 침대가 잔물결처럼 들썩인다. "아니, 저 사람들은….."
정 계장은 뭔가 둔탁한 흉기로 머리를 얻어맞은 느낌이다. 화
면 속의 두 사람은 김진수와 장순영이 분명했다. 그들은 사랑
을 증명하기라도 하듯 열렬히 서로의 속살을 탐했다. 한 마디
로 두 사람의 섹스는 탐닉에 가까웠다.

　정 계장은 갈피를 잡을 수 없다. 머리가 고무처럼 물렁물렁
해진 느낌이다. 누가 그리고 어떤 목적으로 동영상을 보냈을
까. 화면으로 볼 때 김진수와 장순영의 성행위는 명백히 화간
이라고 단정 지을 수밖에 없다. 그들의 정사는 격렬하고 도발
적이다. 마지막에 김진수가 성기에서 콘돔을 빼 휴지통에 버
리는 장면도 보인다. 정 계장은 점점 끝 간 데 없는 미궁 속으
로 빠져드는 기분이다. 의심해볼 사람은 김진수의 친구 조영
민이다. 그 외에는 촬영을 할 사람이 없다. 모텔 측에서 의도
적으로 찍었을 수도 있지만 요즘 들어선 그런 일은 거의 일어
나지 않는다. 자칫 영업취소와 구속이라는 대가를 치를 테니
말이다. 만에 하나 범인이 조영민이라면 그는 왜 그 같은 장면
을 촬영했을까. 설마하니 휴가를 나온 자신을 위해 여자까지
양보한 친구를 배신했을까 싶다. 더구나 두 사람은 초등학교
단짝 친구로 이십 년 가까운 우정을 이어오고 있었다. 혹여 돈
이 궁한 나머지 장순영과 짜고 김진수로부터 합의금을 받아내
기 위해 이 같은 일을 계획했을 수도 있다. 이도 저도 아니면

장순영이 배신을 하고 잠적을 하자 홧김에 진실을 밝히기 위해 동영상을 전송했을 수도 있다.

정 계장은 한동안 자리에서 일어나지 못한다. 해는 설핏 기울어 창문으로 기다란 그림자를 드리우고 있다. 반쯤 그늘에 가린 신경초가 보인다. 잔털과 가시 사이로 꽃잎을 드리운 신경초가 정계장을 향해 수줍게 미소를 짓고 있다. 며칠간 관심을 주었더니 이젠 작은 손길에도 섬세하게 반응을 한다. 고독한 습성을 지녔지만 그러나 결백하리만큼 순수함을 지닌 식물. 정계장은 두 손으로 신경초를 어르듯 만져주고는 밖으로 나온다. 신경초의 촉감이 미련처럼 손바닥에 남아 있다.

관계자 외 출입금지라는 조사실 경고문이 오늘따라 유독 선명해 보인다. 반대편으로 거짓말탐지기실이 보인다. 청사 맨 위층에 자리한 이곳은 철저하게 출입이 통제돼 있어 같은 청사에 근무해도 들르지 않은 직원이 의외로 많다. 아마 탐지기, 모니터, 감시카메라가 작동하고 있어 일거수일투족이 감시당하고 있다는 느낌 때문일 것이다.

정 계장은 잠금 장치를 확인하고는 복도 저편으로 고개를 돌린다. 오후의 나른한 공기에 새 건물 특유의 시큼한 냄새가 섞여 풍긴다. 막 어둠이 고이기 시작하는 창으로 핏빛의 햇살이 스며든다. 복도는 기다랗게 이어진 네모난 관을 떠올리게 한다. 금방이라도 저편에서 누군가 낭하를 울리며 잰걸음으로 다가올 것 같다. 정 계장은 자신도 모르게 허공을 향해 손을

휘젓는다. 언제쯤 이 진공관과도 같은 답답한 공간에서 벗어
날 수 있을까. 지금쯤 아내는 대리인을 통해 이혼 서류를 작성
하고 있겠지. 그리고 현미는 보험 실적을 올리기 위해 어느 낯
선 남자의 품에 안겨 교묘하게 이혼을 권하고 있을지 모른다.
겉으로는 미소를 지으며 다정하게 사랑스런 손을 내밀지만 안
으론 거짓말이라는 거대한 그물을 드리운 채 상대가 걸려들기
를 기다리면서 말이다.

　하나둘씩 퇴근하는 직원들의 모습이 보인다. 일층 민원실에
는 뒤늦게 고소장을 접수하러 온 사람들이 서류에 무언가를
기입하고 있다. 담당직원이 정 계장을 보고는 잠깐 오라며 손
짓을 한다. 그는 장순영이라는 여자가 또 성폭행을 당했다고
고소장을 접수하고 갔다며 귓속말을 해준다. 사귀는 남자가
사랑한다는 이유로 자신을 감금하고 성폭행을 했다는 말을 흘
리더라는 것이다. 갑자기 정 계장은 걸음을 멈추고 양복 안주
머니에 손을 넣어본다. 다행히 아무 것도 잡히지 않는다. 정
계장은 안도의 한숨을 쉬고는 빠르게 출입문을 빠져나간다.

그리운 낙타

그리운 낙타

가도 가도 끝없는 사막이다. 보이는 것은 온통 모래뿐. 낙타의 입에서 연신 끈적끈적한 거품이 흘러나온다. 모래에 닿은 거품은 이내 젤리처럼 굳어버린다. 갑자기 광풍이 일기 시작한다. 하늘위로 노란 모래비가 흩날린다. 앞을 분간할 수 없을 만큼 시야가 흐려진다. 명일은 바짝 낙타의 고삐를 당긴다. 얼마나 더 가야 이 광활한 사막을 건너갈 수 있을까. 명일은 끝없이 펼쳐진 모래 언덕을 바라보며 자신도 모르게 한숨을 내쉰다. 갑자기 낙타가 무언가에 끌린 듯 밑도 끝도 없는 나락 속으로 빠져든다.

여보 그만 일어나요. 등 뒤로 아내의 목소리가 들린다. 명일은 잠결에 그만 레버에 머리를 찧고 만다. 그 서슬에 집게에 들려 있던 낙타인형이 바닥으로 떨어진다. 명일은 퍼뜩 정신이 든다. 인형뽑기 게임을 한다는 게 깜빡 졸았던 모양이다. 게임기에서 반사된 빛이 얼굴 위로 하얗게 쏟아진다. 명일은 습관적으로 눈을 찡그린다. 흐린 날씨 탓에 유난히 등이 쑤시고 결린다. 돌덩이가 얹혀 있는 것처럼 등허리가 무겁다.

여덟 시가 넘은 시간이다. 아내는 밖에 내어놓은 학용품을 문구점 안으로 들여놓는다. 여보, 딱 십 분만 줘. 응? 명일은 아내에게 사정조로 말한다. 아내가 힐끔 쳐다보더니 인형뽑기 게임기에 연결된 플러그를 뽑아 버린다. 특유의 감미로운 멜로디가 툭 끊긴다. 푸른빛의 유리관은 이내 어둠의 공간으로 변한다.

아내는 문구점 안으로 들어와 스케치북과 서류파일을 정리한다. 빠르고 정확한 손놀림이다. 뽀삐 녀석이 다가와 아내의 치맛자락을 물고 늘어진다. 녀석도 집으로 돌아가야 할 시간이라는 것을 아는 보양이다.

아내는 서둘러 문방구를 정리하고 셔터를 내린다. 아내의 입장을 이해하지 못하는 것은 아니지만 명일은 적잖이 서운하다. 오늘은 기필코 낙타인형을 꺼낼 수 있을 것 같은데…. 다 건져낸 낙타인형을 떨어뜨리고 만 게 못내 아쉽다. 빗방울이 손등 위로 툭 떨어진다. 밤사이 비가 내릴 거라던 일기예보가 떠오른다. 명일은 담배를 하나 꺼내 물고는 천천히 문구점 밖으로 나온다. 비도 오는데 어딜 가요? 감기 기운도 있으면서…. 아내가 걱정스러운 얼굴로 명일을 쳐다본다.

초등학교 운동장은 쥐죽은 듯 고요하다. 커다란 지구본과 평행을 잃어버린 시소가 어둠속에 정박해 있다. 어디선가 코흘리개 아이들의 해맑은 웃음소리가 들려온다. 본관 앞쪽에 위치한 시계탑의 야광이 눈에 들어온다. 푸르스름한 빛이 사뭇 차갑다. 명일은 한동안 시계탑에서 눈을 떼지 않는다. 이제 보니 그것은 흡사 인형뽑기 게임기를 껑충하니 세워놓은 모습이다. 감기약을 먹고 졸지만 않았다면 분명 낙타 인형을 꺼냈을 것이다. 명일의 눈앞에 놓쳐버린 낙타가 자꾸만 어른거린다. 어디선가 낙타 특유의 울음소리가 들려오는 것 같다.

명일은 초등학교 골목을 지나, 번영로라고 이름 붙여진 큰 도로로 향한다. 줄지어 늘어선 상가는 불경기를 반영하듯 절반 가까이 셔터가 내려져 있다. 곳곳에 부착된 임대문의, 폐업이라는 안내문은 도로명과 사뭇 어색한 대조를 이룬다. 이곳의 간판은 온통 번영이라는 길과 관련되어 있다. 번영 해장국, 번영 사진관, 번영 청과물 상회, 번영 편의점, 번영 치킨. 모든 상호가 번영으로 통한다. 다른 상호를 걸었다간 장사를 접어야 할 것 같은 분위기다. 명일은 셔터가 내려진 점포들을 바라보며 언제쯤 경기가 회복될지를 가늠해본다.

네거리의 신호등이 바뀌자 주행하던 차들이 일시에 정지한다. 붉은 후미등을 따라 늘어선 수십 대의 차들은 사막을 횡단하는 대상의 무리를 떠올리게 한다. 명일은 우두커니 서서, 거친 호흡을 뱉어내는 것 같은 크고 작은 낙타들을 바라본다. 번영로는 이내 모래바람이 부는 황량한 사막으로 바뀌어 버린다.

명일은 번영로 뒤편을 돌아 장미5길로 들어선다. 예전에 개발이 되기 전, 장미꽃이 많이 피었다 하여 붙여진 이름이다. 이곳은 흔히 말하는 유흥의 거리다. 왼쪽으로 어림잡아 십여 개의 모텔이 밀집해 있고 우측으로는 호텔식 주점이 줄지어 늘어서 있다. 주점을 끼고 돌면 24시간 편의점과 777인터넷월드가 나온다.

명일은 777인터넷월드 앞 입구에 놓인 인형뽑기 게임기를 바라본다. 박스 안에는 제법 많은 인형이 주인을 기다리고 있다. 낙타인형도 여전히 한쪽 구석에 박혀 있다. 다행이다. 사람들은 생김새도 그렇고 초원이나 숲도 아닌 메마른 사막에 사는 낙타를 별로 좋아하지 않는다.

명일은 동전을 교환하기 위해 인터넷월드 안으로 들어간다. 카운터에 앉아 있던 남자 종업원이 불쑥 일어선다. 스마트폰 모바일 게임을 하고 있었던 모양이다. 그는 서둘러 전원을 끄고는 마땅찮은 표정으로 명일을 쳐다본다. 안경을 치켜 올린 모습이 조금 신경질적으로 보인다. 뭔가 겁에 질린 표정 같기도 하다. 사실 그 남자와는 같은 연립 옆 라인에 살지만 그다지 살가운 사이가 아니다. 남자가 원체 말수가 없는 데다 낯을 가리기 때문이다. 명일이 인형뽑기 게임을 하기 위해 동전을 바꾸러 와도 그는 늘 무표정한 얼굴이다.

"음료수 두 개 하고 잔돈 좀 바꿔 주세요."

명일은 만 원짜리 한 장을 건넨다. 남자의 시선은 여전히 굳어 있다.

"여기요."

남자가 바구니에 동전을 담아 건넨다. 명일이 음료수 하나를 남자 앞으로 내민다. 조금 살갑게 대해달라는 의미다. 명일은 잔돈을 주머니에 넣고 돌아선다. 뒤통수가 따갑다. 아니 등허리가 무겁다. 남에게 뒤를 보일 때면 습관적으로 주눅이 든다. 명일은 카운터 맞은편 거울에 비치는 자신의 모습을 애써 외면한다. 커다란 바가지가 들어 있는 것처럼 볼록 튀어나온 등이 흉물스럽다. 오백 원짜리 동전 한줌이 사타구니 쪽으로 쏠린다. 묵직하면서도 서늘한 느낌이 싫지 않다. 명일은 부자가 된 기분이다. 음료수 뚜껑을 따서는 한입에 마시고는 쓰레기통에 넣는다. 알맹이가 씹히는 맛이 상큼하다. 명일은 등에 꽂히는 비수와 같은 시선을 느끼며 밖으로 나온다.

인형뽑기 게임기를 둘러싸고 대여섯 명의 사람이 몰려 있다. 사십대 중반으로 보이는 남자들이다. 다들 술을 걸친 듯 불쾌한 얼굴이다. 머리가 벗겨지고 광대뼈가 튀어나온 남자가 레버를 쥐고 있다. 양편에서 방향을 지시하는 목소리가 다투듯 흘러나온다. 술 냄새가 진동한다. 레버를 쥔 남자는 번번이 토끼인형을 떨어뜨린다. 탄성과 한숨이 교차한다. 제아무리 손 감각이 섬세한 사람도 술을 마시면 집중력이 떨어지기 마련이다. 인형뽑기 게임에서 음주는 곧 실패다. 일행은 번갈아가며 동전을 투입한다. 사각박스 안의 토끼는 계속해서 바닥으로 추락한다. 게임이 쉬이 끝날 것 같지 않다.

명일은 담배를 빼 물고는 번영로와 장미5길을 훑어본다. 골목 어디에도 번영의 징후는 보이지 않는다. 인근에 대형 쇼핑몰과 전자상가가 들어선 이후로 부근 상권은 눈에 띄게 죽어버렸다. 사람들 통행이 줄면서 거리는 을씨년스러워졌다. 불황에도 사행성 게임장만은 호황을 누린다.

이십대로 보이는 남녀가 문화산부인과 뒤편 비상구로 들어가는 모습이 보인다. 허락받지 못한 사랑을 나누기라도 한 걸까. 아니면 유산 징후라도 있는 것일까. 그들의 관계에 대해 명일은 이런 저런 상상을 해본다. 들리는 소문에 이곳은 낙태수술을 받기 위해 심야에 내원하는 미성년자들이 적지 않다고 한다. 모름지기 허락받지 못한 사랑은 끝이 뻔히 보이는 사행성 게임과 닮은 구식이 있다. 엔딩이 늘 파괴적이다. 명일은 담배를 하나 꺼내 문다. 연기가 꾸물꾸물 허공으로 흩어진다. 다시 빗방울이 한두 방울씩 떨어진다. 풀어헤쳐진 연기 너머로 오래 전에 들른 적이 있던 산부인과의 풍경이 떠오른다.

솔직히 자신이 없어. 명일 씨처럼 등이 굽은 아이가 나오지 말라는 보장이 없잖아. 미경은 자신도 아기를 낳고 싶지만 그럴 수 없는 마음을 이해해달라며 눈물을 글썽였다. 몇 번 말해야 알아듣겠니? 사고로 등이 굽은 거라니까. 정말 유전하고는 상관없어….

임신 사실을 안 미경이 불쑥 낙태수술을 하겠다는 말을 꺼
냈다. 난데없는 그녀의 말에 명일은 당황스러웠다. 미경은 명
일이 지금의 아내를 만나기 전 지하철 역사에서 매표업무를
보다 알게 된 여자였다. 연극배우 지망생이었던 그녀를 명일
은 열렬히 사랑했었다. 모든 것을 주어도 아깝지 않은 여자였
다. 다달이 나오는 월급은 죄다 그녀의 뒷바라지를 위해 쓰였
다. 그런 그녀가 아기를 지우겠다니 명일은 믿어지지 않았다.
아니 받아들일 수 없었다. 사랑의 열매인 아기만큼은 결코 포
기할 수 없다며 명일은 한사코 수술을 반대했다. 그러나 이미
굳어버린 그녀의 마음을 되돌릴 수는 없었다.

인형뽑기 게임기 앞에 있던 사람들이 서둘러 발걸음을 돌린
다. 하나같이 빈손이다. 게임은 손으로 하는 게 아니라 집중력
이 승부를 가른다. 명일은 게임기 내부를 찬찬히 훑어본다. 유
리벽 안에 수십 개의 동물인형이 뒤엉켜 있다. 사자, 호랑이,
표범, 하이에나, 그리고 한쪽 벽면에 박힌 낙타…. 동물인형은
그렇게 사람이 만들어놓은 인공의 밀림에서 다정하게 친구가
되어 있었다. 명일은 주머니에서 오백 원짜리 동전을 꺼내 투
입구에 넣는다. 동전이 기어에 걸리는 소리가 들려온다. "뚜르
르르르―뚜르르르르" 사각의 유리공간이 야광 빛으로 물든다.
소리는 흡사 전동차가 역 구내로 들어오기 직전 울려 퍼지는
경고음을 닮았다. 알 수 없는 암호 소리 같기도 하다.

맹수들 틈에 끼어있는 낙타의 혹이 유독 도드라져 보인다.

명일은 왼손으로 방향키를 당겨 낙타 쪽으로 집게를 이동시킨다. 레버는 좌우, 상하 딱 두 번만 작동할 수 있게 되어 있다. 목표물 근처로 집게를 이동시킨 다음 오른손으로 작동키를 누르면 된다. 그 순간 집게가 벌리면서 목표물을 움켜쥔다. 명일은 온 신경을 레버에 집중한다. 낙타의 등을 향해 서서히 집게가 벌려진다. 반쯤 딸려오던 낙타가 허랑하게 바닥으로 떨어지고 만다. 조금만 집게의 방향이 틀어져도 인형을 꺼낼 수가 없다. 장력을 잃어버리기 때문이다. 명일은 다시 동전을 투입한다. 은빛의 미세한 틈 속으로 동전은 소용돌이치듯 빨려 들어간다. 아늑하고 쓸쓸한 울림…. 갑자기 허리에 통증이 인다. 명일은 잠시 레버에서 손을 떼고는 등을 어루만진다. 커다란 혹이 만져진다. 바가지를 엎어 놓은 것 같은 볼륨감이 느껴진다.

삶이라는 테이프를 되감을 수 있다면 명일은 초등학교 졸업식 날로 돌아가고 싶다. 그럴 수만 있다면 아버지에게 전동차를 타게 해달라고 조르지 않았을 거였다. 아버지는 전동차를 운행하는 승무원이었다. 그날은 명일의 졸업식이 있는 날이었다. 명일은 선물 대신 전동차 운전석 옆 좌석에 태워달라고 졸랐다. 일 때문에 자주 놀아주지 못했던 아버지는 명일의 부탁을 거절하지 못했다.

지하에서 보는 세상은 지상의 그것과는 판이하게 달랐다. 그곳은 팽팽하고도 아름다운 불빛의 소묘가 펼쳐지는 공간이었다. 전동차가 교차할 때의 순간은 화려한 불꽃을 품은 뱀이 교미를 하기 위해 달려오는 모습을 떠올리게 했다. 전동차가 구내에 진입하는 순간이었다. 전동차와 승강장 사이가 넓어 내릴 때 주의를 요하는 역이었다. 아버지는 안내방송을 내보냈다. 아버지의 음성은 부드럽고 따뜻했다. 갑자기 전동차와 터널의 보도 사이로 무언가 떨어지는 것 같았다. 사람 같기도 했고 마네킹 같기도 했다. 명일의 머릿속으로 불길한 느낌이 스치고 지나갔다. 이어 사람들의 비명소리가 들렸다. 아버지는 뒤늦게 수동 브레이크를 잡았지만 속도를 제어하기에는 역부족이었다. 시간이 정지한 듯 정밀한 순간이 흘렀다. 한밤중 도로를 횡단하다 고양이가 자동차에 치일 때 전해지는 그런 미세한 떨림이 느껴졌다. 신원미상의 사십대 남자였다. 허방을 짚은 것인지 아니면 자살하기 위해 뛰어들었는지는 알 수 없었다. 참혹한 시신의 모습과는 달리 사내의 공허한 눈빛은 알 수 없는 평온함이 깃들어 있었다. 경찰 조사 결과 남자는 다니던 증권사에서 구조조정을 당한 뒤 프랜차이즈 사업에 뛰어들었다가 억대의 빚을 진 것으로 드러났다. 사채의 늪에 빠져 허우적거리다 자살을 택한 모양이었다.

　명일은 눈앞에 떠오르는 남자의 모습을 지우려 세차게 머리를 흔든다. 그 서슬에 간신히 집게에 들려 있던 낙타인형이 다시 바닥으로 떨어지고 만다. 아휴 아까워라. 게임기의 유리벽 사이로 낙타의 울음소리가 아련히 들려오는 것 같다. 어디선가 황량한 모래바람이 불어오는 것도 같다. 명일은 다시 동전을 투입하고 레버를 잡는다. 뒤통수에 따가운 시선이 느껴진다. 아니 등허리에 차가운 기운이 느껴진다. 명일이 고개를 돌리자 777인터넷월드의 종업원이 서 있다. 남자의 눈빛은 한심하다는 표정이 역력하다. 빗방울이 목덜미에 떨어진다.

"전화 좀 받아보세요."

남자가 퉁명스럽게 말을 건넨다. 열려진 출입문 사이로 게임방 특유의 소음이 들린다. 아내가 전화를 한 모양이다. 아내는 명일이 밤늦도록 들어오지 않으면 언제부턴가 아예 이곳으로 전화를 해버린다.

"여태 안 들어오고 뭐 해요? 여보 정말이지 이제 마음을 좀 잡아요."

아내의 목소리는 사뭇 가라앉아 있다. 간간히 뽀삐 녀석의 낑낑거리는 소리도 들린다. 명일은 다급해지기 시작한다. 오늘 밤은 무슨 일이 있어도 꼭 낙타를 꺼내고 싶은데…. 문구점에서 잠깐 졸았을 때 꿈속에서 보았던 낙타가 자꾸 어른거린다.

"그래 알았어. 금방 갈게."

명일은 귀찮다는 듯 퉁명스럽게 말하고는 전화를 끊는다. 빗방울이 굵어지기 시작한다. 종업원 남자가 플러그를 뽑고는 인형뽑기 게임기를 편의점 안으로 옮긴다.

"낙타를 꺼내면 기념으로 술 한 잔 살게요."

명일이 남자에게 선심을 쓰듯 말을 건넨다. 남자의 데면데면한 태도가 싫지만 이곳을 드나들어야 하는 명일로선 별 수 없다. 사실 같은 연립 옆 라인에 사는 사람끼리 소 닭 보듯 하는 것도 못할 짓이다. 남자는 마지못해 고개를 끄덕이는 눈치다. 발걸음을 옮기는 명일의 등 뒤로 그의 따가운 시선이 느껴진다.

택시가 문화산부인과 앞을 지나며 경적음을 울린다. 그것은 흐느끼는 빗소리에 절묘하게 뒤섞여 묘한 울림을 낳는다. 명일은 내리는 비를 아랑곳하지 않고 터벅터벅 걷는다. 빗줄기가 점점 굵어진다. 찬 기운이 온몸으로 스며든다. 우산을 쓴 남녀가 서로의 허리를 감은 채 명일의 앞을 지나간다. 여자의 입에서 희미한 웃음소리가 흘러나온다. 두 남녀가 향하는 곳은 산부인과일까, 모텔일까. 궁금증이 인다. 명일은 갑자기 섹스를 하고 싶어진다.

등이 뻐근하다. 시간이 지날수록 혹은 점점 커지고 등은 굽어지는 것 같다. 달려오는 차의 헤드라이트 불빛이 정면으로 얼굴을 비춘다. 명일은 움찔하며 한쪽으로 몸을 돌린다. 불현듯 전동차에 뛰어들었던 사십대 남자의 창백한 얼굴이 떠오른다. 명일은 세차게 머리를 흔든다. 어쩌면 그날 사고와 함께 명일의 운명도 바뀌었는지 모른다. 명일은 그 모든 것이 아버지를 졸라 운전석에 동승한 자신 때문이라는 죄책감이 들었다. 사고 순간 너무도 두려운 나머지 서둘러 그곳에서 도망치고 싶었다. 심장의 박동이 빨라지고 다리가 후들거렸다. 웅성거리는 사람들 틈을 비집고 명일은 무작정 뛰었다. 아니 도망쳤다. 어느 순간 아득하면서도 허전한 느낌이 밀려왔다. 그러다 의식을 잃은 듯 했다. 명일이 눈을 뜬 곳은 병원 응급실이었다. 허리가 끊어질 듯이 아팠다. 숨을 쉴 때마다 정수리에서부터 발끝까지 통증이 느껴졌다. 사고현장에서 벗어난다는 것이 그만 발을 헛디뎌 선로 아래로 추락을 했었던 모양이다. 병원에선 척추 신경계를 크게 다쳐 평생 하반신을 쓸 수 없을 지도 모른다고 했다. 다행히 수술 결과가 좋아 움직이는 데는 지장이 없지만 커다란 혹을 등에 달고 살아야 한다고 했다.

명일은 연립의 비밀번호를 누르려다 잠시 옆 라인을 바라본다. 777인터넷월드 종업원 남자가 사는 곳이다. 408호. 가운데 2동의 맨 끝에 위치하기 때문에 볕이 잘 들지 않는다. 그 때문인지 408호는 늘 섬 같은 분위기가 감돈다. 열려진 복도 창문을 통해 비바람이 들이친다. 옆방의 남자는 게임방 영업이 끝나는 새벽에나 들어올 것이다. 그가 돌아오는 시간은 신문이 배달되는 시간과 겹친다. 어느 땐 신문 배달과 그의 퇴근이 동시에 이루어지기도 한다. 집에 돌아온 남자는 무엇을 하는지 아침까지도 사소한 소음이 그치질 않는다. 이곳 연립은 방음이 좋지 않은 탓에 화장실의 변기 물 내리는 소리까지 들린다. 명일은 그에게 변비가 있다는 것을 안다. 일을 보는 시간이 얼추 이십 분이 넘는다.

벽 틈으로 들려오는 소리는 그것만이 아니다. 효과음이나 음악이 들려올 때도 있다. 새벽에 들어온 남자는 예약해둔 TV

프로를 보거나 인터넷에서 다운받은 영화를 본다. 그러다 오후 느지막이 일어나 인터넷게임방으로 출근한다. 삼십대 중반 남자의 일상치고는 너무도 단조롭다. 간혹 원룸 계단의 창문을 열고 담배를 피우기도 하는데 늘 표정이 음울하다. 보름 전쯤에도 담배를 피우면서 벽면에 부착된 뭔가를 뚫어지게 바라보고 있었다. 어느 샌가 그의 입가에 희미한 미소가 감돌았다. 〈돈을 재미있게 버는 법〉이라는 스티커에 발가벗은 여자의 속살이 클로즈업되어 있었다.

명일은 비밀번호를 누르고 안으로 들어간다. 방안은 잘 짜진 관처럼 고요하고 어둡다. 불을 켜자 엷은 주황의 불빛이 다투듯 쏟아진다. 현관문에 기대고 있던 뽀삐 녀석이 달려와 안긴다. 가볍게 녀석의 머리를 쓰다듬는다. 녀석은 명일이 들어오기 전까지 잠을 자지 않는다. 뽀삐는 이곳으로 이사 올 때 아내가 데리고 온 애완견이다. 아내는 원래부터 개를 좋아했다고 한다. 그런데 명일이 보기에는 지나치다 싶을 정도다. 매일 목욕을 시키는 건 기본이고 일주일에 한번은 미용실에 데리고 가 털을 깎아주기까지 한다. 뽀삐는 사랑을 준만큼 돌려주기 때문이란다.

명일은 대강 손발을 씻고 아내의 옆자리에 눕는다. 오늘따라 불빛이 유독 아늑하다. 처음 이사를 와 형광등으로 교체할까 생각도 했지만 밋밋한 방안 풍경이 싫어 그대로 두었다. 원래 이곳은 뜨내기를 상대로 성매매가 이루어지던 모텔이었다.

성매매 특별법이 통과된 이후 주인이 원룸으로 리모델링을 해 세를 내놓았던 것이다. 내부 인테리어를 하면서 전등을 바꾸지 않은 것이 혹여 성매매 영업에 대한 미련이 남아서 아닌가 의문이 들 때가 있다.

명일은 딱히 주황의 불빛이 싫지는 않다. 그날의 사고 이후로는 불을 켜놔야 잠을 잘 수 있었다. 매번 되풀이 되는 악몽이 무서웠다. 꿈속에서 명일은 항상 어두컴컴한 선로 바닥에 내버려져 있었다. 구내를 진입하는 전동차의 모습은 흡사 교미를 위해 달려드는 뱀의 모습을 닮아 있었다. 전동차가 다가올수록 등에 난 혹이 점점 부풀어 올라 이내 펑 하고 터져버릴 것 같았다. 다행히 주황색의 등을 켜고 잠자리에 들기 시작하면서 악몽을 꾸는 일이 차츰 줄어들었다.

세상에 알 수 없는 게 사람 일인가 보다. 장애를 입고 성인이 된 명일이 신택힌 직업이 공교롭게도 지하철 매표원이었다. 그러나 엄밀히 말하면 그것은 명일이 선택한 게 아니었다. 언젠가 철도공사에서 명퇴를 신청한 직원을 대상으로 일정부분 자녀들에게 비정규직 일자리를 주는 정책을 시행한 적이 있었다. 그 해 아버지는 서둘러 명퇴를 신청했고 명일은 장애인 특별 채용형식으로 비정규직 매표원으로 입사할 수 있었다. 아버지를 밀어내고 그 자리를 차지한 셈이었다. 업무는 그다지 힘들지 않았다. 그러나 하루 종일 유리박스에 갇혀 승차권을 파는 일은 생각만큼 쉽지 않았다. 조그만 틈 사이로 들고 나는 사람들의 손가락은 뱀의 혀처럼 징그러웠다. 구내로 진입하는 전동차의 경고음이 들릴 때면 문득문득 사고의 악몽이 떠올라 진저리를 치곤했다. 허리가 끊어질 것 같은 통증이 재발한 것도 그때부터였다. 그러나 어렵게 들어간 자리를 버릴 수는 없었다. 꼬박꼬박 들어오는 월급의 유혹을 뿌리칠 수는 없었다.

아내는 깊은 잠에 빠져 있다. 잠든 모습이 쓸쓸해 보인다. 이제 보니 아내도 나이를 먹어가고 있다는 생각이 든다. 명일은 한동안 불빛 아래 드러난 아내의 하얀 허벅지를 바라본다. 깊고 신비한 동굴이 그 사이에 살짝 드리워져 있다. 언제 왔어? 아내가 실눈을 뜨고 명일을 쳐다본다. 이제, 방금. 명일은 눈을 허공으로 돌리며 읊조리듯 말한다. 여보, 이제 인형은 그만 뽑아. 당신도 알잖아. 게임기 안에 낙타 인형을 넣어둔 건 다 상술이라는 걸. 아내가 눈을 비비며 몸을 한쪽으로 튼다. 약속할게, 낙타인형만 꺼내면 다시는 그 게임을 하지 않겠다고. 명일이 아내의 귀에 가까이 대고 속삭인다.

잠시 어색한 침묵이 흐른다. 명일은 벗은 아내의 등에서 쓸쓸함을 느낀다. 이리 와, 여보. 안아 줄게. 갑자기 아내가 두 발을 벌려 명일을 품는다. 마치 게임기 속의 집게가 인형을 꺼내기 위해 포즈를 취하는 것 같다. 흰 속살 사이로 불그스름한 둔덕이 드러난다. 시든 꽃잎이 펼쳐진다. 명일은 습관적으로 눈을 돌린다. 허벅지에 박힌 거무스름한 흉터가 눈에 들어온

다. 그것은 귓불 크기의 검붉은 빛을 띠고 있다. 멍 자국 같기
도 하다. 명일은 아내의 두 다리 사이로 가볍게 자신의 사타구
니를 포갠다. 허벅지 사이로 따스운 감촉이 전해온다. 그러나
발기되지 않는 성기는 여전히 고무처럼 흐물흐물하다.

　침대 아래에 있던 뽀삐 녀석이 별안간 침대로 뛰어올라온
다. 녀석의 눈이 붉게 충혈되어 있다. 녀석은 목이 마른지 연
신 붉은 혀를 놀린다. 아내가 두 다리를 들어 명일의 등허리를
감싼다. 커다란 혹이 아내의 발에 감싸진다. 명일은 괜스레 부
끄러워진다. 여보, 난 아무렇지 않아. 등에 난 혹도 당신의 일
부분이잖아. 아내의 젖은 목소리가 귓가로 흘러든다. 명일은
아무 말 없이 아내의 움직임에 아랫도리를 맡긴다. 발기되지
않는 성기가 젖은 꽃잎에 묻힌다. 어디선가 낙타의 울음소리
가 들려오는 것 같다.

　빗방울이 굵어지는가 싶디니 이내 번개가 치기 시작한다.
기다란 막대 같은 불빛이 순식간에 창을 물들였다 사라진다.
진열장 위에 놓인 인형들 위로 불빛이 쏟아진다. 사자, 호랑
이, 표범, 하이에나, 치타…. 초원의 포식자라는 별명을 가진
녀석들이 귀여운 표정으로 명일을 노려본다. 놈들을 뽑느라
적잖이 애를 먹었었다. 명일은 한때 게임기에서 맹수만을 골
라 들어낸 적이 있었다. 맹수를 한곳에 진열해두면 적잖이 힘
이 될 것 같았다. 그러나 그 바람은 얼마 지나지 않아 이내 물
거품이 되고 말았다. 계속되는 치료에도 영원히 발기력을 회

복할 수 없다는 판정을 받은 뒤로 명일은 강해지고 싶다는 환
상을 버려야 했다.

　인형들의 사타구니에 붕대를 감기 시작한 건 그때부터였다.
개중에는 가위로 사타구니를 거세해버린 것도 있었다. 어느
날 붕대에 감긴 인형을 보고 아내는 소스라치게 비명을 질렀
다. 아내는 심각한 얼굴로 명일에게 심리치료를 받는 게 어떻
겠냐고 조심스럽게 제안을 했다. 명일은 하마터면 큰소리로
웃을 뻔 했다. 그럴 돈이 있으면 문구점에 인형뽑기 게임기하
나만 들여놔달라고 지나는 소리로 비웃듯 말했다. 그런데 무
슨 연유인지 그 말이 떨어지기 무섭게 아내는 선심을 쓰듯 게
임기를 주문했다.

　사방이 투명한 유리로 된 게임기였다. 아내는 명일이 자신
이 보는 앞에서 게임을 하는 게 차라리 나을 거라고 생각을 한
모양이었다. 그러면서 아내는 두 가지 조건을 내걸었다. 뽑아
낸 인형을 손상시켜서는 안 되며 일과가 끝난 후에는 절대 레
버에 손을 대서는 안 된다는 거였다. 그 정도의 조건이면 충분
히 들어줄 수 있겠다 싶었다. 명일은 유리벽에 갇힌 인형을 꺼
낼 때마다 이상한 안도감이 들었다. 마치 선로에 추락한 자신
을 스스로 건져 올리고 있다는 착각이 들었다.

　명일이 아내를 만난 건 일생일대의 행운이었다. 적어도 명
일의 입장에서는 그렇다. 옛 애인이었던 미경과 헤어진 지 얼
마 지나지 않았을 무렵이었다. 그 즈음 직장에는 곱사 놈이 별

짓을 다한다는 소문이 돌았다. 직장 동료들은 대놓고 명일을 따돌렸고 구조조정이 실시되면 감원 영순위라는 말이 들려왔다. 매표소 유리벽은 이미 감옥 담장이 된지 오래였다. 명일은 끝 간 데 없이 펼쳐진 모래밭에 갇혀 버린 낙타가 된 듯 했다. 그럴수록 등에 솟은 혹은 점점 부풀어 올랐고 통증은 심해졌다. 매표소 유리벽 안에서 나올 수만 있다면 영혼이라도 팔고 싶을 만큼 하루하루가 고통스럽고 지겨웠다.

그날 명일은 밤늦게까지 업무를 보다 서랍을 정리하던 중이었다. 강제 퇴직을 당하느니 제 발로 걸어 나가려던 참이었다. 소지품을 정리하고 일어서는데 매표소 밖으로 웬 여자가 황급히 다가오는 모습이 보였다. 여자는 지폐를 밀어 넣고는 다짜고짜 표를 달라고 했다. 삼십대 중반의 안색이 창백한 여자였다. 몇 호선이냐고 묻자 여자는 막무가내로 소싸움으로 유명한 곳이라고만 했다. 명일은 혹시나 싶어 경상도 청도냐고 물었다. 그러자 여자는 다급하게 고개를 끄덕였다. 어느 샌가 여자의 눈에 그렁한 눈물이 고였다. 별일이다 싶었다. 명일은 케이티엑스를 타고 울산으로 내려가 버스를 갈아타라고 말을 했다. 그러나 여자는 하염없이 눈물을 흘릴 뿐 아무런 반응이 없었다. 가끔 제 정신이 아닌 사람을 보게 되는데 그런 여자인가 싶었다.

곧 마지막 열차가 구내로 들어설 예정이라는 안내 방속이 흘러나오고 있었다. 명일은 승강장 출입구 쪽으로 걸음을 옮졌다. 내일부터는 사람들의 따가운 시선을 받으며 표를 팔지 않아도 되었다. 더 이상 유리벽에 갇힌 낙타도 아니었다. 결정을 내리고 나자 몸이 가벼워졌다. 이윽고 선로를 내달리는 특유의 쇠바퀴 소리가 아련하게 들려오기 시작했다. 조금 전에 보았던 여자는 멀찍이 떨어진 곳에서 멍하니 선로를 내려다보고 있었다. 뭔가 이상한 느낌이 들었다. 곧 열차가 도착한다는 경고음이 울렸다. 불현듯 명일은 예전의 사고 현장이 눈앞에 펼쳐지는 것 같은 환영에 휩싸였다. 갑자기 여자가 선로 안으로 떨어졌다. 아니 뛰어내렸다. 사람들의 웅성거림과 날카로운 경고음이 어지럽게 뒤섞였다. 명일은 본능적으로 선로 안으로 몸을 날렸다. 그리고는 있는 힘껏 여자를 껴안고는 보도 밖으로 밀어 올렸다. 짧은 순간 정밀하면서도 숨이 막힐 것 같은 정적이 흐른 듯 했다. 눈을 떴을 때, 명일은 수많은 사람들에 둘러싸여 병원 침상에 누워 있는 자신을 발견할 수 있었다.

　좀체 잠이 오지 않는다. 아내는 어느 결에 잠들어 있었다. 담요에 덮인 몸이 흡사 붕대에 감긴 미라처럼 보인다. 빗줄기가 점점 굵어진다. 이따금씩 창으로 새하얀 번개가 들이친다. 아내의 코고는 소리가 빗소리에 묻힌다. 졸음에 겨운 뽀삐는 연신 가르릉 소리를 뱉어낸다. 녀석의 속울음은 자장가 소리처럼 부드럽고 아늑하다. 어디선가 환청이 들리는 듯하다. 무거운 짐을 싣고 사막을 횡단하는 낙타의 울음소리 같다. 명일은 의식적으로 머리를 흔든다. 머리가 맑아질수록 통증은 더욱 심해진다.

　명일은 옷을 입고 밖으로 나온다. 408호 계단 쪽으로 여전히 빗줄기가 들이치고 있다. 명일은 창문을 닫지 않고 내버려 둔다. 담배를 하나 물고 천천히 계단을 내려온다. 몇 개 안되는 계단이지만 오늘따라 유난히 가파르고 멀게 느껴진다. 명일은 번영로를 향해 서서히 걸음을 옮긴다. 빗물에 젖은 도심이 이스트를 넣은 밀가루반죽처럼 잔뜩 부풀어 있다. 멀리 비에 젖은 777인터넷월드의 간판이 보인다. 네온은 화려하고 매혹적이다. 명일의 눈앞에 자꾸 컴퓨터 화면이 아른거린다. 화면은 이내 모래바람이 이는 황량한 사막으로 바뀌어 버린다. 아니 맹수들이 우글거리는 사바나의 초원으로 대체된다. 그곳 어딘가에 낙타 한 마리가 길을 잃고 헤매고 있을 것 같다.

　게임방 안은 여전히 심야 손님들로 북적인다. 매캐한 담배 연기와 눅신한 냄새가 코를 찌른다. 그들은 온통 밤을 저당 잡힌 채 사이버의 세계에 빠져 있다. 명일이 들어서자 종업원 남자가 동그랗게 눈을 치뜨고 쳐다보더니 서둘러 휴대폰의 폴더를 닫는다. 모바일 게임을 하고 있었던 모양이다. 피곤한지 눈에 핏발이 서 있다. 카운터 위에는 다운로드를 받은 영화 제목이 적힌 종이가 놓여 있다.

　"잠이 영 안 오네요… 인형뽑기 기계에선 낙타를 못 건졌지만 웹상에서는 구해낼 수 있을 것 같아서요."

　명일이 묻지도 않은 말을 건넨다. 남자는 어이없다는 표정이다. 그의 눈길이 명일의 굽은 등을 훑고 지나간다.

"밖에서 인형뽑기 게임을 하는 건 상관없지만… 잘 아시잖아요? 다른 손님들 눈치 보인다는 것……"

남자는 화난 얼굴로 명일을 쏘아본다. 그의 말은 곱사등이 오면 아무래도 영업장 이미지가 안 좋다는 의미다. 명일 또한 그 사실을 모르지 않는다. 그 때문에 여태껏 인터넷게임방 안으로 들어와 직접 게임을 한 적이 없다. 그러나 오늘은 감이 좋다. 낙타를 꺼낼 수 있을 것 같다. 명일은 지체 없이 주머니에서 만 원짜리 한 장을 꺼내 그에게 건넨다. 이럴 땐 돈을 쥐어주는 게 상책이다. 남자는 한동안 고민하는가 싶더니 마지못해 비표를 건넨다. 그러면서 다른 손님들 시선도 있으니 앞으로는 오지 말라고 당부하듯 말한다. 명일은 묵묵히 고개를 끄덕인다. 아무리 그래도 그렇지 옆 라인의 이웃에게 대하는 행동치고는 너무한다 싶다. 뭐라 대거리라도 하고 싶지만 꾹 참는다. 그래봤자 병신 육갑한다는 소리만 들을 게 뻔하다. 어찌 보면 남자의 말이 틀린 것도 아닐 것이다.

명일은 비표를 들고 지정석으로 간다. 게임방 안은 특유의 효과음으로 가득하다. 기관총 소리와 레이저 발사 소리가 실내를 소란스럽게 물들인다. 기합을 넣는 소리, 칼과 창이 부딪치는 소리도 들려온다. 게임방의 모든 소리는 누군가를 죽이는 효과음이다. 간혹 내 몸에도 그 소리가 지날 때가 있다. 사고의 악몽이 죽음의 소리가 되어 내 몸을 훑고 지나가는 것이다. 아니 굽은 내 등을 서늘하게 스친다.

맞은편에 여중생으로 보이는 여자애가 부지런히 방향키를 누르고 있다. 머리가 부스스하고 땟국이 흐르는 게 가출소녀 같다. 여자애는 잠자리를 마련해줄 남자를 물색하는 모양이다. 그 뒤로 사십대 중반으로 보이는 남자가 화면에 코를 박고 뭔가를 열심히 들여다보고 있다. 행색이 그리 남루하지 않은 게 하룻밤 잠자리를 해결하기 위해 들어온 노숙자 같지는 않아 보인다. 갑자기 그의 입에서 미세한 신음소리가 흘러나온다. 필경 야한 동영상을 보고 있나 보다. PC방에서 게임은 안 하고 야동을 보는 이들도 적지 않다. 남자가 동영상을 보다가 앞의 여자애를 힐끔 쳐다본다. 여자애도 그런 눈빛을 느끼고 있다는 표정이다. 눈빛과 눈빛은 예의 사건을 낳는다.

명일은 전원 스위치를 켜고 인터넷 창을 클릭한다. 게임방이라고 쓰여진 확장자를 더블 클릭하사 '닉타 구히기' 창이 뜬다. 그런데 웬걸, 잠시 후 화면에 낯선 문구가 뜬다. '낙타가 섹스 하는 법'. 게임의 제목이라고 하기에는 너무 선정적이다. 아니 유치하다. 스팸광고인가. 명일은 마우스를 클릭해 닫기 창을 누른다. 그러나 화면이 닫혔다가 이내 원래의 상태로 돌아가 버린다.

명일은 남자 종업원을 부르려다 말고 묘한 호기심이 인다. 도대체 낙타가 어떻게 섹스를 할까? 밑져야 본전이라는 생각으로 창을 누른다. 게임 스타트를 표기한 화살표를 클릭하자

주황색 등이 켜진 작은 방이 나온다. 화면을 따라 잔잔한 음악이 흐른다. 음악은 게임방 특유의 효과음에 이내 묻히고 만다. 카메라의 동선에 따라 방안의 풍경이 펼쳐진다. 현관 쪽으로 입식부엌과 식탁이 보이고 안쪽으로 앉은뱅이책상과 진열대가 보인다. 진열대 위로 사자, 하이에나, 표범, 호랑이 인형이 보인다. 인형의 사타구니는 하나같이 테이프가 감겨 있다. 명일은 머리가 하얗게 탈색되는 느낌이다.

머리끝이 쭈뼛이 선다. 주위를 빙 둘러보고는 다시 화면으로 눈을 돌린다. 카메라는 침대 위를 비추고 있다. 실오라기 하나 걸치지 않는 여자의 몸이 드러난다. 웨이브를 한 단발머리가 귀밑까지 내려와 있다. 얼굴을 모자이크 처리했지만 분명 아내가 확실하다. 렌즈는 아내의 알몸을 속속들이 비춘다. 카메라는 젖꽃판이 돋아 있는 가슴의 윤곽을 따라 천천히 아래로 향한다. 두 다리 사이로 불그스름한 둔덕이 살포시 드러난다. 찢긴 꽃잎 사이로 버섯 모양의 속살이 드러난다. 카메라는 사타구니 안쪽에 엉긴 검푸른 흉터를 비춘다. 그것은 커다란 사마귀가 엉겨 있는 모습이다. 잠시 후 카메라의 렌즈가 흔들리고 남자의 몸이 여자의 사타구니 위로 겹쳐진다. 명일은 두 눈을 크게 뜨고 심호흡을 한다. 등에 난 커다란 혹이 화면을 가득 메운다. 그것은 영락없는 낙타의 등을 닮았다. 물을 마시기 위해 두 다리를 구부린 낙타의 모습이 연상된다. 다시 화면이 흔들린다. 음악사이로 미세한 신음소리가 들린다. 그것은 흡사 환청으로 들리는 낙타의 울음소리 같다. 갑자기 화면에 뽀삐의 모습이 들어찬다. 녀석의 눈동자가 클로즈업된다. 동그란 눈에 알 수 없는 빛이 깃든다. 맑은 빛은 사라지고 뜨거운 기운이 감돈다. 녀석은 더 이상 애완견이 아니다. 어느 순간 녀석은 사나운 투견으로 변해버릴 것 같다.

명일은 고개를 들어 카운터 쪽을 바라본다. 남자 종업원이 보이지 않는다. 아무리 생각해도 옆 라인에 사는 그의 소행인 것 같다. 아니 현재로선 그가 범인이라고 단정하기는 어렵다. 어떻게 된 일인가. 명일은 서둘러 창을 닫고 애써 마음을 진정시킨다. 건망증이 있는 아내를 생각해 비밀번호를 연립의 호실과 동일하게 지정한 게 잘못이지 않았나 싶다. 2407. 처음 이사를 와 번호키를 달던 날을 떠올려 본다. 복도에서 담배를 피우던 408호 남자가 아는 체를 했었다. 그는 이곳 연립은 서민들이 사는 곳이리 도둑이 들 염려는 없을 거라며 지나가듯 말했었다. 정이 담긴 목소리에서 친근감이 느껴졌다. 그러나 웬일인지 그 날 이후 남자는 다정하게 인사 한 번 건넨 적이 없었다.

명일은 전원 버튼을 누르고 자리에서 일어난다. 실내는 여전히 게임방 특유의 소음으로 가득하다. 사람들은 모두 사이버 세상에 빠져 있다. 명일은 자신의 내밀한 일상이 인터넷에 올라 있다는 생각이 들자 얼굴이 화끈거린다. 명일은 혹시나 싶어 건너편 사내의 화면을 넌지시 쳐다본다. 화면에는 모자이크

처리를 한 여자의 알몸이 드러나 있다. 클리토리스가 없는 시든 꽃잎의 속살이 보인다. 허벅지 안쪽에 검붉은 흉터도 도드라져 보인다. 침대 가장자리에 앉은 뽀삐가 뒷다리 밑으로 삐죽이 솟은 붉은 성기를 연신 핥고 있다. 화면을 장식하는 배경은 커다란 곱사등이다. 명일은 화면에 비친 자신의 뒷모습이 커다란 등판을 둘러쓴 딱정벌레 같다는 생각이 든다. 아니 작은 바늘귀를 억지로 통과하려는 무모한 낙타 같기도 하다.

아무리 기다려도 남자 종업원은 나타나지 않는다. 명일은 서둘러 밖으로 나온다. 갑자기 눈물이 핑 돈다. 선로에 투신하려 했던 아내의 심정이 이러 했을까. 어느 날 그녀는 명일에게 찾아와 선로에 뛰어든 자신을 구해준 은인이라며 청혼을 했었다. 명일은 처음엔 으레 하는 인사치레니 싶었다. 그녀는 곱사등의 아내가 된다는 것이 무엇을 의미하는지 모르는 듯 했다. 아니 모른 척 외면을 하는 것 같았다. 그녀는 명일에게서 사막을 횡단하다 길을 잃고 배회하는 한 마리 외로운 낙타를 보았다고 했다. 아니 오래 전에 죽은 남편이 살아 돌아온 것 같은 착각이 들었다고 덧붙였다.

아내의 전남편은 필름 만드는 공장의 기술자였다고 한다. 오랫동안 빛이 없는 공간에서 일을 했던 탓에 남편은 늘 시력이 좋지 않았던 모양이다. 습관적으로 눈을 찡그리는 버릇 때문에 곧잘 오해를 받기도 했다며 그녀는 시니컬한 표정을 지었다. 그녀 또한 처음엔 동료였던 남편이 의도적으로 자신에게 윙크를 한다고 생각했다고 한다. 이내 착각은 사랑으로 이어졌고 그들은 마침내 부부의 연을 맺기에 이르렀다. 가난했던 그들은 결혼한 지 십 년이 지나 신혼여행을 떠나게 되었다. 남편은 소싸움 경기를 보고 싶다며 부득불 청도를 고집했다. 암실의 어두운 공간에 갇혀 일을 해야 했던 남편은 맹렬하게 돌진하는 황소의 모습에서 묘한 쾌감을 느끼는 듯 했다. 공교롭게도 남편은 소띠였다. 그 때문이었을까. 우직한 성품에 커다란 눈망울을 지닌 남편을 볼 때마다 소를 보는 듯한 착각이 들었다.

소싸움 경기장은 환호성과 열기로 후끈 달아올라 있었다. 남편은 부지런히 셔터를 눌러댔다. 그날따라 셔터의 느낌이 더없이 좋다고 했다. 사고가 발생한 건 경기가 종반 무렵에 다다랐을 즈음이었다. 금지선 가까이서 카메라를 들이대던 남편이 그만 발을 헛디뎌 경기장 아래로 추락하고 말았다. 때마침 등을 돌리고 달아나던 소가 남편을 짓밟고 말았다. 덩달아 뒤쫓아 오던 소도 남편의 등을 밟아버렸다. 순식간에 일어난 사고였다. 안전요원이 달려왔지만 어떻게 손을 쓸 수 있는 상황이 아니었다. 황급히 병원으로 옮겼지만 남편은 이내 숨을 거두고 말았다. 남편의 등에는 커다란 혹이 나 있었다. 그것은 커다랗고 푸른 몽고반점을 확대한 것처럼 보였다.

어느새 날이 밝아 있다. 비는 그쳤지만 여전히 날씨는 흐리다. 명일은 지하 터널 속을 걸어가는 기분이다. 어디선가 전동차가 맹렬한 기세로 달려들 것만 같다. 등허리가 끊어질 것처럼 아프고 무겁다.

집에는 아무런 흔적이 없다. 아내도 보이지 않는다. 뽀삐도 없다. 도대체 어떻게 된 것일까. 분명 비밀번호를 안 누군가가 한낮에 침입해 감시 카메라를 설치한 게 틀림없었다. 인터넷 게임방 남자의 소행이 확실하다는 생각이 굳어진다. 심증은 가는데 물증이 없다. 아니 그가 범인이 아닐 수도 있다. 그런데 아내는 어디로 갔을까. 혹여 아내가 그 모든 것을 촬영한 것은 아닐까. 명일은 고개를 가로젓는다.

아내는 남편이 죽고 난 이후 한동안 우울증에 시달렸다고 했다. 더 시력이 나빠지기 전에 남편이 필름공장을 그만 뒀더라면 사고를 면했을 거라며 자책했다. 남편이 생각날 때면 무작정 청도로 내려갔다고 한다. 어딘가에 남편의 혼이 떠돌고 있을 것 같다는 거였다. 그녀는 증오가 담긴 살아있는 눈빛을 보고 싶었다. 아이라도 있었더라면…. 생전에 남편은 아이를 갖고 싶어 했다고 한다. 그러나 결혼한 지 십년이 지나도록 아이는 생기지 않았다. 아마 암실에서의 작업이 호르몬에 영향을 끼쳤을지 몰랐다. 남편은 유독 어린아이를 좋아했다. 학교 앞을 지나다 초등학생을 보면 스스럼없이 머리를 쓰다듬거나 볼에 입맞춤을 해대는 바람에 성추행범으로 몰려 몇 차례 유치장 신세를 지기도 했다.

명일은 집에서 나와 문구점으로 향한다. 웬일인지 문이 열려 있다. 인형뽑기 게임기가 밖에 나와 있다. 그런데 여전히 아내는 보이지 않는다. 게임기를 보다 말고 명일은 한 발짝 뒤로 물러난다. 인형뽑기 게임기의 자물쇠가 열려 있고 유리벽 안에 인형 대신 뽀삐가 들어 있다. 녀석은 싸늘한 시신으로 변해 있다. 한동안 명일은 그 자리에 붙박여 움직일 수 없었다. 게임기 아래에 메모지가 부착되어 있다. 여보, 제발 정신을 차려요. 더 이상 허랑한 게임에 빠져 있지 말구요. 게임기 속의 낙타를 집어 올릴 게 아니라 이젠 당신 마음속에 있는 낙타를 꺼내 봐요. 난 당신이 혹여 암실에 갇혀 젊은 날에 세상을 떠났던 전 남편처럼 게임기 박스 안에 갇혀 생을 마감할까 두려워요.

명일은 아내의 익숙한 글씨체를 보다 말고 눈물이 핑 돈다. 지하에서 지상으로 올라온 이후로 삶은 별반 달라지지 않았다. 가끔씩 악몽에 시달렸고 곱사등이라는 말은 세상의 그 어떤 짐보다도 무겁게 등을 짓눌렀다. 명일은 늘 몸을 웅크렸고 사람을 피했다. 그러다보니 점점 사람이 아닌 다른 것들과 친숙해기 시작했다. 인형뽑기에 매달린 것도 인터넷 게임에 몰두한 것도 그 때문이었다. 게임을 하는 동안은 자신을 잊을 수 있었다. 아니 곱사등을 잊을 수 있었다.

"여학생 때 성폭행을 당했어요. 아니 특정 종교에 빠져 유린당했다는 표현이 맞겠네요. 왜 있잖아요? 이상한 교리를 근거로 여성의 신체 특정부위를 훼손하는 종교 말이에요. 뭔가에 심취하면 그 세계에 밑도 끝도 없이 빠져드는 게 나라는 사람이었어요. 난 그저 그들이 말하는 영혼이 순결해진다는 의식을 행하고 싶었을 뿐이에요. 나중에야 그것이 일부 아프리카나 중동지역에서 행하는 할례라는 걸 알았어요…… 그 고통은 이루 말할 수 없었어요. 날카로운 도구로 여린 속살을 찢어내는데…… 나중에 거울을 통해 그곳을 보았어요. 작은 은방울 모양의 속살이 있던 자리는 엉겅퀴 문양으로 바뀌어 있고 여린 꽃잎은 닭 벼슬처럼 징그럽게 찢겨져 있었어요…… 허벅지엔 이상한 모양의 닻이 새겨져 있고…… 다행히 시간이 지나 육신의 상처는 아물어갔지만 마음의 상처는 점점 깊어만 갔어요. 그리고 악한 영이 내 몸에 깃들어 있다는 생각 때문에 사람을 만나기가 두려웠어요. 아니 빛이 싫었어요. 필름공장에 취직한 건 순전히 암실에 갇혀 밖으로 나오고 싶지 않아서였어요. 다행히 그곳에서 만난 전 남편은 저의 모든 것을 이해하고 받아주었어요."

연립으로 이사 온 첫날, 아내는 명일의 곱사등에 입을 맞추며 말했다. 말을 끝낸 그녀의 눈에 눈물이 가득 고였다. 눈물은 명일의 굽은 등을 타고 내려와 성기를 적셨다. 미세한 떨림이 느껴졌다.

"당신의 굽은 등은 흥부전에 나오는 금은보화가 가득한 박과 같아요. 아니 제가 보기에 당신은 한 마리 그리운 낙타에요. 낙타는 등엔 기름이 저장되어 있어 며칠간 물과 음식을 먹지 않고도 뜨거운 사막을 횡단하잖아요.”

그녀는 입술로 명일의 성기를 적시며 말했다. 그때 불현듯 명일은 낙타가 바늘귀를 통과할 수도 있겠다는 생각도 들었다.

명일은 인형뽑기 게임기의 전선을 끊어버린다. 불현듯 사막을 횡단하는 대상들은 광활한 사막을 횡단할 때 새끼낙타를 죽인다는 말이 떠오른다. 그러면 모성이 강한 어미낙타는 다음에 올 때 새끼가 죽은 곳을 기억하며 슬피 운다는 것이다. 사막에서 길을 잃어버리지 않기 위한 대상들의 지혜라지만 조금 끔찍하다. 명일은 게임기의 뒷면에 부착된 메모를 소리 내어 읽는다. 여보, 이제껏 난 뽀삐를 우리들의 아이처럼 생각해 왔어요. 근데, 당신이 하루속히 마음속에 갇힌 낙타를 꺼낼 수만 있다면…. 글씨에 물기가 번져 있다.

“휘이잉-휘이잉”

어디선가 낙타의 울음소리가 들리고 한바탕 회오리바람이 불어온다. 갑자기 눈앞에 모래언덕이 펼쳐지는 것 같다. 하늘 저편에 무지개가 떠 있다. 그것은 커다랗고 둥근 바늘귀를 닮았다. 명일은 손으로 눈을 문지른다. 딴 세상에 온 것 같다. 매일매일 밝은 날이 되라는 뜻으로 아버지가 지어준 이름, 명일(明日). 명일은 가만히 자신의 이름을 불러본다. 등에 커다란 풍선이 달려 있는 것처럼 몸이 가볍다.

상실의 시대, 남겨진 자들의 슬픈 방백

상실의 시대, 남겨진 자들의 슬픈 방백
– 박성천 소설집 『메스를 드는 시간』

최현주(순천대 교수, 문학평론가)

1. 낯익은 비동일성의 동일성

내내 낯설지가 않았다.

낯설음을 미학의 기반으로 삼았던 칸트의 후계자들, 이를테면 러시아형식주의 내지는 프라하구조주의, 그리고 그 극단의 해체주의자들의 층위에서 보면 대단히 안타까운 발화일 수도 있다. 신인작가의 첫 작품집에 대한 평론가의 고루한 이 발언이….

나는 이 작품집의 소설들을 읽으면서 그 누군가의 뒷모습이 떠올랐다. 오른쪽으로 십오도 쯤 기울어진 우울한 어깨를 가진 남자, 노르웨이의 숲 속으로 쓸쓸히 걸음을 옮겨놓던 고독한 남자의 우울한 내면 풍경이 떠올랐다.

누군가의 죽음, 인물들의 육체적 정신적 불구성, 불행한 가족사, 주변의 모든 것들이 사라져가는 상실의 상황, 지향할 곳 없는 방향상실의 내면 등등, 어쩌면 이 글을 쓰고 있는 필자의 내면에 그런 인식틀이 하나의 관념이나 내면으로 이미 자리하고 있어서 또다른 동일성의 근원으로 작용하고 있는지도 모를 일이지만 어쨌든 박성천의 소설을 읽으면서 내내 어떤 기시감에 시달린 것은 분명한 사실이다. 그것이 나의 내면인지 아니면 하루키라는 소설가의 내면인지 알기는 어려울 일이다. 분명한 것은 그것이 박성천의 내면일 터이지만 그럼에도 낯설지 않은 내면풍경이었다는 점이다. 그만큼 이 소설들을 읽으면서 나는 어떤 기시감 때문에 내내 불안했고, 주인공들의 고독 때문에 또한 우울했다.

하지만 양가성의 가치를 넘어서 무차별한 다원성을 지향하는 이 시대의 미학 풍경에서 하나의 동일성을 전제로 그것에 대해 평가한나는 깃 지체가 아이러니일 수가 있음에, 그것을 아예 낯설은 비동일성의 동일성이라 간주하는 편이 나을 수도 있겠다는 생각에 도달했다. 모든 것이 상품화되고 마는 물신화의 시대, 화폐의 가치로 모든 것이 균질화되는 사회에서 아도르노의 전언대로 예술은 사회의 부조리와 타락을 비판하는 소금의 역할을 해야 한다면 오늘의 예술작품은 동일하면서도 동일하지 않고, 동일하지 않으면서도 동일한 것이 되어야 할 것이다.

그렇다면 박성천의 소설은 낯익지만 낯설은 것이 되기도 하다고 할 수 있겠다. 분명 그의 소설은 닮았지만 닮지 않은 그만의 아우라를 간직하고 있었다. 하여 이 글은 그의 소설들의 동일성의 비동일성을 천착하는 과정을 서술하는 것이 될 것이다.

2. 죽음의 변주, 사라진 가족들

이 소설집의 모든 주인공들은 혼자이다. 친구도 연인도 없다. 그들은 있었다가 모두 사라져 갔거나 아예 처음부터 없었다. 하여 박성천 소설의 주인공들은 고독이란 병에 걸려 있는 단독자에 다름 아니다. 그러한 고독을 더욱 강화시키는 것은 가족의 부재이다. 세상을 살다보면 친구와 결별하기도 하고 연인과도 잦은 이별을 맞기도 한다. 하지만 가족의 부재는 가장 운명적이면서도 결정적인 고독의 원인이 된다.

이 소설집의 주인공들의 고독은 무척 유난하게도 심각하다. 그들의 고독은 생존이나 교육, 혹은 실존의 선택에 의해서 이뤄진 것이 아니기 때문이다. 박성천의 소설에서는 어느 날 갑자기 가족 중 누군가가 주인공의 의지와는 전혀 상관없이 사라져 간다.

「그녀의 집에 관한 이야기」 또한 이러한 가족의 부재로부터 서사가 시작된다. 대리운전을 하는 '나'의 고독은 아내인 '주영'의 갑작스런 교통사고로 인한 죽음 때문이다. '나'는 연립주택의 반 지하 방 한칸에서 죽음과 같은 잠을 자며 일상을 견

딘다.

> 　방에서는 은밀하면서도 외로운 냄새가 난다. 연립주택 반 지
> 하의 방 한칸. 지상에서 몸을 누일 수 있는 유일한 공간이다. 방
> 엔 온기도, 숨결도 없다. 타다 남은 담배꽁초와 각종 공과금 고
> 지서가 쓰레기처럼 널려 있다. 나는 이 사막의 한 가운데에서
> 꽤 오랜 시간을 보냈다. 고등학교를 졸업하면서부터 자취를 시
> 작했으니 올해로 만 15년째다. 그러나 나는 아직도 난파선과도
> 같은 이 절망의 공간을 벗어나지 못했다.

위의 문면에서도 볼 수 있는 것처럼 '나'에게 이 방은 홀로 15년째 몸을 누일 수 있는 유일한 공간이면서도 결코 벗어날 수 없는 절망의 공간이다. 그런데 주영과 결혼 후 잠시 이곳은 사랑으로 충만한 공간이었나. 하지만 주영의 죽음으로 모든 희망은 물거품이 되고 만다. 주영의 갑작스런 죽음 이후 이 공간은 고독과 절망으로 채워진 지하 묘지와 같은 곳이 되고 말았다.

이 소설의 또다른 주인공인 풍선카페의 여사장 또한 혼자 살아가는 여성이다. 그녀의 고독한 삶 또한 남편의 갑작스런 죽음으로부터 근원한다. 카레이서였던 그녀의 남편은 경기중 가드레일을 들이받고 전복되는 사고 때문에 죽고 만다. 30층 고층아파트에 사는 그녀는 베란다 한쪽에 커다란 망원경을 설

치하고 그 망원경을 통해 남편과의 만남을 시도한다. 하늘을 나는 게 꿈이었던 남편의 유해를 화장한 후 풍선에 매달아 하늘로 날려보냈기에 그녀는 남편의 흔적을 하늘의 별들 사이에서 찾곤 했던 것이다. 한 사람의 가족도 없는 채로 혼자 외롭고 힘든 일상을 살아내는 그녀는 망원경을 통해 하늘을 바라는 것으로 간신히 고독을 견뎌내고 있었던 것이다.

「단추, 블랙 앤 화이트」의 주인공 '나'와 '미영', 그리고 '노인'은 모두 혼자 쓸쓸히 살아가는 존재들이다. '나'는 손주 하나 안겨주길 바라던 할아버지의 죽음 이후 내내 혼자인 채로 살아간다. '미영' 또한 평생 탄광 막장에서 일하던 아버지가 진폐증으로 죽은 이후 혼자이다. '미영'의 죽은 아버지를 닮은 '노인' 또한 디자이너를 꿈꾸던 딸의 죽음 이후 혼자 살아왔다.

사실은 어제 그 미영이라는 아가씨를 보자 죽은 내 딸이 생각나서 견딜 수가 없었다오. 어쩜 그렇게 닮았는지. 너무 놀라 기절할 뻔 했었소. 아가씨가 추운 데서 떨지 말고 잠깐 몸 좀 녹이고 가라는데 나도 모르게 눈물이 나는 거외다. 죽은 내 딸도 옷을 만드는 디자이너가 꿈이었는데……. 여전히 노인에게서는 탄분 냄새가 난다. 밖에 오래 있었던지 사뭇 몸이 얼어 있다. 그의 손에는 때에 전 묵직한 손가방이 들려 있다. 아마 그 안에는 원단이 들어 있을 것만 같다. 허깨비를 본 기분이다. 아니 돌아가신 내 할아버지가 살아 돌아온 것 같은 착각이 든다. 어쩌면 진폐증으로 죽은 미영의 아버지도 저 노인의 모습과 닮았을지 모른다는 생각이 뒤미처 떠오른다.

서로 닮은 존재들, 어쩌면 혼자이기 때문에, 외롭다는 공통분모 때문에 그들은 서로에게서 가장 그리워하는 대상들의 모습을 발견해낸다. 하여 그들은 서로의 주변에서 떠나지 못하고 있는 것이다. 그럼에도 그들은 주변의 존재들과 자신을 동일시함으로써 자신의 삶의 내부로 편입시키지도 못할 뿐만 아니라 타자화하여 미워하거나 그것으로 촉발된 폭력을 행사하지도 못한다. 그저 서로의 삶의 테두리에 갇힌 채 홀로 외롭고 쓸쓸한 삶을 견뎌낼 뿐이다.

이처럼 박성천의 소설에는 죽음의 변주가 계속되면서 가족들이 사라져 가고, 그로 인해 모든 주인공들은 쓸쓸하고 고독한 삶을 견디며 살아간다. 해체된 가족과 고독한 내면을 가진 이들이야말로 오늘을 살아가는 우리들의 자화상일지도 모른다.

3. 상처받은 기억들의 삽화

박성천 소설속의 인물들은 모두 상처받은 기억을 가지고 있다. 그러한 상처는 갑작스런 죽음으로 사라진 가족들 때문이다. 가족이나 연인의 계속된 죽음의 반복, 죽음의 변주가 박성천 소설의 주요 화음을 이루고 있다. 더구나 그들의 죽음은 뜻

밖이거나 불가항력의 것이기도 하고, 한편으로는 부조리한 세
계의 폭력성으로 인한 것들이기에 남겨진 주인공들이 받게 된
상처는 더욱 더 크고 공포스러운 것이 된다.

「무지리의 새」의 주인공 '나' 또한 아버지의 갑작스런 자살
과 정신지체아였던 '형'의 원인모를 죽음으로 인해 상처를 받
게 된다. 어머니의 가출과 소를 키우면서 많은 빚을 지게 된
아버지는 불구자였던 형을 주인공에게 맡겨 놓은 채로 자살하
고 만다. 또한 아버지가 몇 년 전에 사준 염소를 키우는 것에
온갖 정성을 기울이던 정신지체아였던 형 또한 염소와 함께
행방불명된 한달 후 부패한 시체로 발견된다. 형이 행방불명
된 후 형의 염소를 이장이 읍내에서 끌고 가는 것을 목격하지
만 어린 주인공은 이장에게 폭행만 당한 후 고향을 떠나게 된
다. 그에게 있어 고향은 가족 모두를 앗아간 절망스러운 공간
이기에 다시는 돌아보고 싶지 않은 곳이었다. 하지만 고향마
을의 수몰로 아버지 묘의 이장을 위해 어쩔 수 없이 그는 고향
을 찾게 된다.

　　어젯밤 마을 회관 앞을 지나다 나도 모르게 급브레이크를 밟

　　고 말았다. 내가 아닌 다른 누군가의 발이 페달을 밟은 듯했다.

　　차바퀴를 휘감아오는 저녁 안개에 나는 비명 같은 탄식을 뱉어

　　냈다. 한동안 그 자리를 떠날 수 없었다. 어디선가 명치 끝을 저

　　미는 울음소리가 희미하게 들려나왔다. 분명, 익숙한 그 소리는

아버지의 울음이었다. 나는 차안에 아버지가 동승해 있는 듯한 착각에 사로잡혔다. 홀연히 깨어난 아버지의 혼령이 나를 마중 나온 것은 아닐까. 그러나 잠시 후 그 소리는 흔적 없이 사라지고 말았다.

그가 15년 만에 고향 마을에 처음 들어서면서 마주한 것은 아버지의 울음소리였다. '명치끝을 저미는 아버지의 울음소리'가 그에게 환청처럼 들려온 것이다. 아버지의 한이 그에게로 고스란히 전이되어 그에게 상처로 각인되었음을 확인할 수 있는 것이다. 그에게 고향은, 혹은 가족은 기억하고 싶지 않은 깊고 깊은 상처였음이다.

그런데 박성천 소설 속의 주인공들의 상처는 이러한 가족의 죽음으로부터 근원하지만 또 다른 한편으로는 주인공과 주변 인물들의 불구성으로부터 기원하기도 한다. 「무지리의 새」에서 동생이 정신지체아였던 것처럼 「복지관 아이」에서 주인공 '상현'의 동생 또한 정신지체아이다. 또한편 「낭만적 연애와 가혹한 진실」에서 주인공 정계장의 아내 또한 교통 사고로 하반신 마비가 되고, 「내 마음의 용궁」에서 주인공 '나'가 사랑한 '미영'도 교통사고로 한쪽 다리가 불편한 장애인이다.

이러한 인물들의 불구성이 가장 극단적으로 드러난 작품이 「그리운 낙타」이다. 이 작품의 주인공 '명일'은 지하철 운전원이었던 아버지의 지하철을 탔다가 사고를 목격한 후 선로에서

떨어져 척추를 다친다. 그후 곱사등이가 된 그는 낙타와 자신
을 동일시하게 된다. 하여 그는 성장한 후에도 낙타인형 뽑기
게임에만 몰입하는 비정상적인 삶을 살게 된다.

> 지하에서 지상으로 올라온 이후로 삶은 별반 달라지지 않았
> 다. 가끔씩 악몽에 시달렸고 곱사등이라는 말은 세상의 그 어떤
> 짐보다도 무겁게 등을 짓눌렀다. 명일은 늘 몸을 웅크렸고 사람
> 을 피했다. 그러다보니 점점 사람이 아닌 다른 것들과 친숙해기
> 시작했다. 인형뽑기에 매달린 것도 인터넷 게임에 몰두한 것도
> 그 때문이었다. 게임을 하는 동안은 자신을 잊을 수 있었다. 아
> 니 곱사등을 잊을 수 있었다.

자신의 사고 이후 아버지가 명예퇴직하고 그 보상으로 지하
철 매표원이 된 그는 자살을 시도한 여자를 구한 후 그녀와 결
혼하게 되고 지상의 정상적인 삶을 선택한다. 하지만 낙타와
같이 등이 굽은 그에게 지상의 정상적인 삶은 결코 허락되지
않는다. 더구나 그에게는 불임이라는 또다른 불구성이 공존하
고 있기에 그의 상처받은 삶은 결코 치유될 수 없는 것처럼 보
인다.

이러한 주인공들의 불구성으로 인해 상처받은 내면과 영혼
의 삽화가 박성천 대부분의 소설에서 전경화됨으로써 그의 소
설 전반의 우울과 절망의 분위기를 조성해내게 된다. 불임과

불구성으로 인해 촉발된 서사야말로 후기 산업사회를 살아가
는 사람들의 실존적 지형과 심리적 상황을 제대로 보여주는
것이라고 할 수 있다.

4. 결핍과 결락의 서사

결핍과 결락은 미세한 의미 차이를 내포하고 있다. 결핍이
있어야 할 것이 없는 것이라면, 결락은 있어야 할 것이 사라진
것이라고 할 수 있다. 즉 결핍은 처음부터 없는 것이고, 결락
은 있었던 것이 없게 된 것인 셈이다. 박성천 소설은 결핍이
강조되면서도 결락이 보다 전경화되는 서사라고 할 수 있겠
다. 그의 소설에 반복되어 변주되는 사라진 가족의 모티프나
죽음, 지울 수 없는 상처나 불구성 모두 결핍보다는 결락에 가
까운 것들이다. 원래 없었던 것들이 아니라 있었던 것들이 상
실되어 가는 가운데 작품의 주인공들은 절망하고 상처받게 되
기 때문이다.

이러한 결락의 서사를 더욱 도드라지게 하는 것이 실연의
모티프이다. 그의 소설에 반복되는 상처와 상실감의 근원에는
사랑하는 사람과의 이별이 크게 작용한다. 「메스를 드는 시간」
의 주인공 '나'는 실험실에서 13마리의 쥐를 해부하고 그 실
험결과를 제출해야 하는 여자 대학원생이다. 쥐덫에 걸린 것
과 같은 삶을 사는 주인공은 여름 내내 자살 충동과 우울증에

시달려야 했다. 이는 '밑도 끝도 알 수 없는 바닥으로 추락하는 아득함과 삶이 뿌리 채 흔들리는 상실감' 때문인데 보다 근본적인 원인은 사랑했던 '그'와의 이별 때문이다.

끊임없이 밀려오는 파도의 푸른 혓바닥이 그의 낡은 구두를 연신 적셨다. 그도 나처럼 외로운 사람이구나. 나는 돌아오는 길 내내 그에게 마음의 바다가 되어주어야겠다는 생각을 했다. 세상의 외로움에 지친 그가 돌아와 깃들 수 있는 그런 평온한 바다를 꿈꾸었다. 짧은 봄이 지나는 동안 나는 그렇게 그를 매어둘 닻을 생각했었다.

그가 어린 시절 보육원에서 자랐기에 '나'는 그를 위해, 세상의 외로움에 지친 그가 돌아와 깃들 수 있는 가족을 만들어야겠다고 다짐한다. 하지만 그는 내가 임신한 것을 알게 된 후 바로 '나'를 떠나 원양어선을 타고 바다로 나가버린다. 그는 누군가를 사랑하고 인연을 만드는 것은 부질없는 짓이라며 '나'를 떠나버리고 만 것이다. 그제야 '나'는 사랑하던 '그'가 아무 곳에도 존재하지 않은 허방이었으며 아득한 꿈에 지나지 않았음을 깨닫게 된다. 주인공은 같이 해야만 하는 연인의 결락으로 인한 삶의 상실감으로부터 쉽게 벗어나지 못하는 절망의 삶을 반복한다.

이처럼 사랑하는 사람과의 이별로 인한 결락의 서사는 「내 마음의 용궁」에서도 반복된다. 주인공 '나'는 기약도 없이 떠나버린 어머니를 기다리며 검은 바다를 떠돌아다니는 아버지의 바람 같은 삶이 싫어 고향인 섬마을을 떠난다. 하지만 그는 고향을 떠나면서 사랑하는 여인 '미영'과도 이별하게 된다. 어쩌면 자신의 아이를 임신했을지도 모르는 '미영'을 내버려둔 채 그는 고향을 떠나게 된다. 그후 미영은 아버지의 배를 타는 종수란 사내와 결혼하지만 결국 자살하고 만다. 미영의 죽음으로 인해 잠시 귀향하지만 사랑하는 사람의 상실감은 그를 힘들게 한다. 그런데 그는 진정으로 미영을 사랑했던 종수의 삶을 목격하게 된다. '미영의 마음 한 자락 갖지 못한 허깨비였다'는 종수의 고백 앞에 그는 자신의 사랑이 헛된 것이었음을 깨닫는다. 하여 사랑하는 사람을 잃은 그의 삶의 행로는 작품 속의 결말에서 항구를 찾지 못하고 방황하는 배의 상징적 함의와 다르지 않을 터이다.

　이제 미영을 잊어야 할 것 같다. 어쩌면 어머니에 대한 기다림으로 스스로를 옥죄는 삶을 살았던 아버지도, 질식할 것 같은 수평선을 바라보며 매일 같이 나를 기다렸을 미영이도, 갈치잡이배를 타지 않으면 안 되는 그믐의 생을 살아야 했던 종수도 기실 무언가의 미끼였는지 모른다. 아니 스스로가 살기 위해 기꺼이 그 미끼가 되었는지 모른다. 삶과 죽음의 아슬아슬한 경계 위에서 그렇게 거칠고도 부드러운 숨비소리를 연신 뱉어내면서

말이다. 나는 다시 시동을 건다. 그러나 배는 뒤채일 뿐 앞으로
나아가지 못한다. 바람결에 거북바위가 우는 듯한 환청이 들려
온다.

방향을 상실한 배 위에서 주인공 '나'는 '아버지'와 '미영',
'종수' 모두 스스로가 살기 위해 누군가의 미끼가 되었는지 모
른다는 생각에 다다른다. 자신이 주체가 되지 못하고 타자의
희생양으로 존재해야만 했던 주변의 사람들에게서 주인공은
또다른 자아를 발견하게 되는 것이다.

박성천의 소설의 결핍과 결락의 서사는 이처럼 단지 실연의
모티프만으로 구조화되지는 않는다. 앞에서 논의한 바 있는
죽음의 변주, 가족의 해체, 사회의 부조리한 폭력으로 인한 유
년의 상처들이 모두 결락의 서사를 구성하는 주요한 모티프들
이다. 그런데 문제는 이러한 주요 모티프들이 주인공의 우울
한 내면풍경과 상실감을 전경화하면서 상당한 정도의 허무주
의를 표출해내고 있다는 점이다. 만일 허무주의가 모든 존재
를 교환가치로 환원시킨다는 잔니 바티모의 주장대로라면 박
성천의 소설은 후기 산업사회의 이데올로기에 포획되어 있다
고 할 수 있다. 이번 소설집에 실린 7편의 작중인물들의 성격
이 뚜렷하게 변별되지 않을 뿐만 아니라 운명의 추이 또한 유
사하다는 점에서도 이와 같은 추론을 가능하게 한다. 이 지점
이 박성천 소설의 아포리아가 발생하는 기원이 된다. 그의 소

설은 후기 산업사회의 허무주의적 속성을 제대로 포착하고 있다는 점에서 높이 평가될 만하지만 그것을 비판의 준거나 극복의 추동력으로 활용하지 못하는 한계를 노출하고 있기도 하다. 이 지점이 그의 소설의 상승과 하강의 분수령이 된다는 점에서 이 지점에 대한 그의 깊은 성찰이 요구된다.

5. 상실한 것들에 대한 슬픈 방백

박성천 소설의 주조음은 우울이다. 상실한 것들에 대한 안타까움이 빚어내는 슬픔의 여린 빛깔이 그의 소설 전체에 짙게 깔려 있다. 그의 소설의 우울하고 슬픈 정서는 대화를 상실한 인물들로 인해 더욱 고조된다. 서사의 전개 과정 대부분에서 인물은 홀로 존재하기 때문에 대화가 형성될 수가 없다. 대부분 그의 소설의 화자는 일인칭이면서 등장 인물들은 거의 존재하지 않고 잠시 있었다가 사라져간 존재들이다. 그리고 나를 제외한 등장인물이 존재한다 하더라도 대화가 없다. 그저 화자의 슬픈 넋두리일 뿐이거나 아무도 듣지 않는 독백일 뿐이다. 아니 주변 인물들은 듣지 못하고 작품의 독자들만 들을 수 있는 슬픈 방백인 셈이다.

소통이 부재하는 현대 사회의 한 극단을 박성천의 소설은 보여주고 있는 것이다. 혼자 일하고 혼자 밥먹고 혼자 게임에 중독된 현대인들의 일상을 그의 소설은 전형적으로 형상화해

내고 있다. 그런 점에서 그의 소설이 작금의 삶의 현실을 가장 사실적으로 보여주고 있는지도 모른다.

그런데 그의 소설은 앞에서도 언급한 바와 같이 대단히 낯익다. 일본 소설가 누군가의 작품을 읽고 있는 듯한 착각에 빠져들게 한다. 상실의 시대, 잃어버린 사람들과 사물들에 대한 애잔한 정서가, 죽음이나 부재 혹은 결핍의 모티프가 반복되는 점에서 낯설지가 않다. 더구나 1인칭 현재 시제를 쓰는 것도 그렇고 화자 자신의 일상만이 소설의 플롯이 된다는 점에서 더욱 그렇다. 좀 더 구체화하면 박성천의 소설은 일본 소설의 특징적 요소를 보여주는 사소설의 유형에 가깝다고 하겠다.

단지 그의 소설이 1인칭 화자가 주로 사용되고, 주인공들의 일상을 그려내고 있다는 점 때문에 사소설적이라고 말하는 것은 아니다. 그의 소설에서는 일본의 사소설들처럼 상실과 결락의 원인을 제시해내지 못하고 있다. 원인이 없으니 그 해법 또한 있을 수 없다. 분명 이러한 서사적 경향은 후기 자본주의 시대 우리 모두의 일상이 인과 관계로 설명되지 않기 때문이기도 하다.

하지만 현실을 있는 그대로 드러낸다고 해서 문학의 역할이 완료형이 되는 것은 아니다. 문학은 칸트 미학에서처럼 현실 저 너머의 물자체의 예술 영역으로 존재해서는 안 되지만 그렇다고 타락한 사회를 타락한 방식으로만 드러내서도 안 될 것이다. 문제는 타락한 현실을 타락한 방식으로 보여주되 진정한 가치를 찾아내는 것이다. 아도르노의 방식대로 소설은 타락한 현실로부터 상대적 자율성을 확보해내면서 진정한 가치를 찾아내려는 진정성이 요구된다고 하겠다.

박성천의 소설이 후기 자본주의 시대를 살아가는 일상을 날카롭게 포착하는 데는 성공하고 있다. 하지만 현실의 부정적 단면만을 보여주는 것으로만 끝나는 예술이나 문학이어서는 안 될 것 같다. 상실과 절망의 근원을 천착하고 그 해법과 대안을 모색함으로써 진정한 삶의 가치를 모색하는 소설이어야 할 것 같다. 박성천의 첫 소설집은 분명 나름의 미학적 가치를 선취하고 있다. 하지만 미학적 가치와 더불어 삶의 진정성까지를 확보해내는 소설세계를 첫 소설집을 내는 신예작가 박성천이 구축했으면 하는 바람이다. 그의 무한한 정진과 문예사적 성취를 기원해본다.

나는 어렸을 때부터 조금 조용한 아이였다. 아마 그 때문에 책을 가까이 했던 것 같다. 넉넉하지 못한 가정 형편으로 읽고 싶은 책을 마음껏 볼 수 없었던 당시에 부모님은 큰 맘 먹고 세계명작소설집을 사주셨다. 그 명작전집을 읽으면 공부뿐만 아니라 발표도 잘 할 수 있다는 외판원의 달콤한 설득에 넘어간 것이었다. 그러나 나로서는 그다지 기쁘지 않았었다. 그 책값이면 집안에서 필요로 하는 돈을 충당하고도 남았을 거라는 제법 어른스러운 생각 때문이었다. 큰아들이었던 나는 늘 어깨너머로 생계에 대해 고민을 하는 부모님의 깊은 한숨을 들어야 했고 막연하게나마 삶의 무게에 대해 생각을 했던 것 같다.

순전히 부모님을 기쁘게 해드려야겠다는 생각으로 나는 그 전집을 읽었다. 책속에는 현실과는 너무도 다른 세상이 펼쳐져 있었다. 나는 그 넓고 무한한 세계 속에 빠져 다양한 사람들의 생각과 삶을 들여다보았다. 책이 너덜너덜해질 때까지 족히 서너 번은 읽었을 것이다. 그때 나는 얼핏 어른이 되면 '글' 과 관련된 일을 하지 않을까 라는 생각을 했던 것 같다.

그 예상은 빗나가지 않았다. 나는 대학에서 영어와 문학을 공부하고 졸업과 동시에 신문사에 입사했다. 도제시스템이 일반화되어 있던 시절에 기자로서의 생활은 그다지 만족스럽지 않았다. 본질적으로 기자보다는 작가형의 사람에 가깝다는 사실을 깨달은 시기였다. 사실보다는 그 이면에 감춰진 원인을 탐색하는 데에 흥미를 느꼈던 것이다. 신문 부서에서 월간 잡지부로 옮겨와 호흡이 긴 글을 쓰는 동안 나는 내 안에 잠재되어 있던 글에 대한 갈증을 풀 수 있었다.

그러나 신문사 생활을 그리 오래 하지는 못했다. 회사 경영상의 이유로 나는 8년여 남짓한 기자 생활에 종지부를 찍어야 했다. 첫 직장에 대한 순수한 열정과 기대가 한순간에 물거품이 되고 말았다. 그렇게 몇 년을 방황 아닌 방황을 하며 나는 고통스러운 삼십대를 보냈다. 그 사이 대학원에 진학해 문학과 이론을 공부했지만 내면에서 꿈틀거리는 소설에 대한 욕구를 억누를 수 없었다. 허허롭고 쓸쓸했던 그 시절, 나는 외로움과 싸워가며 연애편지를 쓰듯 소설을 썼다.

첫 창작집이다. 마흔이 넘어 소설집을 묶어낸다는 게 어떤 의미일까. 누군가는 인생이 활시위를 떠난 화살 같다고들 한다. 나라는 인생의 화살은 어디쯤 날아가고 있을까. 바라건대 과녁 정중앙에 명중이 되지는 않더라도 날아가는 방향만큼은 벗어나지 않았으면 하는 게 솔직한 심정이다. 그것이 초등학교 시절 외판원의 상술에 넘어가 세계명작소설집을 사주셨던 부모님의 소박한 바람에 작으나마 보답하는 길일 것 같다.

오래 전에 당선되었던 소설들과 그동안 써두었던 소설들을 묶어 창작집을 내려고 보니 많이 미흡하다. 부족한 부분을 조금 고치고 다듬어 여덟 편의 소설을 세상으로 내보낸다. 녀석들이 외롭지 않게 앞으로는 더 많은 분신들을 세상으로 내보낼 것이다.

창작집을 발간하기까지 애써주신 분들이 많다. 『문학들』 송광룡 대표님과 편집부식구들, 그리고 해설을 써주신 순천대학교 최현주 교수님, 나의 힘이 되신 절대자 그분, 존경하는 부모님, 사랑하는 나의 가족들에게 감사의 말을 전한다. 그리고 좋은 책을 후배에게 아낌없이 주었던 광주일보 김미은 기자에게도 거듭 감사의 말을 전하고 싶다.

2011년 가을 박성천